Erich Loest
Schattenboxen

Erich Loest

Schattenboxen

Roman

Linden-Verlag

Band 3 der Werkausgabe

Umschlaggestaltung und Einband: Gerhard Steidl
Gesetzt aus der Bembo der H. Berthold AG, Berlin
Gesamtherstellung:
Steidl Göttingen
Printed in Germany
ISBN 3-9802139-7-8

Inhalt

1. Kapitel:

Auspendeln, einpendeln

1. Da steht Kohler auf der Straße, die Sonne schlägt fast weiß hinein. Aus der Schule gegenüber hört er Kinderlärm näher, ganz nahe, nicht mehr über Höfe hinweg wie eine dünne Erinnerung. Er wendet sich schnell in die Richtung, die ihm der Wachtmeister gewiesen hat, denkt unablässig, daß nun dieser Augenblick da ist, da ist, blickt sich rasch um – wenig Leute, vielleicht hat ihn jemand herauskommen sehen –, und wenn der denkt, wenn schon. Knallblauer Himmel schon am Morgen, da wird sich der alte Bau wieder mit Hitze vollsaugen, daß sie auch während der Nacht nicht weicht. Drin sagen sie jetzt: Heute geht Kohler nach Hause.

Ein Pferd vor einem Wagen; Kohler hat seit zweieinhalb Jahren kein Pferd gesehen. Keine Kuh, keinen Hund, kein Kind, keine Wasserfläche, kein Auto. Ein Kind an der Hand seiner Mutter. Wo er nach der Anweisung des Wachtmeisters – fünfter Punkt der Hausordnung: Anweisungen des Anstaltspersonals ist unverzüglich und widerspruchslos Folge zu leisten – auf den Omnibus wartet, laufen, stehen, springen Kinder, lekken Eis, und Kohler staunt, wie klein Kinder sind, die schon reden, schon laufen können. Kinder – er überlegt, wann zum letztenmal ein kleines Kind um ihn war, damals an der See, aber dieser Junge, dem er Sandburgen gebaut hat, ging schon zur Schule. Ganz kleine Kinder kennt er so gut wie gar nicht.

Ihm bleibt fast eine Stunde Zeit, an einem Kiosk ißt er Bratwurst, trinkt Milch. Die erste Milch nach zweieinhalb Jahren. Eigentlich, besinnt er sich, hat er nie gern Milch getrunken. Er meint, daß ihm jeder ansehen muß, woher er kommt; wer hier um diese Zeit fortfährt und so blaß ist, bei dem ist alles klar. Jeden Tag fahren einige fort. Nur keine Sensation daraus machen, nimmt sich Kohler vor, nicht immer feststellen: das erste Pferd, das erste Kind, die erste Milch, erste blonde Frau, erste dunkle Frau, erster Minirock, erstes Bier; niemand hat nach zweieinhalb Jahren das Recht auf eine Macke. Wird sich alles einlaufen. Jetzt konstatiert er: Die Zeit für die Essenkübel, jetzt hupt der Fahrer vor dem Tor, die Kalfaktoren stellen ihre Besen weg, schleppen die Kübel in die Gänge, jetzt raten die Kumpel oben in den Zellen: Krautsuppe? Pellkartoffeln mit Hering?

Dann sitzt Kohler im Bus, fährt aus dieser Stadt hinaus, in der er so lange geatmet hat, die er nicht kennt. Fährt durch eine hügelige, grüne, saubere Landschaft, schaut auf die Uhr, wundert sich, mit welcher Selbstverständlichkeit das Handgelenk hochkippt, doch nicht alles verlernt, jetzt ist er seit fast zwei Stunden raus und noch kein Bier, und drin haben sie hundertmal gesponnen: raus und zum Bahnhof und in den Wartesaal und zwei Bier und zwei Schnäpse bestellt und das erste Bier schütten und den ersten Schnaps hinterher und Schluck für Schluck das zweite Bier nachlaufen lassen, schmecken, Junge, dann den zweiten Schnaps und zahlen und keinen Schnaps weiter, sonst quasselst du blödes Zeug. Jetzt spürt Kohler nicht den geringsten Appetit auf Bier, wird vielleicht abends eins trinken, wenn er mit Vater zu Hause sitzt, mit Vater und Mutter, das hat er richtig gemacht, nicht gleich mit Carla, und morgen wird er Carla anrufen, sie werden etwas ausmachen, genau so, wie er es geschrieben hat. Er muß erst mal allein sein, auspendeln. Auf manche warten sie draußen, die Frau, die Mutter. Auch das haben sie hundertmal debattiert – läßt du dich abschleppen, also ich nicht, erst mal ganz allein Luft holen, die fangen ja doch bloß gleich an zu fragen, man müßte am besten die ersten drei Tage überhaupt keinen sehen. Da ist er nun, der 25. September 1967.

Der Bus kurvt nach Dresden hinein, überquert eine Brücke, unter ihr liegen breite graue Schotterstreifen, der Fluß ist schmal dazwischen, Kohler fragt sich, ob hier überhaupt Schiffe fahren können. Später im Zug packt die Angst vor dem Abend nach ihm. Er kann natürlich erzählen: die Streiche von Rudi Rappe und wie das Essen war und was er gearbeitet hat und wieviel Einkauf er bekam. Und natürlich kann er davon schwafeln, was er jetzt machen wird: eine andere Stadt, neue Arbeit, neue Leute, und wenn einer von der Kaderabteilung quatscht, macht er ein Faß auf, nee, die quatschen schon nicht. Und manche drin haben gesagt: Wer rauskommt, dem geben sie schnell eine Wohnung, damit er nicht wieder Zicken macht. Natürlich kann man so was reden, aber will er reden?

Dann Leipzig mit seinen Vororten, dieselben Fabrikfassaden, die gleichen Nummern an den Straßenbahnen, noch mehr Antennen. Tausend Menschen auf den Bahnsteigen, Kohler ist gespannt, wen er als ersten treffen wird. Hat er hier früher auch jedesmal einen gesehen, den er kannte? Plötzlich hofft er, Carla käme auf ihn zu, hätte sich überlegt, daß er hier um diese Zeit in die Straßenbahn steigen muß, drängte sich an seinen Arm und trüge dasselbe Kleid wie beim letzten Besuch. Jetzt denkt er: Vielleicht war es doch falsch, daß er geschrieben hat, sie solle nicht mehr kommen.

Kohler erkennt wieder, sieht neu. Ein Plakat an einer Litfaßsäule mit Radfahrern. Nach dem Aussteigen das gleiche Plakat, Bahnrennen an diesem Abend, ein paar Namen kennt Kohler noch. Auf das letzte Rennen, das er sah, besinnt er sich; Carla hatte sich von seiner Begeisterung anstecken lassen. Carla in einem bunten

Kleid, Carla mit braunen Knien und Sandalen und Staub zwischen den Zehen, Carla hatte geschrien bei einem Rad-an-Rad-Kampf, und wann sonst hatte Carla geschrien?

Die Straße, in der Kohlers Eltern wohnen, die Zigarettenfrau hinter ihrer Schaufensterscheibe, ein Taxifahrer aus dem Nachbarhaus, aber der sieht ihn nicht, und Kohler möchte nicht gesehen werden mit seinem Pappkarton, möchte rauf und sich waschen und umziehen. Er drückt die Haustür mit der Schulter auf wie immer, wenn er hier hereinkam und etwas in der Hand trug, atmet den Steingeruch. Da ist wieder dieses Gefühl wie am Morgen, als er auf die Straße trat, der Druck, der daher kommt, daß er sich diesen Augenblick zu oft vorgestellt hat. Klingeln und warten, dabei hängen seine Augen an dem Schild MARTIN KOHLER, Schritte im Korridor, die Kette klirrt, da steht Mutter mit Schürze und Strickjacke, so hat er sie sich vorgestellt: Umarmung und Kuß und der Versuch, die Rührung hinter einem Fragenschwall zu verbergen. Nichtige Fragen sind das, was sie bei der Entlassung gesagt haben und wie die Reise war und was er essen möchte. Bratkartoffeln, sagt er sofort, und gebratenen mageren Speck und Spiegeleier. Sie hat Makkaroni gekocht, die hat er früher gern gegessen, aber Kohler versichert, daß er im nächsten halben Jahr weder Nudeln noch Makkaroni anrühren wird, und er preist seinen Kumpel Schmidt, der nach der Entlassung in der Küche einen Zettel mit einer Verbotsliste aufhängen will, darauf stehen Graupen und Kohl an erster Stelle. Darunter will Schmidt schreiben: Jeder Verstoß gegen dieses Verbot hat sofortige Scheidung zur Folge. Kohler blickt auf die Schultern der Mutter hinab, begreift, wie lächerlich es ist, jetzt über Schmidts geharnischten Vorsatz zu sprechen. Jetzt müßte er sagen, daß er versteht, wie schwer er ihr die letzten Jahre gemacht hat. An alles mögliche hat er gedacht, an das erste Bier und alles, was er mit Carla besprechen will, aber Mutters Verstehen hat er für selbstverständlich gehalten. »Makkaroni bei dir sind natürlich Klasse. Klar, essen wir Makkaroni. Vater nicht da?«

Vater arbeitet auswärts, kommt übermorgen zurück. Kohler ist zufrieden. Nicht gleich zuviel auf einmal, einpendeln, auspendeln, heute Mutter und morgen Carla und dann Vater. Und die Ämter, der bürokratische Kram, ihm soll keiner blöd kommen. Das redet er, während er sich wäscht, während er vor dem Spiegel steht, den gleichberechtigten Bürger Kohler betrachtet, während er ein frisches Hemd anzieht, sein grünes Campinghemd. Mutter sagt: »Wirst schon Farbe kriegen.«

Dann essen sie, und Kohler versichert, daß natürlich diese Makkaroni etwas ganz anderes sind, daß er vergessen hat, wie's zu Hause schmeckt. Er redet und redet und erwähnt Carla nicht ein einziges Mal und wartet vergeblich, daß Mutter etwas über Carla sagt. Er raucht und erzählt vom Rauchen drin, wie manche sich auf Priem umstellten, wie sie Priem getrocknet und mit Kippentabak und Asche vermischt und in Zeitungspapier gedreht haben. Priembomben, ihm sei schon nach dem ersten Zug schlecht geworden. Mutter hat die Teller weggestellt und die Hände übereinandergelegt, und Kohler denkt, daß sich Mutter für Priembomben nicht sonderlich interessieren wird. Da springt er zu der Geschichte über, wie Rudi Rappe einen Wachtmeister nachgeäfft hat, der aus Ostpreußen stammt, und der Wachtmeister hat es nie gemerkt. In eine Pause hinein sagt sie: »Ich hab immer gedacht: Du bist da reingeschlittert. Angefangen hast du bestimmt nicht. Aber diesmal paßt du auf, da läßt du dich nicht in so was reinziehen!«

»Passiert nicht wieder.« Dieses Gespräch will Kohler nicht, unvermittelt sagt er: »Ich geh noch mal weg.«

»Zu Carla?«

Nun ist der Name doch gefallen. »Ich ruf sie morgen an.«

»Sie war nicht mehr hier seitdem. Bin auch nicht hingegangen. Wußte doch nicht, was werden soll.«

Kohler merkt, daß Mutter die ganze Zeit auf dieses Thema gewartet hat. Jetzt wird sie loslegen, fürchtet er, wird Dinge sagen, die sie vielleicht später bereut. »Da sprechen wir morgen drüber«, sagt er schnell. »Nicht alles auf einmal.« Kohler muß auf und raus.

Im Campinghemd vor dem Spiegel: als ob er aus dem Krankenhaus käme. Eine Woche Sonne, jeden Tag schwimmen, drei oder vier Wochen nimmt er sich Zeit, ehe er zu arbeiten anfängt. »Jetzt mache ich Ferien«, sagt er, damit Mutter das Gespräch nicht wieder auf Carla bringt.

Er hat noch immer keinen Appetit auf Bier, auch nicht, als er an der Eckkneipe vorbeigeht. Er weiß alles, was die da drin fragen würden. Das Plakat mit den Radfahrern fällt ihm ein, und im Augenblick beschließt er, zum Rennen zu gehen. Dort fragt ihn keiner. Aber er, besinnt er sich, als er an der Bushaltestelle steht, er hätte fragen sollen. Mutter hat oft Schmerzen in den Beinen gehabt, er hätte sich danach und nach ihrer Arbeit erkundigen sollen und nach Vaters Gartenverein und den Tulpen und dem Klatsch im Haus. Und dann hätte er natürlich doch etwas über Carla sagen sollen, wie's mit ihr weitergehen wird. So und so und so.

Hitze im Bus und federndes Auf und Ab und der Gedanke, wer denn auch zum Radrennen fährt. Er möchte hören, ob einer was über Markow sagt oder über Riedel oder den Schweizer oder die Belgier, das war immer so, wenn er früher dorthin fuhr. Beim Radrennen ist es anders als beim Fußball, die Gemeinde ist intimer, da quatscht nicht jeder mit. Die Gemeinde ist auch wendiger: Man ist dankbar für jeden Kämpfer, der den Sieger von gestern niederbolzt. Kohler hängt am Deckenriemen, atmet Luft, die schon zehnmal geatmet wurde. Steigt aus, hat Mühe, im Feierabendverkehr die Straße zu queren, biegt in einen Park ein, hat Rentner und Rosen zur Seite und ein Denkmal, an dem er zum hundertstenmal vorbeigeht und nie hinaufgeschaut hat; an einen Dichter vielleicht oder an die Gefallenen von siebzig/einundsiebzig wird hier erinnert. Dann die Wiese, über die er immer wieder verwundert ist, eine so große Wiese mitten in der Stadt; hinter ihr ballt sich Industriegebiet, Rauchgebiet, Lärmgebiet, aber es ist eine richtige Wiese mit richtigem Gras, keine Parkwiese mit gezirkelten Rändern, dieses Gras können Kühe fressen, nicht bloß Hunde bepinkeln. Hier hat Kohler einmal Männern und Jungen zugeschaut, die Flugmodelle hochschnarren ließen, saubere komplizierte Gebilde, hat gesehen, wie ein Nurflügelmodell abhob, an langer Leine einen Kreis beschrieb, sich jaulend bäumte und barst. Heute sind die Kleinflieger nicht da, tüfteln wohl in ihrer Werkstatt, oder es ist kein Flugwetter, oder sie sind auseinandergelaufen oder basteln Schiffsmodelle und lassen sie im Kanal schwimmen, nicht mehr Tupolew, sondern Hansakogge. Von einer Kirche schlägt es sieben, jetzt, denkt Kohler, hocken die Kalfaktoren schon im Kinosaal, schließen die Wachtmeister Zellen auf, klappern drei Dutzend Strafgefangene die Treppe hinauf in geputzten Schuhen und Tuchhosen mit Streifen, sehen sie Sandmännchen und Tausend Teletips und Aktuelle Kamera und Bericht über Hackfruchternte Rübenaussaat Kooperationsrinderstall gegen Mittelmaß für optimale Steigerung und danach Film oder Fernsehspiel oder sogar Schlagermagazin oder Fußball-Länderkampf, und wenn die Mädchen im Film hübsch und die Schlager nicht gar so ledern, keusch sind, dann ist das Einschlafen besonders schwer. Daran denkt Kohler, daran denkt kein anderer von denen, die über die Wiese pilgern. Hinter Kohler wird nun doch von Markow und Aurich und Kaminski gekakelt, und Kohler überlegt: Noch vier Wochen, dann malt er sich nicht jeden Augenblick aus, was sie im Knast machen, und in drei Jahren erzählt er wahrscheinlich nur die paar Bolzen, die's ja auch gab: Wie Rudi Rappe zum neuntenmal beim Klauen einer Wachtmeisterkippe erwischt wurde, wie der Anstaltsleiter, der ihm schon Kinosperre und Fernsehsperre und Arrest verpaßt hatte, ratlos seinen rauchgierigsten Häftling fragte: »Nun versetzen Sie sich mal in meine Lage, Rappe! Was würden Sie denn sagen, wenn Sie an meiner Stelle stünden!« Und Rappe antwortete: »Ich würde das sagen«, gab seiner Rechten einige Klapse mit der Linken und skandierte dazu wie zu einem Kind: »Du sollst das nicht wieder tun!« Gelächter bei der Polizei. »Rappe, melden Sie sich ab!«

Kohler steigt Stufen hinauf, steht auf dem Damm, sieht das Zementoval unter sich, auf dem Fahrer ihre Trainingsrunden drehen. Links haben die Schrittmacher ihre Maschinen geparkt, in der Mitte, im Lager der Fahrer und Betreuer und Sanitäter und Trainer, werden noch Waden massiert und Muttern festgezogen, alles ist wie vor Jahren, Kohler denkt: Und wenn jetzt einer sagt, es waren gar nicht zweieinhalb Jahre, waren nur sechs Monate, na, sagen wir acht Monate Knast, dann kannst du vom Gefühl her nicht widersprechen, die zweieinhalb Jahre sind ein einziger Zeitmatsch.

Die Musik bricht ab. Sprinterrennen zum Anfang, zwischendurch Tandem, dann Vierermannschaftsfahren, da steckt schon mehr Schwung drin. Kohler hat immer gern gesehen, wenn die Spitzenfahrer in den Kurven hochschnellen wie Fische, sich an den Schwanz hängen in gezirkeltem Bogen. In der achten Runde fällt ein Fahrer zurück, die drei anderen buckeln, bolzen, einer führt eine Runde lang, dann bricht die Reihe, die drei fächern auf, jeder jagt allein dem Ziel zu. Beifall, denn hier ist gekämpft worden, und Kampf wird honoriert, Kohler klatscht, und da gibt es noch einmal Applaus, denn unten stapfen Männer in Lederzeug, die Schrittmacher, einem wird zugejubelt: Birne! schreien Burschen von den Rängen, denn der Mann, der diesen Spitznamen trägt, ist von jeher Zielscheibe eines sich selbst ironisierenden Beifalls, vielleicht, weil er einen schaukelnden Bauch vor sich trägt, vielleicht, weil es äußerst unernst aussieht, wenn er stocksteif auf der Maschine sitzt. An diesem Abend fällt dem fröhlichen Volk eine neue Variante ein: Rhythmisches Klatschen klingt auf wie im Wembley-Stadion, dazwischen der Stakkatoschrei: Birne! Wieder Klatschen: Birne! Natürlich läßt der Starter Birne zuerst von der Kurvenschräge ablaufen, und parodistisch angefeuert, jagt Birne seine Runde, er, der dann meist als Reservist der Jagd zuschaut, diesmal einen schwachen Fahrer zieht. Jetzt hat Birne seine Rolle ausgespielt, Lärm schlägt über dem Stadion zusammen, Kampflärm, Schlachtenlärm; Geschrei von den Rängen, und Kohler schreit, weil er mit viertausend zusammen schreien kann, weil er aufgeht, aufgehoben wird, weil keiner auf ihn achtet; Kohler kann machen, was er will, nicht Strafgefangener Kohler, sondern einfach Kohler. Die Fahrer fädeln sich hinter ihre Schrittmacher, Markow stößt vor, hinten rüstet der Holländer zum Marsch nach der Spitze, nicht ganz bis zur Spitze, denn da liegt Markow, an dem kommt keiner vorbei, der zieht an, wenn ihm einer auf die Pelle rückt. Zweieinhalb Jahre, denkt Kohler, mein Gott. Jemand fragt, wer der Fahrer mit der Neun ist, so wird immer gefragt, und unten tobt das bunte Karussell, auf einen Schlager besinnt sich Kohler: Die Welt, sie dreht sich dreht sich dreht sich. Jetzt einen trinken, daß sich alles dreht, daß sich das Karussell überschlägt, und schreien und schreien und schreien. Er hat unzählige Male gegrübelt, was das Gegenteil vom Knast ist, er hat gemeint: eine Frau haben. An einer Theke lehnen und zuschauen, wie Bier ins Glas läuft, wie Schaum überschwappt, wie das Glas beschlägt. Oder weißes Porzellan und eine Schüssel mit Thüringer Klößen und eine Gans. Immer wieder: eine Frau am Strand, in einer Bar, eine Frau dort, da, so, so. Jetzt denkt er: Das hier ist Gegenteil, eines von Tausenden, keiner paßt auf dich auf, und du kannst schreien.

Leuchtstoffröhren glimmen auf, weiße Helle schlägt auf die Bahn, biegt eine Kuppel, die die Nacht ausschließt, Bahn und Fahrer und Zuschauer überwölbt. Falter stoßen gegen die Strahlenherde an den Masten; der Lärm scheint vom Lichtdom zurückgeworfen zu werden auf die Bahn, wo der Holländer vorstößt, aber immer wieder zieht Markow weg. Da greift der Schweizer an, Kohler blickt in sein Programmheft, merkt sich den Namen Gubelmann. Der bolzt bis auf die dritte Position vor, setzt zum Angriff an, verliert die Rolle, schwimmt, da fangen ihn die anderen ein, da stürzt er im Nu ans Ende zurück. So ist das, denkt Kohler, wenn du Scheiße baust, kippst du ab, und bis du wieder oben bist, kannst du strampeln. Plötzlich denkt er, Carla müßte neben ihm sitzen, sie könnten sich zeigen, wenn ein Fahrer angreift, wenn ein anderer überrundet wird, könnten Beifall schreien und verdammen, ihre Schultern könnten sich berühren, sie müßten an nichts anderes denken, könnten alles andere auf später verschieben. Dann wären die Jahre weg, und das Kind wäre nicht da, Carla in ihrem roten Rock mit aufgenähten bunten Flicken. Oder aufgedruckt oder aufgemalt, bunt über braunen Knien, bunt und weit und wehend, wenn sie radgefahren war. Bunt alles, und Carla weist hinunter, wo Gubelmann antritt, an zwei Gegnern vorbeimarschiert. Aber vorn drücken sie aufs Tempo, vorn scheinen sie sich ausgemacht zu haben, alles so zu belassen – ich mach dir deinen ersten Platz nicht streitig, ich mach dir deinen zweiten Platz nicht streitig, wir halten zusammen gegen die Pinscher dahinten. Die Sympathie schlägt um zum Kämpfer Gubelmann, der in wilder verwegener Jagd den dritten angreift, ihn an den zweiten herandrückt, jetzt liegt Gubelmann weit oben, hat zwei Gespanne vor sich und keine Lücke dazwischen zum Verschnaufen, ein langer Weg ist das, der mit jeder Kurve länger wird. Sein Schrittmacher will auf Biegen und Brechen vorbei, aber Gubelmann kann das Tempo nicht halten, die Verbindung reißt ab, er fällt zurück, sofort sind die Fledderer zur Stelle und schlagen aus seinem Abfallen Positionskapital. Vorn wird Aktivität gemimt, aber da geht keiner so weit, etwas zu riskieren, der Holländer schiebt sich vor, aber Markow tritt, was das Zeug hält, und hier verliert keiner die Rolle, nach zwei Runden ist wieder alles vorbei. Der Himmel ist schwarz über dem Stadion, die Peitschenlampen herrschen. An der Anzeigetafel leuchten Rundenzahlen, noch zwanzig, da orakelt jemand neben Kohler: Jetzt ändert sich nichts mehr, und auch Kohler ist überzeugt, daß alles so bleibt, die vorn sind mit ihren Plätzen zufrieden, und hinten ackert nur noch Gubelmann, aber von dem werden sie sich ihr Konzept nicht verderben lassen. Einer gegen alle, alle gegen einen, das ist noch nie gut ausgegangen, denkt Kohler, mit Gubelmann läuft die Beifallswoge um die Bahn, einmal stößt der Schweizer sogar die Hand hoch, bedankt sich für den Ansporn, jagt los zu einem letzten Angriff, der nichts einbringen kann, und heimst auch am Ende den meisten Jubel ein, fährt wie der Sieger um die Bahn, und Sprechchöre feiern Gubelmann, drängen die Rennleitung, nicht nur die beiden Erstplazierten, sondern auch den Fünften, Gubelmannn, zur Ehrenrunde auf die Bahn zu bitten. So tritt Gubelmann seine Maschine noch einmal rundum, helmlos jetzt, ohne Blumen und Schleifen, in bescheidenem Abstand zu den Siegern, aber die Hand immer oben zum Dank für den Beifall, der nur ihm gilt.

Da steht Kohler schon auf dem Damm, tastet dunkle Stufen hinunter. Geruch nach Gras und Bäumen und feuchter Erde, da erinnert er sich an Carlas Garten, an die Laube mit der Veranda und dem Herd und dem Doppelstockbett, an ihren Zufluchtsort vor der Hochzeit und später gelegentlich noch. Das Bett knarrte, wakkelte, da hat Carla manchmal im unpassendsten Augenblick gelacht. Bett und Veranda und der Blick auf die Baumkronen vor dem hellen Nachthimmel über der Stadt, der Geruch des Flieders oder der Schimmer der blühenden Bäume, an alles das erinnert er sich, und wie sie zum erstenmal in die Laube gegangen sind, und Carla hat Angst gehabt, ein Nachbar könnte sie sehen. Aber später haben sie die Läden ohne Scheu aufgestoßen, haben Luft und den Widerschein des Stadthimmels hereingelassen, und Carla hat vor dem Fenster gestanden.

Kohler trabt los, um Sehnsucht zu zerstampfen und um Kühle und Steifheit aus den Beinen zu treiben. Der erste Lauf nach zweieinhalb Jahren – Rennen auf dem Hof war verboten, Freiübungen in sechzehn Zeiten wurden zelebriert. Er knöpft das Hemd am Hals auf, ist zufrieden, wie leicht er den Rhythmus findet, hat den Weg schnurgerade vor sich bis zur Straße, sieht Autos fahren, schätzt: vierhundert Meter, die müßten durchzuhalten sein. Er stapft, die Versuchung zum Aufgeben kommt ihn an, er zwingt solche Sprüche durch sein Hirn, daß man mit zweiunddreißig nicht zum alten Eisen gehört, daß Knast konserviert, solid gelebt in den letzten Jahren, wäre doch gelacht, Junge, bis zur Straße! Aber Kohler sieht kurze schwarze Schatten über den Schlaglöchern erst im letzten Augenblick, muß den Schritt wechseln, muß springen, das reißt in den Oberschenkeln. Nun schwitzt er natürlich, keucht, vielleicht bringt er die Beine nicht über das letzte Loch weg, strauchelt, stürzt. Zwanzig Meter vor der Straße gibt er auf, hebt die Arme, läßt sie fallen und stößt die Luft aus den Lungen.

Er fährt mit dem Bus zurück, an Kneipen, Speiselokalen, einem Tanzlokal vorbei. Ein Mädchen sitzt ihm gegenüber, das einen Mund hat, der aussieht, als wollte er immerfort geküßt werden. Aber Kohler will nicht küssen, will kein Bier und keine Frau, will nicht tanzen. Nach Hause und das Campinghemd über den Kopf gezogen und sich gewaschen, dann ins Wohnzimmer, wo ihm Mutter auf der Liege das Bettzeug gerichtet hat. Ein blasser, gedehnter Gedanke: Gestern abend noch hat er in der Abgangszelle gelegen, hat die Uhr auf dem Schuldach schlagen hören, hat ausgerechnet: Neunhundertzwölf Tage, soviel Stunden, sovielmal Besuch, sovielmal Kino, sovielmal Fernsehen. Hat verwundert festgestellt, daß zweieinhalb Jahre als Summe gar nicht so lang sind, bloß jeder einzelne Tag ist eine endlose Scheiße.

Kohler liegt auf dem Rücken, vermißt den Gitterschatten an der Decke, denkt an Gubelmann und die verwunderlich kleinen Kinder und daß drin jetzt die Spätschicht auf Zelle abläuft. Ob sie wieder einen zu Rudi in die Zelle gelegt haben? Und Carlas Silhouette vor dem Nachthimmel über der Stadt. Und der beruhigende Gedanke: Barnitzke sitzt noch, der Hund, der ihm die zweieinhalb Jahre eingebrockt hat. Barnitzke hat noch anderthalb Jahre vor sich, und es wäre eine Gemeinheit, wenn sie dem einen einzigen Tag schenken würden. Morgen wird er Carla anrufen. Und noch einmal: Carlas Bild vor dem Laubenfenster. Haben damals Kirschbäume geblüht?

Kohler schläft fest, ist schon wach, als es hell wird. Er genießt das Liegendürfen und Nachdenkendürfen, horcht auf Straßenbahnen, Schritte im Haus. Mutter steht zeitig auf, müht sich, leise zu sein, brummelt manchmal halblaut vor sich hin. Nachdem sie gegangen ist, holt er Butter und Wurst und Käse aus dem Kühlschrank, ißt, raucht. Alles ist klar, was er heute tun muß.

Er trägt bloß Campinghemd und Hose und Sandalen, als er auf die Straße tritt, erinnert sich der schweren schwarzen hohen Schuhe drin. Carla will er anrufen, Carla, das ist jetzt Erinnerung an einen Weg durch Gärten zum Bahndamm. Dort haben sie gestanden und sich geküßt, während oben Züge fuhren, Kohlezüge und Leerzüge und Tankwagen, und wenn ein Doppelstockzug oder ein Schnellzug donnerte, haben sie der Lichterkette nachgestarrt, und immer hat Kohler gesagt, daß er jedesmal, wenn er abends einen erleuchteten Zug sieht, den Wunsch spürt, in ihm zu sitzen. Hier haben sie im Frühjahr gestanden und im Sommer und im Regenherbst, später haben sie manchmal einen Umweg am Sportplatz entlang und durch die nächste Unterführung gemacht, aber kurz vor Weihnachten sind sie hierher zurückgekehrt. Dreimal in der Woche, wenn er sie vom Zeichenzirkel oder vom Tischtennistraining abgeholt hat. Und manchmal gingen sie in Carlas Laube.

Carla, das ist jetzt Beklemmung und der Wunsch, er hätte alles anders angefangen, hätte nicht diesen Brief geschrieben, daß sie nicht mehr zu Besuch kommen soll, daß diese lächerliche halbe Stunde im Vierteljahr im Beisein eines Wachtmeister eine Qual sei, ohne Wert für Wort oder Gefühl. Jetzt sucht er im Telefonbuch die Nummer ihres Betriebes, verlangt ihre Abteilung, sagt: »Bitte Frau Kohler.« Er hört sich entfernende Schritte, jemand ruft: »Carla, für dich!« Er hört Schritte näher kommen; der gleiche Druck legt sich auf ihn wie am Tag vorher, als er auf die Straße getreten ist. »Kohler«, hört er und sagt: »Tag, Carla. Gert.« Eine Sekunde zu lang dauert die Pause, dann antwortet sie: »Ach, guten Tag. Ich dachte mir schon, daß du's bist.« Er muß dieses Gepreßte aus seiner Stimme herausbekommen, sie klingt tonlos wie damals, als er fünf Monate in Einzelhaft war, weil er seinen Brigadier verprügelt hat, als er in dieser Zeit nichts gesprochen hat als morgens und abends die Meldung. »Ja, bin gestern gekommen. Du, ich hab mir gedacht, heute abend.«

Sofort fragt sie: »Und wo?« Jetzt ist der Druck weg, er möchte reden und reden und ihr sagen, daß es dumm von ihm war, daß er sie nicht gestern schon getroffen hat, er war zum Radrennen, hat sie dabei vermißt, ehrlich. »Da, am Bahndamm«, schlägt er vor, »wo wir immer waren.« Immer, das klingt so, als ob alles wie damals wäre.

»Um sieben«, sagt sie, setzt hinzu: »Ich freu mich.« Ein Gruß noch, dann legt er auf, denkt: Sie hat nicht ein einziges Mal meinen Namen genannt. Ist dort einer, der nicht wissen soll, daß sie mit mir spricht? Vielleicht *der?* Kohler will diesen Gedanken verdrängen, er paßt nicht zu dem, was er sich vorgenommen hat. Er muß eine glatte, saubere Linie finden, Carla spürt jeden Bruch.

Auf der Straße steht Kohler dann, die Sonne scheint nicht so heiß wie am Tag vorher. Er blickt in Schaufenster und auf Mädchenbeine und Mädchenhaare und in Mädchenaugen, versucht, sich Carla vorzustellen; jetzt, da er ihre Stimme gehört hat, gelingt es wieder. In ihrem hellgrauen Kostüm sieht er sie und in der Kittelschürze zu Hause und in der ärmellosen Bluse hinter der Tischtennisplatte. An dieses Bild hat er im Gefängnis am liebsten gedacht, Carla hinter der Platte, Angriffsspielerin auch dann, wenn es taktisch nicht klug war. Er kennt ihr Gesicht nach Sieg und Niederlage, immer hat sie eine Strähne aus der Stirn geblasen, immer war sie in gleichem Maß erschöpft, auch nach einem haushohen Sieg.

Kohler klappert Ämter ab. Hier ein Stempel, dort eine Unterschrift, dort ein Mißverständnis. Kohler geht sofort hoch, der Angestellte spricht ruhig wie zu einem Kind oder zu einem Kranken, erklärt noch einmal. Niemand sagt Strafvollzug, alle drücken sich diplomatisch zart, zurückhaltend, umschreibend aus, formulieren: Da, wo Sie waren. Und: Da, wo Sie herkommen. Um Arbeit geht es und Wohnung. Kohler hat Vorstellungen: Er wird sich um Arbeit in einem Werk in der Lausitz kümmern. Er ist gelernter Elektromonteur, kommt überall unter. »Ganz neu anfangen«, lockt ein Angestellter und verweist auf ein Werbebüro. »Elektriker auf einem Bagger oder bei der Grubenbahn.« Für Kohler ist es wichtig, schon hier deutlich zu machen: Er will nicht irgendwelche Gammelei, will Arbeit, bei der etwas herauskommt. Hat nichts dagegen, sich zu qualifizieren. Sieht ganz klar, daß er in den letzten Jahren allerhand versäumt hat. »Weil bei uns alles drunter und drüber ging«, erklärt er, »ist das ja damals passiert.« Er weiß: Das ist vorbei und spielt keine Rolle mehr, das heißt, es spielt natürlich eine Rolle, natürlich bleibt man im Rahmen, wird einen, der unterschlagen hat, nicht als Kassierer einstellen. »Wird bei Ihnen alles klargehen«, schließt der Angestellte zuversichtlich, hakt den Namen Kohler ab.

Später hockt Kohler vor einer Kamera; am nächsten Nachmittag sollen die Paßbilder fertig sein. Kohler bummelt zur Wohnung seiner Eltern und liest Zeitung: Ernte der Wintergerste unter Kooperationsbedingungen, Atomwaffensperrvertrag, hoffnungsvoller Schritt, Orden für, Empörung wegen, Begeisterung über, Aralsee wird nicht, Schule muß politische, mit Recht mehrfach kritisiert. Er nimmt ein Handtuch aus dem Schrank und überlegt, in welchem Geschäft er eine Badehose kaufen kann, sucht zwei Straßen weit, kauft. Sommer, findet Kohler, ist die beste Zeit, aus dem Gefängnis zu kommen, darüber haben sie oft geredet. Sonne zum Braunwerden, man kann schwimmen, es gibt haufenweise Gemüse. Darum wird er Mutter bitten: morgen einen Berg Blumenkohl und Kohlrabi und Möhren und junge Erbsen, Schnitzel dazu und Salzkartoffeln. Außerdem: Man sieht was von den Mädchen.

Später steht Kohler mit Kindern und einer Frau mit Kinderwagen in einer Schlange vor einer Kasse, hört den nicht abreißenden Lärm aus dem Bad, gemischt aus Freudenschrei und Schreckschrei und Warnschrei und Flirtschrei, aus Bademeisterpfiff und Wasserklatschen und Ruf nach der Mutti, nach Eis, Limo, Bockwurst. Er riecht Wasser und Bäume und Creme und nasses Holz und nassen Sand und nasse Haut und denkt, daß er am Sonnabend oder Sonntag mit Carla hierhergehen könnte, blickt in den Kinderwagen, versucht zu schätzen, wie alt das Kind darin ist, zieht sich um, steht vor der gekräuselten Fläche auf dem Betonrand. Als er zwanzig Minuten später heraussteigt, sind seine Beine steif von der Anstrengung, die Schultern schmerzen, jeder Muskel hat Arbeit abbekommen. Gegenteil von Knast – er muß, findet er, diesen Gedanken bremsen. Hundert Gegenteile gibt es, die Mädchen hier sind Gegenteil, man sieht ihnen in ihren Badeanzügen nicht an, ob sie fünfzehn oder siebzehn sind. Kohler hockt auf seinem Handtuch, raucht. Altes Thema drin: Wann eine Zigarette am besten schmeckt. Immer danach. Auf dem ersten Platz: klar, wonach. Auf dem zweiten: wenn man geschwommen hat. Auf dem dritten: wenn du aus dem Kino kommst.

Kohler streckt sich lang aus, richtet das Gesicht in die Sonne, ist froh: Noch drei Sonnentage, dann sieht ihm keiner an, woher er kommt. Wenn er in der Lausitz zu arbeiten anfängt, denken alle, er hat seinen Urlaub schon hinter sich. Und dann rangeklotzt. Und nicht viel anders gelebt als drin. Nicht zuviel geraucht und nicht gesoffen und nicht fett gegessen, langsamer Übergang. Kohler spürt die Muskeln, hört auf den großen Lärm und den kleinen Einzellärm, braucht nicht zu wissen, wie spät es ist, hat Zeit bis zum Abend, kann sich an jeder Straßenecke etwas zu essen kaufen, keine Meldung, kein Wachtmeister. Schon länger als einen Tag draußen, Junge, vergeht die Zeit. Morgen muß er Mutter fragen, ob sie irgendwas zu reparieren hat. Schalter Steckdose Bügeleisen. Wieder mal den Schraubenzieher in der Hand halten, wieder mal Isolierband riechen.

Kohler setzt sich auf, spürt Schwindel und geht in den Schatten, zieht sich an und streunt über den Kies an der Schlange vorbei, die auf Eis und Limo wartet. Zwei Straßen weiter bleibt er vor einer Speisekarte stehen. Bratwurst mit Curry und Salat, liest er, geht rein und bestellt, denkt: Eins achtzig, da mußt du zwei Mark geben, für zwei Mark hättest du drin Blutwurst die Menge kaufen können, Senf drauf, du wärst dreimal so satt geworden wie von der Currywurst. Er sieht, wie Männer Bier bestellen, denkt: In einem Jahr hast du dir das auch wieder angewöhnt, dann gibt es dir nicht immer einen Stich, wenn du ein paar Groschen ausgibst. Junge, jetzt ein Bier.

Da trinkt Kohler das Bier, von dem er zweieinhalb Jahre lang geträumt hat, trinkt es einen Tag zu spät. Es ist eine große Enttäuschung.

2. Carla steht vor dem Spiegel, zieht den Pullover aus. Alle wissen, was sie vorhat, Mutter, Vater, Schwester, niemand erwähnt es. Sie wußten natürlich, wann Gert entlassen wurde, haben gestern gewartet, haben nichts gesagt. Carla zieht eine Bluse an, glatter sportlicher Schnitt. Sie fragt sich, ob sie Angst vor dem Abend hat. Angst wohl nicht. Sie möchte ihn hinter sich gebracht haben, wünscht sich, es wäre morgen um diese Zeit. Sie hat Gerts Bild wieder auf den Nachttisch gestellt. Aufgenommen vor drei Jahren – das Licht fällt auf das Haar, auf einen Teil der Stirn, der Nase; das Kinn, die Augen liegen im Halbdunkel. Es ist dichtes helles Haar. Aber sie hat Gert gesehen, als sein Haar einen Zentimeter lang war, und auch das nur oben in einer lächerlichen Scheibe; sie hat immer auf seine Ohren starren müssen.

Gert hat schief gegrinst und gesagt: Gitter-Look, und der Wachtmeister hat sich derartige Bemerkungen verbeten und mit dem Abbruch des Gesprächs gedroht.

Carla schaut nach Jörg; der schläft, hat eine Faust unter der Decke herausgeschoben. Sie spricht ein paar Worte mit ihrer Mutter, fühlt deren Blick voll versteckter Besorgnis. Carla sagt, sie wisse nicht, wann sie zurückkäme. Sie spricht so ruhig, als ginge sie ohne Reue und Unsicherheit. Aber sie hat Angst, daß Gerts Augen wieder sein könnten wie beim letzten Besuch, nervös und gierig und hoffnungslos. Im Flur nimmt sie das Bund mit den Gartenschlüsseln vom Haken; sie ist sicher, daß alle das Klappern hören.

Es ist noch so warm wie am Nachmittag, die Luft steht bleiern. Carla taucht ins Gedröhn der Lastwagen, in die Abgase der Taxis, ins Geknatter der Mopeds. Sie fährt mit der Straßenbahn, geht an einer Mauer entlang, dahinter ragen Bäume in einem Krankenhauspark, hier ist es schattig und still, sie besinnt sich auf einen Abend mit Gert im Garten eines Dorfgasthofs. Sie waren mit den Rädern durch Hitze und Staub hinausgefahren und saßen unterm Kastaniendach in Kühle und Ruhe, tranken Bier, das ihnen der Wirt herausbrachte; es war ein richtiger Wirt mit Bauch und weißer Schürze und Blick und Wort für seine Gäste. Carla hat aufgezählt, welche Assoziationen durch das Wort Wirt hervorgerufen werden: Geborgenheit, Verläßlichkeit, bei einem Wirte wundermild, und hat geschlossen, daß es so wenige wirkliche Wirte gab und so viele rasch wechselnde Objektleiter. Sie hätte diesen Wirt gern gezeichnet, einen Wirt, *den* Wirt, aber sie hat resignierend eingesehen, daß ihre Kräfte dazu nicht reichten. Häuser und Bäume, Autos, Straßenfronten zeichnete sie gern und geschickt. Aber über ihre Kuh haben sie sich im Zirkel krankgelacht.

Erst beim Aufbruch hat Gert gelesen, daß diese Gaststätte eine Konsumgaststätte war; der Wirt war also doch ein Objektleiter, aber ein Wirt war er auch. Vielleicht, denkt Carla, hätten wir heute dorthin radeln sollen.

An den Gärten vor dem Bahndamm schaut Carla auf die Uhr, geht langsamer. Sie wird zu zeitig dasein. Ein Zug rollt hoch oben, Carla ist versucht, die Waggons zu zählen, träumt einen Augenblick, sie stünde mit Jörg hier, in einem Jahr vielleicht, hielte ihn auf dem Arm, zeigte ihm den Zug. Gert mit in diesem Bild?

Sie sieht Gert, als sie in das letzte Wegstück einbiegt, sieht, daß sein Haar nachgewachsen ist, daß er auf sie zukommt wie früher, die Schultern mitschwingend, sie lächelt und muß sich nicht dazu zwingen, wundert sich, daß alles so einfach ist. »Gert«, sagt sie, »Tag, Gert«, prallt auf ihn und stößt mit der Stirn an seine Schulter, schiebt ihn einen Schritt zurück und hebt das Gesicht, in ihrem Lachen ist ein kleinen Weinen, sie faßt in sein Haar und schüttelt seinen Kopf. »Gert«, sagt sie, »ach, Gert«, und dann preßt sie sich an ihn und drückt wieder den Kopf an seine Schulter.

»Na«, sagt er, »Mädchen, da bist du ja.« Seine Stimme klingt wie nach fünf Monaten Einzelhaft. »Du«, sagt er, »nun laß dich doch anschauen.« Nun hilft sie ihm doch nicht über die erste Minute hinweg, nun muß er helfen, faßt ihr Kinn und drückt den Kopf hoch und küßt sie, und sie legt die Hand auf seinen Nacken und läßt sich küssen und küßt wieder, und so stehen sie und hören Schritte näher kommen und vorbeigehen, dann macht sich Carla los und sagt: »Ach, Gert«, und das klingt glücklich und unglücklich.

»Ach, Carla«, sagt er, und das klingt ein bißchen gestöhnt.

Sie sagt: »Deine Haare sind wieder ganz ordentlich.«

»In der letzten Zeit waren sie drin nicht so.«

»Was hast du den ganzen Tag gemacht?«

»War baden und auf Ämtern.«

»Schön, daß du gerade jetzt rauskommst.«

»Wegen der Sonne.« Dann wissen sie erst einmal nicht, wovon sie reden sollen, denn Wichtiges wollen sie aufschieben. So erzählt Kohler von Birne und Gubelmann und wie er bedauert hat, daß Carla nicht mit zum Rennen war. »Hübsch bist du«, sagt er. »Ich hab mir in der letzten Zeit gar nicht mehr vorstellen können, wie du sprichst.«

Sie denkt: Du wolltest ja nicht, daß ich komme. »Mir ist vorhin dieser Gasthof eingefallen, wo wir unter den Kastanien saßen.«

Aber er redet nicht vom Wirte wundermild, er redet von den Ämtern und von Schwarze Pumpe und daß er dorthin will. »Wohnung kriegen wir dort bald. Mir geben sie schon eine, sonst mach ich 'n Faß auf.«

Zaubern, denkt sie, das müßte ich jetzt können. Das nächste Jahr weg, und wir drei in einer eigenen Wohnung, und Gert steht am Fenster und hält Jörg auf dem Arm und zeigt ihm, wie drüben am Wald ein Zug entlangfährt. Und wir lachen über den Zug, und Jörg sagt etwas ganz Spaßiges. Und vielleicht ist da nicht nur Jörg, vielleicht noch ein Jahr hin, und da ist schon Sabine und dann vielleicht noch Roland. Carla will es nicht denken, und dann denkt sie doch: Damit er auch seinen Jungen hat. Da hat sie den Anfang von dem nicht mitbekommen, was er erzählt, hört: »Keinen Zweck. Nun kannst du ja sagen, die Führung. Manche kommen durch, ohne nach rechts und links zu schauen. Aber es gibt Brigadiere, die denken, sie kommen eher raus, wenn sie ihre Kumpel antreiben. Ich hab einem paar in die Fresse gehauen, und das tut mir nicht mal leid. Der flog gleich übers Band, und ich ging in den Bau, und dann war's aus mit vorzeitiger Entlassung.« Auf den Anstaltsleiter besinnt sich Kohler, der ihm gesagt hat, nun könne er natürlich kein Gesuch befürworten; sonst wäre ja alles in Ordnung, Arbeitsleistung sowieso. Dieser Anstaltsleiter, der so überlastet war, daß er unmöglich alle Gesichter, Lebensläufe, Straftaten, Familienumstände und Führungsdaten seiner Häftlinge im Kopf behalten konnte, hat bei diesem Gespräch das Gefühl gehabt, daß eben wieder Porzellan zerschmissen worden war. Ein Häftling, auf dem Weg nach oben, nach draußen, hatte sich in die Tinte geritten; es war ein Jammer mit diesem Mann und durchaus keine unauflösbare Tragik. Dieser Hauptmann hat sich vorgeneigt und leise und traurig gesagt: Kohler, wann lassen Sie endlich diesen Blödsinn? Sie schaden sich doch bloß selber! Denken Sie, Ihre Nase ist so schön, daß ich sie so lange wie möglich sehen möchte? Gefällt's Ihnen denn hier so sehr, daß Sie sich selber ein Bein stellen? Aber Kohler hat aufgetrumpft: Noch mal so eine Schweinerei, und er schlägt wieder zu; das hat er gesagt, weil ohnehin alles versaut war.

»Manchmal muß man sich eben zusammennehmen.« Carla sucht Gerts Blick, weicht ihm nicht aus. »Nicht alle haben ihre Brigadiere verprügelt, stimmt's?« Sie hört ihren Vater reden: Paß auf, daß er sich nicht selbst leid tut! Sie denkt: Keine Predigt, wenigstens nicht jetzt. Außerdem, wenn Gert vor einem Jahr heimgekommen wäre, da war ich im siebenten Monat. Besser heute. Am besten natürlich, er wäre schon nach einem halben Jahr zurückgekommen. Oder nicht fort gewesen.

Sie gehen am Bahndamm entlang und wieder durch Gärten, biegen in einen Park und setzen sich auf eine Bank. Dort sagt Carla: »Ich war sicher, du würdest dich scheiden lassen.«

»Du hast dich auch nicht scheiden lassen, als ich eingebuchtet wurde.«

»Ich konnte dich doch nicht im Stich lassen.« Sie lehnt sich an ihn und ist froh, daß nun so vieles hinter ihnen liegt, aber vor ihnen liegt noch genug. Er streicht ihr Haar am Nacken hoch und läßt seine Hand dort liegen.

Die Sonne ist im Dunst über der Stadt versackt, es wird dunkel und kühler, sie werden von hier weggehen, vielleicht nimmt er Carla mit zu sich. Ob Mutter dann schläft oder nicht, daraus macht er sich nichts, er ist zweiunddreißig, kommt aus dem Gefängnis, ist mit dieser Frau verheiratet. Und wenn Mutter Carla nicht mehr gesehen hat und nicht sehen will, das ist ihm egal. Er fährt mit der Hand ihren Rücken hinunter, spürt jeden Muskel, besinnt sich, wie gern er mit ihr getanzt hat. Straff und gerade ist sie gegangen, so geht sie noch, hat sie Tischtennis gespielt, ist sie. Wird alles gut, denkt er, blickt in den Himmel; Wind zieht die Wolken zu Streifen auseinander. Hier unten weht kein Wind, und es wird Nacht werden, ihre erste Nacht, es wird sein wie früher.

Dieses Hemd, denkt sie, trug er, als wir zum letztenmal am Autobahnsee waren. Mit dem Motorrad, von dem er sagte, es gehöre Barnitzke. Dieses Hemd, und wir fuhren erst am Morgen zurück und lagen auf der Luftmatratze und schliefen ein und wurden wach, als wir froren, und Fische sprangen am Schilfrand hoch. »Ich hab die Schlüssel mit«, sagt sie; er weiß, welche Schlüssel. Wenn er jetzt etwas sagen wollte, dann das von dem Zeitmatsch, an den er heute schon einmal gedacht hat, aber schöner ist es zu schweigen, zu gehen und zu spüren, wie sie geht. Er glaubt, daß er überhaupt nicht viel über das sprechen muß, was gewesen ist, er hat ihr verziehen, sie hat ihm verziehen, sie lieben sich.

Der Schlüssel, das Schloß, der Weg zwischen Gärten, kein Nachbar und keine Scheu vor einem Nachbarn, Lichthimmel über der Stadt und Schatten der Schornsteine und des Denkmals und der Kirchen. Die Luft ist muffig in der Laube, aber sie wird weichen. Er wird Carla gegen den Nachthimmel stehen sehen, während er noch liegt, während er schon raucht, und vielleicht liegen sie noch, wenn es hell wird.

»Gert, wir müssen Geduld haben, nicht wahr? Vielleicht haben wir uns beide verändert? Das ist bestimmt nicht so einfach, daß wir uns vornehmen, wir tun so, als ob die dreißig Monate nicht gewesen wären.« Sie denkt an das Schilf und die Fische und sein kurz geschnittenes Haar, sie sieht das Haar in die Stirn hängen vor dem Nachthimmel und dem Schatten eines Baumastes. Einmal möchte sie weinen und drückt den Mund gegen seine Schulter und hält den Atem an. Dann will sie sich erinnern, wie es war, als sie zum erstenmal in diese Laube gingen. Und beim letztenmal, das war bei Barnitzke, als sie dessen Geburtstag feierten, als er ein Tonbandgerät gekauft hatte und sie Pall Mall rauchten, als sie bis zum Morgen blieben, als sie zuviel getrunken hatte.

Er sieht sie nicht und möchte sie sehen. Er hat sich in dreißig Monaten diesen Nachthimmel heller vorgestellt. Vielleicht hat einmal der Mond geschienen, einmal haben Bäume geblüht, Kirschbäume, Apfelbäume, er hat sich etwas vorgestellt, was nie gewesen ist: Carla zwischen blühenden Kirschzweigen. Sie haben sich wahrscheinlich drin viel zuviel vorgestellt, Vorstellen war quälender Ersatz. Das will er ihr sagen, wenn sie wieder sprechen, aber dann sagt er etwas ganz anderes. »Ich hab Angst gehabt.« Er hat Mühe, die Uhr so zu halten, daß ein wenig Licht aufs Zifferblatt fällt, er denkt: Jetzt läuft die Spätschicht auf Zelle ab, Rudi und Ewald und Leicabuckel und Locken-Ernst und Husten-Kurt poltern die Treppe herauf, Handtuch und Brotbüchse unter dem Arm, der Kalfaktor hakt hinter ihnen die Zellen zu.

Ihre Hand in seinem Haar. »Woran denkst du?«

»Ach, nichts weiter. Und du?«

»Auch nichts.« Aber sie denkt an die Feier bei Barnitzke, an das Tonbandgerät und die Pall Mall und den Kognak, als sie Gert auf dem Heimweg fragte, ob es nicht sehr leichtsinnig von Barnitzke sei, so viel Geld auszugeben, und als Gert sagte, Barnitzke habe eine fette Prämie eingestrichen. Nein, gewußt hat sie nichts von dem, was Gert und Barnitzke getrieben haben. Hat sie es geahnt? Hätte sie es merken müssen, wenn sie nicht so verliebt gewesen wäre?

»Ich kann noch ein Stück rücken.«

»Hast du nicht lieber auf der anderen Seite gelegen?«

Eine kleine Pause. »Aber bleib nur so.« Jetzt, denkt sie, wird er wahrscheinlich fragen: Wer? Mit wem? Vielleicht wird er auch fragen: Hier? Das wird er nicht fragen. Aber: Ging das längere Zeit? Hast du dich so einsam gefühlt? Oder wolltest du dich rächen? Da merkt sie, daß sein Atem ruhig geht, daß er von einer Minute auf die andere eingeschlafen ist. Sie zieht ihren Arm unter seinem Kopf heraus, und als sie vor dem fahlen Nachthimmel steht, sieht er sie nicht, da schläft er nach dieser Erschöpfung, die damit begann, daß er rechnete: Noch eine Woche, noch vier Tage, die weiterging mit einer Nacht, in der er die Uhr schlagen hörte, mit Busfahrt und Eisenbahnfahrt und Mutter und Gubelmann und Telefonanruf und Schwimmen und Currywurst und Angst vor dieser Stunde und der Sehnsucht nach dieser Stunde und der lähmenden Freude, daß seine Angst umsonst gewesen ist. Alles vorbei, hat er noch gedacht, nun schläft er, sie legt ihm das Campinghemd über die Schultern. Er schläft, bis sie ihn rüttelt: »Mein Gott, ist mir das früher auch passiert? Wie ein alter Mann.« Er zieht sich an und hilft ihr, den Fensterladen zu schließen und die Laube zuzusperren, und erst als sie zwischen den Gärten zurückgehen, fällt ihm ein, daß er rauchen möchte, rauchen danach, ein wenig spät danach. »Früher«, sagt er, »hab ich danach immer geraucht.«

»Manchmal hat's mich gestört.« Das weiß sie noch: Der spaßhafte und nicht ganz spaßhafte Streit, ob in ihrem Schlafzimmer geraucht werden dürfe. Sie hatten kein Schlafzimmer besessen, hatten keine Wohnung besessen und keine Aussicht auf eine Wohnung gehabt. Aber bei jeder Gelegenheit: In *meinem* Schlafzimmer darf nicht geraucht werden. Und er: Ich möchte bloß manchmal, danach.

Am Bahndamm blicken sie zu einem Zug hinauf. Sehnsucht in ihm. Jetzt da drin sitzen in einem scharfen Anzug, aussteigen, wo und wann man will, alte Sehnsucht ist das, neu genährt. Jetzt wünscht er, keinen der beiden letzten Tage jemals zu vergessen. »Du, als wir telefonierten, da klang deine Stimme noch ganz fremd.«

»Als ich gerufen wurde, wußte ich gleich, daß du's bist.«

»Alles kommt in Ordnung. In der Lausitz geben sie uns eher eine Wohnung. Ich hab mir gedacht: Vielleicht gehen wir beide erst einmal allein hin.«

»Du hast dir gedacht. Vielleicht habe ich auch gedacht? Vielleicht will ich hierbleiben?«

»Aber versteh doch!«

»Ich verstehe schon.« Carla hält die Arme gestreckt, die Hände liegen auf Gerts Schultern, sie überlegt: Spiele ich ausgerechnet jetzt das emanzipierte Weib? »Eins steht fest! Falls wir wirklich dorthin gehen sollten, dann kommt Jörg mit.«

2. Kapitel

Hähnchenkanone

1. Teefarbenes Licht liegt über Leipzig, behelmte Männer stehen auf einem Gerüst. Carla beobachtet sie vor starren Kränen, will vergleichen, ob der Bau gewachsen ist, seit sie nicht mehr hingeschaut hat. Vorgestern und gestern ist sie blind für alles gewesen, was ihr Blick sonst hier streift. Es ist warm und schon wieder staubig nach einem Morgenregen, immer wird es staubig in dieser Stadt, wenn es warm ist.

Nun müßte die Unruhe vorbei sein, hofft Carla, dieses Jonglieren mit Tagen und Stunden und der Versuch, sich vorzustellen: Was macht Gert jetzt, wo ist Gert, ruft er an, wartet er vor dem Haus, vor dem Betrieb, wo fährt sein Zug? Sieht ein Mann, der aus dem Gefängnis kommt, aus wie ein Mann, der aus dem Gefängnis kommt? Riecht wie Gefängnis? Stellt Gert sie sich vor in dem Kleid, in dem er sie zum letztenmal gesehen hat? Liebt er sie, haßt er sie, mischt sich Liebe in den Haß, Haß in die Liebe, oder sind dreißig Monate Gefängnis stärker als Haß und Liebe?

Carla möchte nicht gleich vor Vater hintreten, der Bescheid wissen will, das Kind, der Mann, die Wohnung, die Arbeit, der eine Rechnung aufgemacht hat, die aufgehen soll, der viele Unbekannte in dieser Rechnung nicht fühlt. Ja, ich darf von einigen Punkten nicht abgehen, das Kind, die Wohnung, die Arbeit, das muß von Anfang an so sein, wie ich will, wie du willst. Vater wird eher als sie von der Arbeit zurückkommen, wird in der Sofaecke sitzen, die Zeitung sinken lassen. Also?

Carla möchte ins Zimmer treten, wenn der Fernseher schon läuft. Möchte nur ein paar Worte sprechen: Wird alles werden, man darf vom ersten Tag nicht zuviel verlangen. Nein, gestritten haben sie sich nicht. Nein, sie haben längst nicht alles besprochen. Carla hat am Morgen zu Mutter gesagt, daß sie eine Ausstellung besuchen will. Mutter hat gefragt: mit Gert? Carla hat den Kopf geschüttelt: noch nicht, morgen wieder, erst Luft holen, den gestrigen Tag nachfühlen, ihn einfügen. Mutter hat in Carlas Augen zu lesen versucht, fand dies: Carla war glücklich und traurig und nachdenklich und voller Hoffnung in einem. Und? hat Mutter gefragt. Carla hat rasch hochgeblickt und sekundenlang gelächelt. Mutter ist nachts wach gewesen, hat auf die Uhr geschaut, halb drei ist Carla gekommen. Das war nicht zu früh.

Das Licht über der Stadt ist heller geworden, Wolken haben sich verteilt, über Türmen und Kränen ist der Himmel blau wie auf einem Kinderbild. Carla geht durch den Tunnel vor dem Hauptbahnhof, Gesichter kommen auf sie zu, zwischen Omnibussen und Kaufständen ist das Pflaster gesprenkelt von den Staren, die hier ihre Schlafbäume haben. Sie biegt um Baugruben; rot-weiß umzäunt sind Sand und Rohre tief unten. Wieder Platten und die Kühle der Rathausarkaden, Erinnern an die Kühle gestern auf dem Heimweg und an Gerts Arm und Atem und Geruch. Sie hatte den Geruch seiner Haut vergessen, hatte vergessen, wie er ihre Arme umkrampft. Das alles fehlt in Vaters So-und-so-und-so, das Wissen und das Vergessen und das Wiederentdecken.

Vor dem Ausstellungshaus sitzen Riesen, Mann und Frau, gehemmte Giganten unter lastendem Dach, starren sich an, haben sich vielleicht etwas zu sagen. Aber sie brauchen Weite und Licht und Spatzen auf ihren Schultern. Jemand hat dem Mann ein Büschel Blumen in die Bronzefaust gesteckt, sie machen ihn noch kälter.

Grün müßte um die beiden sein, Wasser müßte springen, dann sagte die Frau etwas, antwortete der Mann. Seine Frau, ihr Mann. Etwas Wichtiges, sinnt Carla, haben sie eben besprochen, sind sich einig geworden nach Hin und Her, jetzt ist der Augenblick, in dem sie Einverständnis fühlen. Vielleicht ist nun klar: Sie kaufen die Sessel. Oder: So geht das mit der Tochter nicht weiter, sie müssen mit dem Lehrer sprechen. Oder die Frau hat eben gesagt: Du, es ist ausgeblieben. Oder: Zwist und Streit liegen hinter ihnen, sie haben aneinander ihre Nerven zerrieben, sind zum erstenmal seit langer Zeit einig. Sie trennen sich. Ruhe nach dem Sturm. Gert und ich, denkt Carla, sitzen so nicht. Weiter Weg bis dorthin, so oder so.

Oben in der Kunstausstellung dann Rot und ragende Symbole, ein Rupfenteppich führt hin zum ersten Gemälde: Männer drängen sich hinter einer Barrikade, eine Frau ist zwischen ihnen. Ein Bärtiger erläutert einer Besuchergruppe: Die Kämpfer werden gleichsam zur Barrikade, die Diagonale des fallenden Körpers wird aufgefangen durch die Diagonale des Mannes, der sich dem Feind zuwendet, gleichsam die entstandene Lücke schließt. Carla zieht mit den Augen die Linien nach, dabei begreift sie, warum sie hierhergekommen ist: Sie will den gestrigen Tag ordnen, hier weiß niemand von dem, was sie angeht, die Maler haben es nicht gewußt, und die Besucher wissen es nicht, der Bärtige äußert Mitleid mit dem Soldaten, der eine Munitionskiste hält und nicht mehr an den Sieg glaubt, aber er mißt nichts an Gert und Jörg und ihr. Carla denkt: Welcher Maler malt mein Bild? Im Malzirkel, entsinnt sich Carla, haben sie das Problem der Diagonale behandelt, das war vor ihrer Hochzeit oder kurz danach, dann ist sie nicht mehr hingegangen, weil ihre Zeit knapp wurde, auch weil Gert über ihre Zeichnungen gespottet hat und weil der Zirkelleiter sagte, man sähe ihren Arbeiten an, daß sie von einer Technischen Zeichnerin stammten – wann würde ihr Strich seine Starre verlieren? Weich! hat der Zirkelleiter gerufen, sehen Sie nicht, wie weich diese Linie ist? Weich und hart, so und so, bei Vater ist alles hart, gerade: Du darfst dich nicht zum Prügelknaben machen lassen. Geradlinig, vielleicht hat Vater gesagt: geradlinig. Guter Vater, du willst, daß alles gut wird, willst mein Bestes. Aber du willst auch dein Bestes, vielleicht kann niemand anderen Glück wünschen, ohne daß sich sein eigenes Glück darin spiegelt. Keine Kleinigkeit: Genosse, der Schwiegersohn sitzt im Gefängnis, die Tochter bekommt unterdessen ein Kind.

»Darf ich bitten, vor das nächste Bild zu folgen. Es zeigt einen ...«

Aber Carla biegt um eine andere der weißen Wände vor Mann und Frau, Frau und Mann, fühlt Druck über dem Herzen, als solle dieses Bild Mahnung oder Erinnerung oder Ziel für sie sein. In einem Garten stehen Frau und Mann, als hätte die Frau nur mal einen Apfel aufgelesen, als wären sie bei einer kurzen Rast. Die Frau wird in den Apfel beißen und ihn dem Mann geben; beide werden zusammen fortgehen. Der Garten liegt zart hinter ihnen, Blattgemisch, Zweiggemenge. Garten, das ist für Carla heute nicht trennbar von Laube und Gerts hartem Körper und seiner unsicheren Hand auf ihrer Hüfte und ihrem Willen, nur an Gert zu denken und nur Gert zu fühlen, zu sein wie früher, wenn kein Wunschrest blieb. Aber diese Erinnerung mag Carla nicht in der schlechten Luft zwischen kalkigen Ausstellungswänden mit irgendwelchen Männern einen Meter hinter sich, sie drängt sie ab durch Fachsimpelei, denkt den Garten weg, treibt Mann und Frau aus dem eigenen Fühlen, mißt die Verteilung der Figuren auf der Fläche, bestimmt den Schwerpunkt, tut alles, was im Zirkel für die Betrachtung eines Bildes gelehrt worden ist. Sie könnte, meint sie, fast so gut wie der Bärtige erklären:

Meine Damen und Herren, Sie sehen ein Liebespaar, Ehepaar, zwei junge Menschen unserer Zeit, Blick beweist, der Optimismus, das Aufrechte in Gang und Haltung, unsere Zeit, unsere Menschen, das Befreite des Menschen, das Voranschreiten. Es ist gut, daß Hokker an den Wänden stehen, Carla setzt sich und stellt die Tasche ab. Die Luft hier drin und die Aufregung in den letzten Tagen, der gestrige Abend – es war alles ein bißchen viel. Gestern um diese Zeit, erinnert sie sich, stand sie zu Hause vor dem Spiegel, da fragten Vater und Mutter und Schwester nicht, alle ereiferten sich an nebensächlichem Zeug: War es praktisch, daß im Messehallenkonsum die Kassen am Ausgang standen und nicht mehr bei den einzelnen Abteilungen? Carla ging, niemand fragte, und alle dachten an das gleiche, und Vater hoffte wahrscheinlich noch immer, es wäre zu Ende mit Gert, und Mutter hoffte, alles würde gut mit Gert, und die Schwester war vielleicht nur neugierig auf Details von Kuß und Umarmung nach dreißig Monaten Trennung. Gestern um diese Zeit hat Carla gehofft, es wäre ein Tag später. Jetzt ist es später. Aber was bedeutet für Gert und sie schon ein Tag?

Röcke und Hosen vor Carla, zwischen ihr und den Apfelessern, der Bärtige spricht von Optimismus und natürlicher, offener Sinnlichkeit. Nichts vom Befreiten des Menschen, vom Voranschreiten in eine hellere Zeit, es ist ein wenig einfach gewesen, merkt Carla, was sie sich ausgedacht hat, zu geradlinig, also primitiv. Ist Vaters Ansicht von ihr und Gert primitiv?

Zerknitterte Jacketts und Aktentaschen und schlanke Beine und dicke Beine und hohe Absätze und schiefe Absätze und der klobige Stoff einer Uniform vor Carlas Gesicht. Die Stimme des Bärtigen und eine Frauenstimme, die fragt, warum die Frau die Augen aufreißt, man könne meinen, der Apfel wäre sauer, und dahinten, sie dächte nicht, daß das Blätter wären, das wären doch eher Wolken. Muskeln unter Hosenstoff kippen von Standmuskel auf Spielmuskel, Falten legen sich neu, Einkaufstaschen wechseln in die ausgeruhte Hand. »Die Technik dieses Bildes gestattet es nicht. Der Gesichtsausdruck der Frau deutet darauf hin, daß ...« Carla biegt um Ziergesträuch, stößt auf ein Bild, das Bild stößt auf sie, ein Herz liegt im Zentrum, Herz mit Adern und Klappen und Kranzgefäßen, ein anatomisches Herz, nicht das Herz der Poesiealben und Pfefferkuchenbuden, der Schlager und Schwüre, nicht das Herz, das verschenkt oder gebrochen, sondern eines, das geröntgt und transplantiert wird, das moderne Herz, das blutige Herz, in dieses Herz hinein zielen Gewehre, Dolche, Maschinenpistolen, hier wird ein Herz getötet, ein Mensch, mehr als ein Mensch. Carla bückt sich zum Schild, eine Stelle aus dem Roman »Die Nackten und die Toten« hat der Künstler zum Anlaß genommen. Carla weiß mit diesem Titel nichts anzufangen, aber das Bild zieht sie an, Kampf und Tod auf den Barrikaden haben sie kalt gelassen, hier werden ihre Augen von den Gewehrläufen mitgezogen. Um Leben und Tod eines einzelnen und vieler geht es, um den Krieg, der immer war, seit sie denkt, aber er war immer irgendwo, traf Menschen, die sie nicht kannte. Dieses Herz könnte ihr Herz sein. Wilder Schmerz auf diesem Bild – kleiner Schmerz bei mir, will sich Carla einreden, nur Gert und sie und Mutter und Vater und Gerts Eltern spüren ihn noch, jeder anders und jeder letztlich für sich. Dennoch: Es müssen nicht immer Dolche sein, die ein Herz treffen.

Beim Weitergehen haftet Carlas Blick nicht an Kühlturm, Brigadebesprechung, Engelsplatz, Arbeiterveteran, Mädchen mit Blume, Fisch auf Holzplatte. Die Luft hier drin ist ihr zuwider, sie wird vielleicht noch einmal mit ihren Kollegen diese Ausstellung besuchen. Mit Gert? Gert käme nur mit, um ihr einen Gefallen zu tun.

Der Himmel ist grau geworden, jetzt sind die Straßenbahnen nicht mehr überfüllt. Daheim im Korridor fällt Carlas Blick auf das Schlüsselbrett, da hängen Gartenschlüssel und Laubenschlüssel, Wärme strömt ihr über die Arme, sie stellt sich Gert vor, als er vom Fenster weg auf sie zugetreten ist; sonst ist die Haut unter der Badehose heller gewesen bis in den Frühling hinein, jetzt hat Carla keinen Unterschied gesehen. Carla streift die Schuhe ab und ärgert sich, daß sie ihren Blick nicht von den Schlüsseln abwenden kann, sie prüft ihre Augen im Spiegel und findet an ihnen nichts, was andere nicht sehen dürften. Wie zur Probe stellt sie sich wieder Gerts Haut vor von den blassen Schatten unter den Rippenbögen abwärts, reißt den Blick los, stellt die Schuhe mit hartem Klacken auf das Blech unter der Garderobe.

Vater hat den Fernseher noch nicht eingeschaltet, steht auf dem Balkon auf einer Leiter und gipst eine Latte ein, zeigt sein Do-it-Yourself-Gesicht, grübelnd, eifrig, skeptisch. Von Latex redet er und von der Wetterseite. Probleme der Tagesarbeit aber tummeln sich, während die Hände werkeln, in seinem Kopf: Spurbreite der neuen Kipper, Breite der Betonpisten, MAS 503, alte DR-50-Dumper aus Ungarn, Reparaturkapazität und Brigadevertrag. Mutter reicht einen Hammer hoch, wartet mit in den Nacken gelegtem Kopf. »So«, sagt Hans Riesolt zu seiner Tochter, »in der Kunstausstellung warst du. Wieder Lust gekriegt?« Neue Gedanken schieben sich zwischen Dübelerwägungen und APO-Kalkulation: Warum geht Carla gerade heute in eine Ausstellung, ist das Atemholen oder Flucht? Wenn Gert jetzt hier wäre, denkt Carla, nicht zum erstenmal hier wäre, hätten die beiden ihr Thema: Dach über den Balkon und verglasen, Schiebefenster oder nicht, Dachrinne. Hans Riesolt ächzt, das gehört zum Genuß, glättet, verkündet Sieg: Das haut hin, er hat ja gesagt: Aufhacken und Dübeln macht Dreck, aber er ist nun mal nicht für halbe Sachen.

Vor Jörgs Bettchen tritt Carla, beugt sich zu ihrem sauberen, satten, glatten Jungen, riecht Creme und Milch und Puder, lockert das Bündchen am Hals, fühlt weiche, feuchte Haut. Drückt Nase an Nase, daß Jörg prustet; er mag dieses Gesicht über sich, das vor dem Einschlafen kitzelnde Laute flüstert, leise Antworten aus ihm herauslockt. »Guterguterjörg«, sagt Carla vor Jörgs Augen, er wirft den Körper hoch und winkelt die Arme, möchte aufgenommen werden. »Jetzt wird geschlafen«, bestimmt Carla und drückt die Decke fest. Im Korridor zwingt sie sich, an den Schlüsseln vorbeizusehen.

Sie essen Abendbrot, Vater schaltet den Fernseher noch immer nicht ein. »Wie sieht denn Gert aus?« Kein Vorwurf mehr, nimmt er sich vor, man darf nicht auf den alten Sachen rumhacken. Sie kommt nicht los von ihm, vielleicht war er ihr erster Mann. Wahrscheinlich hat sie in dem anderen bloß Gert gesucht.

Carla schließt die Vorhänge, ist froh, daß ihre Hände etwas zu tun haben. »Er will in die Lausitz.«

Hans Riesolt hat Möglichkeiten durchgeprobt; diese war nicht darunter. Für einen Augenblick denkt er: Also doch Trennung, aber dann sähe Carla nicht so aus. Frauen auf Hochzeitsbildern in den Schaukästen der Fotografen haben solche Augen. »Liebst ihn wieder?« Sie nickt ernsthaft, er begreift, daß er sich darauf einstellen muß; anders fände er es besser. »Und was willst *du*?«

Es sei noch längst nicht alles besprochen, erklärt Carla, man müsse Gert zur Ruhe kommen lassen. Vielleicht rede er bald nicht mehr von der Lausitz.

»Bring ihn dazu, daß er hier zu arbeiten anfängt. Man kann so was nicht übers Knie brechen.« Warum, denkt Riesolt, rede ich nicht zu, daß Gert wegfährt? Er schaltet nun doch den Fernseher ein, versucht sich vorzustellen, Gert wohnte wieder hier, es würde eng werden, nicht nur räumlich. Er wiederholt seine alte Warnung: »Hauptsache, du läßt dich nicht in die Ecke drängen. Du hast nichts wiedergutzumachen, hörst du?« Ein Gesicht wächst matt auf dem Bildschirm, wird scharf, ein Mann verkündet: Entschlossenheit und Tatkraft, Aggressoren zum Scheitern verurteilt, Empörung der Weltöffentlichkeit. »Und vor allem mußt du aufpassen, daß sich in Gert kein Selbstmitleid festsetzt. Wie steht er denn zu seiner Strafe?«

»Wir können doch nicht gleich über alles sprechen.«

»Bestimmt findet er sie zu hart.« Ein Schiff macht im Hafen fest, Kräne drehen sich, Männer starren hinauf; Hans Riesolt ist mit seinen Gedanken nicht bei ihnen. »Das mindeste ist, daß du ihn nicht in dieser Ansicht bestärkst. War ein dickes Ding, das sie gedreht haben, Barnitzke vorneweg, das schon. Und Barnitzke hat ja auch das meiste abbekommen. Aber Gert hat feste mitgemischt, und paar Ideen stammen auch von seinem Mist. Ich sage nur: Nachtspeicheröfen. Er war nicht das doofe Schaf, und Barnitzke war nicht der große Gangster.«

»Ich weiß«, sagt Carla leise.

Riesolt hat Gerts zugesperrtes Gesicht im Gerichtssaal nicht vergessen, erinnert sich an die gequetschten Antworten. »Er kann verdammt stur sein. Du paßt auf, daß sich in ihm kein Ressentiment festhakt?« Ressentiment, denkt Riesolt, ich sollte mich nicht aufplustern, ich hab die Hausdurchsuchung nicht vergessen, drei Mann von der Kripo und Krollmann aus dem Erdgeschoß als Zeuge, und zweimal Vernehmung, und die Fragen, wann ich was angeschafft habe, was ich verdiene, und immer wieder: Herr Riesolt, Sie haben also wirklich nichts vom Treiben Ihres Schwiegersohnes geahnt? Das ist nicht vergessen, weiß Riesolt, aber er muß es abgedrängt haben, ehe er mit Carlas Mann wieder wie vorher reden kann; es ist unmöglich, über Basteln und Bauen zu spintisieren, ohne daß er denken muß: Material, woher? Und einmal hat ein Kriminalpolizist gesagt: Sie wollen also nichts gewußt haben, nicht mal was von den Nachtspeicheröfen, und das sollen wir Ihnen abnehmen?

Carla sieht noch zu, wie Ruderer trainieren, hört abermals Vaters Satz: War ein verdammt dickes Ding! In der Küche räumt sie Bügelwäsche weg, ist froh, daß Mutter nicht fragt, was sie mit Vater gesprochen hat. Wischtücher stapelt sie, Kopfkissen. Sie denkt drei Jahre zurück, sieht sich vor einem Mund sitzen, vor einem Bleistift, der eine Liste entlangfährt, der Mund wiederholt, was er vor einem Vierteljahr, einem halben Jahr gesprochen hat, daß die Wohnungskommission des Betriebs den Antrag Kohler gegenwärtig nicht befürworten kann. Ingenieure haben täglich dreißig Kilometer Anfahrt, eine Familie mit drei Kindern wohnt in anderthalb Räumen. Der Bleistift tippt auf Spalten, der Mund formuliert: Dringlichkeitsfall, Härtefall. »Kollegin Kohler, ihr habt ja noch nicht einmal ein Kind!« Und Carla sieht sich mit Gert und Barnitzke vor einer Scheune, alte Apfelbäume kümmern in einem verwilderten Garten, der Zaun ist niedergebrochen, jenseits von einem Acker kurvt eine Straßenbahn in engem Bogen; Endhaltestelle. Rechtwinklig zur Scheune steht ein elendes zweistöckiges Haus mit leeren Fenstern und löchrigem Dach, durch Brennesseln und Gerümpel bahnt sich Barnitzke den Weg, redet von Werterhaltung. Ausbauen, sagt er, zwei Wohnungen, eine für euch, eine für mich, Werterhaltung, der große Schrei. Barnitzke brummt: zwanzigtausend Emm.

Carla stapelt Wäsche in den Schlafzimmerschrank. Auf dem Weg zum Bad streift ihr Blick das Schlüsselbrett; ein Lächeln wird geweckt, das noch auf ihrem Gesicht liegt, als sie das Kleid abgestreift hat. Sie mustert dieses Lächeln, fühlt es noch, als sie im Bett liegt. Sie ist wunderbar müde, spürt Wärme auf ihrem Leib, einmal zieht sie die Knie an, daß das Hemd nach oben gleitet. Gestern um diese Zeit, erinnert sie sich, gingen wir auf die Laube zu, ich dachte an die Fische am Schilfrand. Gerts Hemd fällt ihr ein und die Blässe seines Körpers, das Zittern der Hand, als er sie zum erstenmal auf ihre Hüfte legte, als hätte er alles Besitzrecht verloren und müßte jede Zärtlichkeit neu finden. Sie hat sich nicht auf Gert konzentrieren können, hat an vieles denken müssen, an den letzten Besuch drin, laß dich nicht in die Ecke drängen, du brauchst mich nicht mehr zu besuchen, auch an Harald Bohn, obwohl sie sich vorgenommen hatte, ihn bestimmt nicht in ihre Gedanken dringen zu lassen. Sie hat durch unzählige Nervenpunkte gespürt, wie Angst von Gert abfiel, und hat die Zähne zusammengebissen, als er eine Brustwarze mit seinen Lippen umschloß. Mein Mann, denkt sie jetzt, mein Mann. Wieder mein Mann.

In der Nacht wird sie wach, tastet nach Jörgs Bett. Lausitz, überlegt sie, wie wird das?

2. Aber Kohler fährt nicht in die Lausitz. Er liegt auf dem Sofa in der Stube seiner Eltern, liest Zeitung. Zu Problemen des Geistig-Kulturellen, bei Hue vernichtet, stellen für sofort oder später ein: Serviererinnen, Abräumer, Hähnchenbrater. Das letzte Wort hakt fest, braune Hähnchenbrust, Keule, duftende Haut reißt auf über saftigem Fleisch, Pfeffer in die Wunde, vor dem Mund, vor der Nase, vorgebeugt, damit er sich nicht bespritzt. »Zur Bewältigung umfangreicher gastronomischer Aufgaben stellen wir sofort oder später aus der nichtarbeitenden Bevölkerung ... « Er ist nichtarbeitende Bevölkerung. Nicht gleich auf einen Bagger, ins Dreischichtsystem, das läuft nicht weg.

Kohler zündet sich eine Zigarette an, findet heraus, warum ihn Hähnchenbraten reizt: weil er nie Kurzgebratenes gegessen hat in zweieinhalb Jahren. Kein Schnitzel, kein Spiegelei, keine Bratkartoffeln. Hähnchen ist Gegenteil. Kohler stellt sich ein Zelt vor, er steht hinter einem Holzkohlerost, legt Hähnchen auf, wendet. Oder: Nickelblitzender Apparat, er steckt Hähnchen auf Spieße, lädt seine Hähnchenkanone, die Spieße drehen sich, die Welt, sie dreht sich dreht sich dreht sich, Infrarot gegen die Hähnchen, für die Hähnchen. Hähnchenkönig Kohler. Die Bude mal hier, mal dort. Sonntagszuschlag. Zigeunerleben. Davon hat Schmidt geschwärmt: an der Ostsee als Strandkorbvermieter und im Harz als Bierzapfer oder Pilze sammeln und an der Autobahn verhökern oder mal 'ne Lore ausladen.

Kohler schläft wieder ein, wird wach, da ist der halbe Vormittag um. Vierter Tag, konstatiert er, raucht, greift erneut zur Zeitung. Meine liebe Frau, unsere unvergessene Mutter, Tante, Omi. Hähnchenbrater. Aus der Kiste greifen, Salz drauf, Pfeffer drauf. Jeden Tag ißt du eins. Dem Ochsen, der da Hähnchen brät. Zwei, drei Wochen, das ist beinahe Urlaub, und dafür bezahlen sie dich noch.

Eine Stunde später steht Kohler einem Graukopf gegenüber, sieht in Augen, die unter faltigen Lidern forschend, verwundert, argwöhnisch, neugierig blicken, kaderschätzende Augen, Menschenbeurteileraugen. »Komme wegen der Annonce da«, beginnt Kohler, und hinter den Augen unter ihm laufen Gedankenketten ab: kein Gelegenheitstyp, kein Abenteurertyp, kein Berufskellner, die fangen so ein Gespräch ganz anders an, kein – was dann? Kohler schiebt das Arbeitsbuch über den Tisch. »Nehmen Sie bitte Platz«, sagt der Kaderkenner, hat nun Kohler auf gleicher Höhe, liest im Buch *Rentenanwartschaft wurde aufrechterhalten von bis,* da ist alles klar.

»Herr Kohler«, tastet er, »woran hatten Sie gedacht?« Er kennt Richtlinien, entlassene Strafgefangene an Brigaden zu binden, ihnen feste Arbeitsplätze zu vermitteln, Patenschaften zu übernehmen, zu helfen, zu leiten, zu bremsen, zu fördern, je nachdem. Er mustert ein blasses Gesicht, weiches dunkelblondes Haar, sympathischer Junge soweit, eigenwillig um den Mund herum, kräftige Hände mit breiten Fingerkuppen. Auf Hände und Finger achtet er besonders, wie die Nägel geschnitten sind und ob sie abgearbeitet und sauber sind, in den Händen liegt der halbe Charakter, diese Hände können zupacken, festhalten, das sind keine zittrigen, fahrigen, leichtfertigen Hände. *Aufrechterhalten von bis,* der Kadereinschätzer überschlägt, zweieinhalb Jahre, da muß er einiges ausgefressen haben, na, bei Hähnchen kann er nischt klaun, ich werd ihn der Brehmer zuteilen, und ich werd ihr einen Wink geben. Falls er überhaupt geklaut hat.

»Hähnchenbraten«, sagt Kohler, »das tät mir mal Spaß machen.«

»Keine Dauerstellung. Vielleicht sollten Sie besser...«

»Will auch keine Dauerstellung. Ich komme aus dem Knast.« Kohler lauscht diesem Satz nach, findet, daß er ihn hübsch natürlich hingesprochen hat. »Ich geh dann in die Lausitz, will wieder in meinen Beruf. Bloß als Übergang.«

»Ist schnell zu lernen«, sagt der Kaderlenker, ist noch immer nicht sicher, ob er rückfragen, ablehnen soll. »Wenn Sie Hitze vertragen.«

Kohler denkt an das Montageband unter dem Pappdach, die Sonne prasselte drauf, und der Ventilator trieb Luft vom Hof herein, die schon vor Hitze flimmerte, und als sie Hemden auszogen und Hosenbeine hochkrempelten, ordnete der Wachtmeister an, Hemden anzuziehen und Hosenbeine runterzuwickeln, da nuschelte Lederohr, daß er dann wahrscheinlich bloß sechzig Prozent seiner Norm schaffen könne, da nahm der Wachtmeister den Brigadier mit raus und sagte ihm, er käme in den nächsten drei Stunden nicht wieder in den Arbeitsraum, aber dann müsse jeder das Hemd anhaben. Sie schufteten drei Stunden lang mit nacktem Oberkörper, dann war die Norm geschafft und die Stimmung gut, und sie machten beim Ablaufen weniger Krach als gewöhnlich.

»Ich vertrag schon Hitze.«

Der Kaderleiter beginnt sein Routinegeschäft. Volkswirtschaftlicher Schwerpunkt ist das nicht, aber wenn die Besucher der Ausstellung nichts zu beißen kriegen, gibt's Gemaule, und wer ist dann schuld, er ist schuld, also wird Gert Kohler Hähnchenbrater für zwei Wochen. Gert Kohler, geboren in Leipzig 1935; also Sie unterschreiben mal hier, und morgen früh können Sie anfangen. Also wenn Sie zum Haupteingang reinkommen. Brehmer, wie Bremen, bloß mit h und r.

Kohler holt die Paßbilder ab, erschrickt: wie vierzig. Ein paar Nächte schlecht geschlafen und diese verdammte Aufregung. Er wird sich hinter seinem Hähnchenstand herausmachen. Denkt: Auf so einem Posten kannst du hundert Jahre alt werden.

Zwei Stunden später gibt Kohler seinen Interimsausweis ab, steckt einen Personalausweis in die Tasche, neu, mit einem Bild in neuer Hülle. Jetzt hat er die Behördenlauferei hinter sich, hat Ausweis und einstweilen Wohnung bei seinen Eltern.

Dieser Tag wird nicht so heiß wie der vergangene, der Wind treibt Wolken über die Stadt. Kohler überlegt, was er tun kann: sich in ein Lokal setzen, essen, wonach er sich in zweieinhalb Jahren gesehnt hat, Schaschlik, Leber, Eisbein. Er kann mit der Straßenbahn kreuz und quer fahren. Kann ins Kino gehen. Carla, ob er sie anrufen soll? Hähnchenbrater, das ist immerhin eine Veränderung. Noch zwei Wochen hier, er wird dem Jungen nicht ausweichen können. Vielleicht taucht er kurz bei Carlas Eltern auf, sagt guten Tag. Dort hat er zwei Jahre lang gewohnt, er hat noch einen Anzug dort und ein paar Klamotten. Die leichte helle Hose – was trägt man als Hähnchenbrater? Er wird Carla anrufen, daß sie ihm die Hose bringt, er wird seinem Vorsatz treu bleiben: Diese Wohnung betritt er nicht. Diese Leute haben Carla aufgehetzt, sich scheiden zu lassen, als er eingesperrt wurde. Als damals der Brief kam, dieser Brief: Carla erwartet ein Kind, da hatte zu seinen durcheinanderstürzenden Empfindungen auch diese gehört: Schadet dem Alten nichts. Kohler hatte sich ausgemalt, wie das diesen Mann traf, ihn, an dem nie jemand etwas auszusetzen hatte, Aktivist, ging nicht fremd, soff nicht, leitete Hausversammlungen, spendete, qualifizierte sich, hatte das Geld für einen Trabant zusammen, wartet bloß noch auf den Trabant, seine Töchter wie aus dem Ei gepellt. Erste Bombe: Der Schwiegersohn marschiert ins Gefängnis. Zweite Bombe: Die Tochter bekommt anderthalb Jahre danach ein Kind.

Dieser Abend beginnt mit kurzem Regen, der die Luft rein wäscht. Carla geht auf Gert zu, Gert läuft auf Carla zu, bis sie aneinanderprallen, bis Wange an Wange liegt und sein Arm ihre Schultern preßt. »Mädchen, da bist du ja.« Seine Stimme klingt nicht mehr wie nach fünf Monaten Einzelhaft, als er sie nur früh und abends für die Meldung brauchte oder allenfalls für eine Frage an den Kalfaktor, der ihm die Arbeit hereingab, aber was mußte schon einer fragen, der Sprengringe und Unterlegscheiben auf Schrauben aufzog und sein Werk in Armeekolonnen auf Tabletts aufmarschieren ließ für eilige Hände am Band.

Carla und Gert biegen in einen Park ein, es ist windstill, sie halten den Atem an und lauschen einem Rascheln nach. »Gert, vielleicht ist es ein Igel?«

»Oder eine Maus.«

»Ich habe noch nie einen lebendigen Igel gesehen.«

In diesem Park gibt es Blumenbeete und Bänke und Springbrunnen, vielleicht auch Igel. »Wenn die Igel in der Abendstunde«, zitiert Carla und bleibt nach der zweiten Zeile stecken. »Was hast du denn so gelesen?« Es gibt unendlich viel aufzuholen, nicht nur Anschmiegen und Küssen. »Nicht viel«, sagt Kohler. »Meist nur Zeitschriften und Zeitungen. Hatte keine Ruhe.“ Unvermittelt sagt er: »Was denkst du, wo ich morgen früh anfange?« Und erzählt von der Annonce und dem grauköpfigen Kaderlenker. »Was sagst du dazu?«

Sie lehnen am Geländer eines Brückchens, das sich über einen Teichbogen spannt, haben die Arme aufeinandergelegt. »Ich werde gar nicht gefragt?« Carla weiß: Wenn sie sich jetzt nicht begreiflich macht, wird sie es in Zukunft schwer haben. Nicht nur ihm gegenüber, auch vor sich. »Das ist nicht in Ordnung, gestern noch Bagger und heute Hähnchen, und alles so, als ob es mich überhaupt nicht gäbe.«

Er zieht sie an sich, versucht sich zu erinnern, ob sie früher auch so mit ihm gesprochen hat. Jetzt argwöhnt er: Er hat Fügsamkeit erwartet aus schlechtem Gewissen heraus. Das Kind als möglicher ständiger Vorwurf – offenbar läuft nicht alles so, wie er geglaubt hat. »Was ist denn das für eine Ehe«, drängt sie. »Was würdest du für ein Gesicht machen, wenn ich morgen so ganz nebenbei sagte: Ich fange nächste Woche in Berlin an?«

Kohler hat Terrain verloren, deshalb verbreitet er sich darüber, daß ihn die Vorstellung von Hähnchenduft umgeschmissen habe, und er wolle ja nicht ewig in so einer Bude stehen, andere machen erst Urlaub, er fängt schon nach ein paar Tagen zu arbeiten an, darüber müsse sie sich eigentlich freuen. Er bummelt nicht, versäuft seine paar Mark nicht, er…

»Ja, ja, ja, aber darum geht es nicht!« Vaters Ratschläge fallen ihr ein, die Arbeit, das Kind, die Wohnung, die

Strafe, du darfst dich nicht an die Wand drücken lassen – Carla schiebt ihren Mann ein Stück zurück, damit sie sein Gesicht sieht, das jetzt so erstaunt ist. Keine Tragödie daraus machen, nimmt sie sich vor. Aber Riegel vorschieben.

Es dauert eine Weile, bis der kratzige Ton aus ihren Stimmen heraus ist. Auf das bedrohte, angefeindete Herz in der Kunstausstellung lenkt Carla über, auch darauf, daß sie seit Monaten nicht mehr vor ihrem Block gesessen hat. »Ich wollte Jörg zeichnen.« Sie wartet sekundenlang, Kohler spürt wachsende Spannung, fragt: »Und hast du's versucht?«

»Vielleicht traue ich mich nicht.«

»Kannst's doch wegwerfen, wenn's nichts wird.«

Auf dem Fluß blinken die Lichter der Brücken. Dieser Fluß stinkt, sie erwähnen es nicht, denn dieser Gestank gehört zu diesem Fluß. Sie biegen wieder in den Park ein, wo er zum Wald wird, hier gibt es keine Blumen und kaum noch Lampen und ganz wenige Bänke, sie treten ein Stück vom Weg herunter zwischen feuchte, duftende Pflanzen, seine Hände fahren unter ihrem Pullover zu den Schultern hinauf. Carla spürt seine Erregung und wird von dem Gedanken gequält, wie Gert denn im Gefängnis mit dieser Erregung fertig geworden ist; sie hat eine dumpfe, ungute Vorstellung, weiß, daß sie niemals fragen wird. Sie konzentriert sich darauf, wie seine Hände sie liebkosen, zart und bestimmt und ohne zu zögern wie in der Laube. Das vertreibt alle anderen Gedanken.

Später, an ihrer Haustür, flackert die Debatte wieder auf über Hähnchenbraten und Lausitz, da sagt Carla: »Ich verstehe dich schon, du hast immerfort machen müssen, was andere wollten. Jetzt soll es endlich nach deiner Nase gehen.« Sie drückt das Gesicht an seine Schulter, murmelt in den Stoff hinein: »Aber ich habe auch eine Nase.«

Ihr Abschied ist kurz, beide sind müde: »War's trotzdem schön?«

»Ja, war trotzdem schön.«

3. Ein Tag zieht über Leipzig mit Licht von Ost nach West und Wind von West nach Ost, mit Straßenbahnen von allen Seiten nach allen Seiten, mit Bauernschwärmen vom Hauptbahnhof nach Markkleeberg; eine Sprengbombe wird gefunden im Sand einer Baugrube, Carla Kohler zeichnet Ritzelwelle und elastische Kupplung und denkt an das Bronzepaar vor der Ausstellung und an das gespießte Herz, sie sticht den Zirkel ein und hört sich sagen: Aber ich hab auch eine Nase, hofft, daß es geradezu und heiter geklungen hat, ohne Übelnehmen bei aller Bestimmtheit. Es ist ein Tag mit drei Kongressen in dieser Stadt und zwölf Verkehrsunfällen und üblichem Training der berühmten Sportler; zwei Gedichte werden geschrieben und zehn Seiten Roman, ein halbfertiges Fernsehmanuskript wird zerredet, Carlas Mutter paßt den Zeitpunkt ab, an dem ihr Enkel abgehalten werden will. »Ah!« stöhnen beide voller Eifer.

Mittags lobt Frau Brehmer: »Gut, Kollege Kohler, nun versuchen Sie's mal alleine!« Nachmittags beeilt sich Carla, nach Hause zu kommen, wäscht sich, frottiert sich. Das Badezimmer riecht noch nach Farbe, der Ölsockel glänzt, alles hängt, steht, liegt an seinem Platz. Vaters Bad – was darüber debattiert, geplant, verworfen, neu geplant worden ist, geht auf keine Kuhhaut. Daran hat Vater ein halbes Jahr lang sein Herz gehängt, jetzt ist es fertig – was nun? Eines ist klar: Der Abort liegt auf halber Treppe, daran kann niemand etwas ändern. Im übrigen hat Vater aus dieser Wohnung gemacht, was zu machen war. Carla zieht sich vor dem Spiegel an, den Vater nach ihren Wünschen gehängt hat: niedriger, als er ihn brauchte. Carla wischt mit dem Finger über ihre Brauen, diese schönen geschwungenen Brauen, die das

Auffälligste an ihrem Gesicht sind. Erinnerung an einen Satz von Gert: »Vor dem Schallplattengeschäft, ich wußte gleich: Die Brauen hast du schon mal gesehen. Und dann Bach!« Das blaue Kleid, ärmellos, die gelbe Kette, diese Zusammenstellung ist ausprobiert. Eine Strickjacke legt Carla in den Wagen für den Fall, daß es kühl werden sollte. Praktisch, was man alles zu Jörgs Füßen verstauen kann: Knirps und Jacke und Gerts Hose.

»Ißt du nicht mit?« fragt Vater, als sie ins Wohnzimmer tritt.

Er weiß, wohin sie geht. Er hat dabeigesessen, als sie mit Mutter über Hose und Wäsche geredet hat; Mutter hat Gerts Namen genannt. Aber er hat Zeitung gelesen. Wird seine Argumente nicht verwässern, indem er sie ständig wiederholt. Carla ist vierundzwanzig, hat seinen Charakter geerbt. Darauf war er manchmal stolz: *Seine* Tochter, hat Riesolt gedacht, als die Dreijährige hartnäckig und erfolglos immer dieselben Bausteine aufeinandertürmte, als der Neunjährigen Tränen der Wut in die Augen schossen, wenn sie ein bestimmtes Kleid anziehen sollte. Er hat es mit ihr schwer gehabt, als sie dreizehn, fünfzehn war, aber er war in dieser Zeit überzeugt: Wir werden wieder die besten Freunde. Er schaut nicht von der Zeitung auf, geht nicht in die Küche, als ein Spaß gemacht wird, daß der Junge kräht. Er denkt, daß er einen Weg finden muß, mit Carlas Mann ins reine zu kommen, wenn Carla selbst ins reine kommen will. Später steht Hans Riesolt hinter den Gardinen und blickt Carla nach. Ob er ihr sagen soll: Sie kann ihren Mann mal mitbringen? Ob er sie fragen soll: Wollt ihr wieder hier wohnen? Aber es endet nicht gut, wenn man Dreck zuscharrt. Wie wird es werden in der Lausitz?

Da schiebt Carla ihren Wagen schon über die Kreuzung. Jörg liegt ruhig wie meist, wenn er gefahren wird, läßt die Augen wandern. Manchmal spricht ihm Carla etwas vor. Richtige, klare Sätze sind das, kein Kleinkinderwelsch. Carla hat sich vorgenommen, mit Jörg von Anfang an wie mit einem vernunftbegabten Wesen zu sprechen, Lampe und nicht Guckelicht, essen und nicht bababmachen. Ihren Eltern hat sie diesen Grundsatz eingeschärft, Gert wird einverstanden sein.

Gert und Jörg, das ist der Angelpunkt. Gert hat es so gewollt, wer A sagt, muß auch B sagen. Sie hat ihm, als Jörg unterwegs war, geschrieben: »Nun wirst Du Dich scheiden lassen. Daß ich Dich liebe, ist nicht mehr wesentlich. Ich werde für eine einzige Stunde fürchterlich bestraft, und nicht einmal in dieser Stunde habe ich Dich ganz vergessen.« Nach vier Wochen kam die Antwort: Er wolle sich nicht scheiden lassen.

Noch pendeln E-Wagen zwischen Markkleeberg und der Stadt. Der Rückstrom hat eingesetzt, Carla fährt noch hinaus, will Gert an seinem Stand besuchen. Will, daß er Jörg sieht. So ist das am besten: Jörg ist nicht die Hauptsache; ach, wird sie sagen, er kann gar nicht genug an die Luft kommen, er schläft auch im Wagen. Schlafender Jörg, und Gert wird unter die Plane blicken. Dann wird sie schnell von etwas anderem reden. Gert soll nicht den Eindruck haben: Wenn Jörg dabei ist, ist er selbst nicht wichtig.

Staubige Wege und niedergetretenes Gras und übervolle Papierkörbe, Wegweiser und Reklameschilder und Zelte; Jörg läßt die Augen schneller wandern, und seine Mutter erzählt ihm, daß sie jetzt wahrscheinlich gleich eine Kuh sehen werden und ein ganz dickes Schwein und vielleicht sogar Hühner. Sie schiebt ihren Wagen an Maschinen vorbei, die grün und rot auf sandigen Plätzen stehen. Sie will Jörg sagen, was sie vorhaben, aber sie scheut sich vor den Worten: Jetzt gehn wir zum Vati, zum Papi.

Carla hat an Tiere gedacht, wenn sie sich die Landwirtschaftsausstellung vorgestellt hat, an Ställle voller blankgeputzter Kühe mit riesigen Eutern, an Käfige mit Rassehühnern. Aber sie ist zwischen Maschinen geraten. Links halten, hat Gert gesagt, am Rosengarten vorbei und geradeaus, dann riechst du's schon. Dann ist sie an den Maschinen vorbei und sieht einen Imbißstand und einen Mann, der ein halbes Hähnchen auf einem Teller vorbeiträgt, sie riecht den Hähnchenduft und erkennt Gert hinter einem Rost, den Kopf gesenkt, die Hände bei der Arbeit. Sie hat ihm immer gern zugesehen, wenn er gearbeitet hat, es war gleichgültig, ob er einen Nagel einschlug oder den Teppich klopfte oder das Fahrrad putzte, seine Hände waren immer ganz bei der Sache und seine Augen und seine Lippen. Er pfiff dabei meist vor sich hin, immer denselben Melodiefetzen, wahrscheinlich wußte er gar nicht, daß er pfiff.

Jetzt hält er eine Gabel in jeder Hand und hebt Hähnchen an, dreht sie, ordnet rasch von links nach rechts seine Kolonne durch, Vierteldrehung, ein Hähnchen sticht er an, legt es auf eine Platte neben dem Rost, schneidet es mit langem Messer durch, wechselt ein paar Worte mit einer Frau, gleich darauf steht er wieder hinter seinem Rost, hebt ein Hähnchen vom Rand in die Mitte, dreht die anderen, wieder Vierteldrehung, läßt eines ausscheren, bückt sich, taucht wieder auf mit blassen kalten Hähnchen in der Hand, packt sie auf den Rost, hat es eilig, zwei an den Rand zu schieben. Seine Lippen sind gespitzt, er pfeift so leise, daß Carla es nicht hört, daß er selber es kaum hört, er denkt nicht an Carla und den Arbeitsschluß in einer halben Stunde, er hat fünfundzwanzig Hähnchen zu betreuen, dreiundzwanzig im Moment nur, greift noch zwei aus der Kiste. Junge, denkt er, die Bauern verputzen die Kerlchen schneller, als sie sie aufziehen. Chefin, drei Stück fertig. Chefin sagt er zur Brehmer, das ist neutral, die ist ihm nicht grün, wie er sofort gemerkt hat. Wahrscheinlich hat der Kadermann ihr doch einen Tip gegeben, und nun kommt sie sich wer weiß wie großartig vor, moralisches As, noch nie aus dem Blechnapf gefressen. Ihre Sache, er wird ihr zeigen, wie Deutschlands größter Hähnchenbrater den Laden schmeißt. Hähnchenbrater, seine Spezialstrecke, das hat er gleich am ersten Tag gemerkt. Liebe zu den Kerlchen, das gehört dazu, und wenn's doch mal irgendwo brenzlig riecht, dann rasch wenden und Wasser aufspritzen und mit der Gabel drüber reiben und den Burschen nicht mehr aus den Augen lassen. Kohler möchte jetzt in seiner alten Brigade sitzen, wenn das Band ruht, weil beispielsweise Gehäuse fehlen, wenn sie Stößel entgraten, und möchte einen Vortrag halten: Also hört her, wenn ihr einen Rost für fünfundzwanzig Vögel bedient, packt ihr ihn erst mal in der Mitte voll, immer von der Mitte nach außen arbeiten, höchstens die von außen ganz zuletzt noch mal kurz in die Mitte legen, letzte Ölung geben. Und nie nervös machen lassen, wenn eine Schlange vor dem Stand wartet. Und wenn die Bauern Wurzeln schlagen. Wenn Sauregurkenzeit ausbricht, mußt du die Mitte frei lassen und deine Schützlinge auf der Außenbahn hinhalten, keine Spurts in der Mitte einlegen. Und wenn deine Pause kommt, suchst du eins für dich aus, Schenkel prall wie Fäuste und runder Rücken und weiße Brust, das machst du nur in der Mitte fertig, drehst du alle drei Minuten, zwei Minuten, das hütest du wie deinen Augapfel, das kommt nicht an die Seite auf Sparflamme, und genau in dem Augenblick, in dem die Brehmer den Rost übernimmt, schiebst du ab mit deinem Mustervogel und hockst dich hinter dem Stand auf den Kistenstapel und verzehrst dein eigenes Werk, jawohl, ich lege Wert auf die Formulierung: Du verzehrst es. Eine Stunde für solch gepflegten Vortrag – mein Gott, denkt Kohler, wo gibt es das noch mal: soviel Zeit für Rederei wie im Knast? Da fällt ihm diese großartige Geschichte ein, wie Esch, Jack und der Fischer zusammen auf Zelle lagen, wie sie wochenlang keine Arbeit hatten und von früh bis abends quasselten, wie sie früh um fünf nach dem Wecken auf Ratten kamen und sich erzählten, was sie mit Ratten erlebt, über Ratten gehört und gelesen hatten, und nachmittags um drei schloß der Wachtmeister auf und sagte: »Nu hör'n Se mal zu, könn'se nich mal über was andres red'n? Das geht nun schon den ganz'n Tach, und jedesmal, wenn ich an Ihrer Zelle vorbeigomme, also das muß Ihn' doch nu mal selber zum Hals raushäng'!« Mal in aller Ruhe, denkt Kohler, sich mal in aller Ruhe über Hähnchen ausquatschen. Kommt nie wieder die Zeit.

Jetzt läßt er die Produktion auslaufen, stellt sich vor: Hähnchengroßbratanlage, die Hähnchen spazieren auf einem Band heran, kippen auf den Rost, Schüttelrost vielleicht, Kipprost. Ein Mann bloß steht davor mit langer Gabel und feiner Nase, rettet, wo sich ein Bürzel verhakt, spießt herunter, was fertig ist. Infrarot und automatische Öltropfanlage, Frischluftzufuhr, und Kohler fährt von einem Schaltpult aus Europas modernste Hähnchenbraterei. Hinten liegen die Masthäuser, dort krähen die Anwärter noch, es folgen Schlachthaus und Kohlers Bratzentrale, die braunen Burschen kippen in Spezialthermosbehälter, werden auf Lastwagen gehoben. Kohler denkt: Wär schon eine schöne Spinnerei für den Knast. Er wendet die letzten Vögel dieser Tagesproduktion, sein Blick gleitet hoch, da steht Carla.

Nicht nur Carla, sondern Carla mit Kinderwagen, hochbeiniger schmucker Wagen, schmucke Carla. Kohler hebt grüßend die Gabel, sie winkt so, daß er merkt: Er soll sich nicht stören lassen. Sie hat also den Jungen mitgebracht, da ist wieder dieses beklemmende Gefühl wie vor ein paar Tagen, als er in der Telefonzelle stand und Carlas Stimme hörte. Da ist also der Junge. Er hat sich angewöhnt, ihn in seinen Gedanken »der Junge« zu nennen, nicht Jörg. Jetzt wird er Carla begrüßen und einen Blick in den Wagen werfen, wird sagen müssen: Na, du, und ihm auf die Nase stupsen. Wird wahrscheinlich im Laufe des Abends sagen müssen: netter Junge oder so was. Wird die Hand auf die Wagenstange legen. Fünf Hähnchen noch, dann blickt er wieder auf, Carla zeigt auf eine Bank, dort wird sie warten. Eigentlich ist das Quatsch: eigen Fleisch und Blut. Er wird ihm Sandburgen und eine Eisenbahnanlage bauen. Keiner wird wissen, daß es nicht sein Junge ist.

Dann räumt er seinen Rost auf und wechselt mit der Brehmer letzte Worte über die Tagesproduktion. »Meinen Vogel von heute mittag ziehen Sie mir mit ab«, verlangt er so laut, daß es auch die anderen hören, da soll es von vornherein kein Mißverständnis geben. Er knirscht über den Kies auf Carla zu, biegt um kauende Traktoristen, Agronomen, Eierfabrikanten, legt die Hand um Carlas Nacken und meldet fröhlich: »Norm geschafft.« Er blickt in den Wagen und sieht ein kleines zartes rundes Gesicht und Fäustchen vor dem Mund, die Augen sind auf ihn gerichtet, wache Augen, er hat gar nicht gewußt, daß so kleine Kinder so kritisch blicken können, er stupst auf die Fäustchen und mit gestrecktem Zeigefinger auf die Nase, der Junge verzieht keine Miene. »Du hast mich noch gar nicht gesehen, nicht wahr?« Er überlegt, ob Carla traurig gewesen wäre, wenn er gesagt hätte: Du hast den Onkel noch gar nicht gesehen. Zufrieden läßt er sich neben Carla fallen, fühlt sich gütig und verstehend nach großartigem Tagewerk. »Mädchen, wie hübsch du aussiehst.« Er erzählt von seinem Hähnchenstand und wie man ihn umbauen könnte, und sie erwärmt sich bei dem Gedanken, ihr Vater säße mit hier, ließe sich anstecken: Die beiden zusammen, das ist immer Knobelei gewesen. Sie schildert ihren Tag hinter den Zeichenbrettern und steckt zwischendurch Jörgs Fäuste unter die Decke und sagt ihm, daß er jetzt schlafen soll, denn alle Kinder schlafen nun und auch die kleinen Vögel und die kleinen Katzen. Sie ist froh, daß die letzten Minuten ohne Mißklang verstrichen sind, sie stellt Etappen auf: das erste Telefongespräch, die Stunde in der Laube, die erste Begegnung zwischen Gert und Jörg, nun gibt es noch eine Reihe von Etappen, aber wenn sie beide guten Willen aufbringen... Briefe Gerts fallen ihr ein, in denen sich der Satz wiederholte: Wir müssen beide viel guten Willen haben.

»Wird kühl, wenn man den ganzen Tag hinter dem Rost gestanden hat.« Gert blickt auf den Jungen hinunter, ihm fällt ein, daß er sich an seinem Entlassungsmorgen gewundert hatte, wie klein kleine Kinder sind, er sagt es, und Carla lacht und schmiegt sich im Gehen an ihn, als wolle sie sich für ihr Lachen entschuldigen. Dieser Morgen fällt ihm ein, als Lärm aus den Schulfenstern auf sonnenweiße Straße schlug, als dieser Augenblick da war. »Du, ich dachte: Da bist du nun raus. Aber das dachte ich nicht bloß. Da gibt's kein Wort für: Ich dachte auch mit den Augen und den Händen und den Beinen, alles an mir wußte, daß der Knast vorbei war.«

In diesem Teil des Parks stehen Hirsche und Wildschweine hinter Gattern, verschwimmen in der Dämmerung. Carla nimmt sich vor, einmal mit Jörg hierherzugehen, sobald er laufen kann, sie stellt ihn sich an ihrer Hand vor, die Hosen prall von den Windeln, wie er zu ihr hochschaut und auf die Hirsche zeigt und etwas sagen will, aber doch nicht sagen kann. Gert geht an der anderen Seite, sie schwingen Jörg nach vorn und rufen hollahopp, und Jörg kräht und zappelt und will immer dieses Spiel spielen, das Hollahopp heißt. »Der ist halb verrückt«, hört sie ihren Mann sagen und weiß nicht, von wem die Rede ist. »Wenn der Graf ist, bin ich Millionär. Du kannst dir gar nicht vorstellen, was es drin für Spinner gibt.« Während er weitererzählt, legt er die Hand auf die Kinderwagenstange, so schieben sie zusammen. Jörg schläft ein, Carla zieht seine Decke höher. An der Straßenbahnhaltestelle beratschlagen sie, ob sie fahren oder laufen sollen, sie bummeln weiter durch feierabendleere Seitenstraßen, durch die selten ein Auto fährt und in denen Gaslaternen brennen. Vom Tischtennis erzählt Carla, daß sie kaum noch gespielt hat. Ein paar der alten Partner haben aufgehört, sie hat bei den neuen nicht den richtigen Anschluß gefunden. Einmal denkt Kohler: Ob es einer von diesen Tischtennisleuten war? Das schönste für Carla ist, daß sie nicht das Gefühl hat, immerfort reden zu müssen. Sind sie schon ein wenig über den Berg?

Fünfter Hähnchentag, Kohler arbeitet an diesem Goldton, Idealton, hat eine Rutschkette entwickelt, beginnt mit Mittellage und kippt im Minutenabstand. Von neun Uhr morgens an kauen die Bauern vor seinem Rost, schließen den Kreislauf der Natur ab mit vorgestreckten Mündern, Bauernzähne fetzen Braunhaut und Weißfleisch. Frau Brehmer wirft selten Blicke zur Seite, hält sich für feinfühlig, verstehend, im Einklang mit allem, was sie gelesen hat, daß man Haftentlassenen eine Chance bieten, sie als gleichberechtigt behandeln soll. Sie wird in der Verwaltung lobende Worte über Kohlers Arbeit fallenlassen, nicht aber über sein Verhalten zu den Kollegen. Noch in sich verschlossen, abgekapselt. Eines steht fest: Mit Kohler am Rost ist die Quartalsprämie sicher. Wenn es nach ihr geht, brät sie zur Messe mit Kohler in der Petersstraße.

Gegen elf beginnt die Arbeitsspitze, für sie hat Kohler Kisten gestapelt, Deckel gelockert, oberste Papierlage abgeräumt. Er kann aus dem vollen wirtschaften wie bei der Armee, wenn sie Munitionskisten hinter dem Geschütz gehortet hatten zu gespieltem Vernichtungsfeuer. Feuer frei auf LPG-Mägen. Kohler legt Munition auf seine Hähnchenkanone, kippt um ein Viertel, schiebt nach dem Rand zu, holt in die Mitte zurück und liefert an die Brehmer ab. Jetzt kann er nicht an dieser exquisiten Rundumbräune arbeiten, muß Ware auf den Markt schleudern. Kohler brät mit hohen Hitzegraden, mit vollem Risiko.

»Mensch, Kohler!«

Kein gerötetes, gebräuntes Landgesicht, sondern blasses blondes Stubengesicht, freundliches harmloses Brillengesicht: »Hohlbein«, erkennt Kohler überrascht, »Mensch, wie kommst du hierher!«

»Hast mal Zeit für ein paar Worte?«

»In 'ner Stunde mach ich Mittag.«

Eine Stunde lang haben Kohlers Hände und Augen höllisch mit den Hähnchen zu tun, bereiten ihnen Höllenhitze und Höllenbräune, retten sie vor dem Höllenschwarz, eine Stunde lang grübelt Kohler, wie er Hohlbein erläutern soll, warum er hinter die Hähnchen geraten ist. Hohlbein, Zweitbester der Klasse nach einem Strebermädchen, kam zur Oberschule. Kohler hat in dieser Minute eben gesehen: feiner heller Anzug, Schlips, Parteiabzeichen. Hohlbein auf dem Dorf?

Dann Mittagspause auf dem Stapel von Kisten, aus denen Kohler seine Munition verschossen hat, Kohler ißt Käsestulle und Wurststulle, hat keinen Appetit mehr auf Hähnchen, außerdem: läuft auf die Dauer ins Geld. Neben ihm hockt Hohlbein, erzählt von Parteischule und Heirat und seiner Funktion bei einer Kreisleitung und daß er eigentlich mit der Landwirtschaft nichts zu tun habe, aber es sei nützlich und nötig, auch über Dinge informiert zu sein, die einen nicht unbedingt angehen. Und wen er kürzlich aus ihrer ehemaligen Klasse getroffen hat. »Dich hier draußen hätt' ich am wenigsten erwartet.«

»Ist'n Übergang«, sagt Kohler rasch. Die Lausitz erwähnt er und die Arbeit dort, aber es klappt nicht gleich, und da fährt er einstweilen diesen Posten hier, so zum Spaß, als halbe Ferien.

»Warst schon immer ’n Wühler.« Von Mähdreschern redet Hohlbein, und Kohler horcht auf Untertöne, Zwischentöne, ob Hohlbein etwas gehört hat über ihn, was weiß, er trifft ja allerhand Leute. Und Hohlbein berichtet von seiner Frau und seinem Jungen und seiner Tochter, und Kohler sagt: »Bin schon seit vier Jahren verheiratet.« Er fingert Zigaretten aus der Tasche, bietet an und zündet an, und erst nachdem er sich an einer Zigarette festhalten kann, sagt er: »Wir haben ’nen Jungen, zehn Monate.« Dabei wird ihm heiß, aber Hohlbeins Gesicht ist noch ebenso arglos. »Muß mal weiter«, Hohlbein bedauert. »Wirklich schade, daß man sich so selten sieht. Müßten mal ein Klassentreffen organisieren.«

»Müßten wir wirklich.« Kohler denkt: Wäre das letzte. Händedruck und gute Wünsche, dann munitioniert Kohler wieder seine Hähnchenbatterie auf und weiß, daß er einen Fehler gemacht hat, als er hierhergekommen ist. Er muß aus Leipzig fort. Heute trifft er Hohlbein und morgen einen von seiner alten Baustelle, und jeden Tag hält er es nicht aus, daß er sagt: Wir haben ’nen Jungen, und vielleicht grinst sich der andere eins und tratscht weiter, wie Kohler gesagt hat: Wir haben ’nen Jungen, und dabei rot angelaufen ist. Und Kohler entsinnt sich der endlosen Debatten in Bautzen, was sie machen, wenn sie rauskommen: Die Eltern fragen, die Freunde fragen, und wenn irgendwas war mit der Frau, dann ist Sense, sie hinter Gittern, und die Frau treibt sich rum. Einer hat mal gesagt: Aber eure Frauen können doch nicht dafür, daß ihr sitzt, oder? Und dann hat er hinzugefügt: Ihr seid wohl nie fremdgegangen, oder? Das war Benning gewesen, Doktor Reginald Benning.

Abends, als sie ihren Stand zusammenpacken, erwähnt Kohler wie nebenbei: Na, die Hälfte ist für mich gleich rum. Sofort beißt die Brehmer an: Sie habe gedacht, er bleibe mindestens vier Wochen. Bald ist

Messe, der Stand an der Petersstraße sei dann eine Goldgrube. Also, das muß sie sagen, sie hat überhaupt noch niemanden erlebt, der sich so schnell in die Braterei reinfindet! Und sie kommen doch miteinander aus?

Einzelheiten diskutiert Kohler nicht erst. Er hat für zwei Wochen zugesagt, anschließend geht er nach Schwarze Pumpe. Hat dort seine Stelle, ja, hat sich gestern entschieden. »Ist mehr Frauensache hier. Und sagen Sie mal in Ihrer Verwaltung Bescheid. Damit sich dort keiner falsche Vorstellungen macht.«

Kohler fährt nach Hause, biegt in seine Straße ein, da steigt der Taxifahrer, der im Nebenhaus wohnt, aus seinem Wagen, will stehenbleiben, aber Kohler geht so schnell an ihm vorbei, daß dieses Zögern nur eine Sekunde dauert, sich in einer Bewegung zur Haustür hin auflöst. Kohler grüßt; kein Gequatsche, denkt er, für die nächsten zehn Jahre ist mein Bedarf gedeckt. Heute mit Hohlbein, was hat das eingebracht? Schluß machen heißt richtig Schluß machen; er war ein Idiot, daß er sich auf diese Braterei eingelassen hat.

Schon an Mutters Öffnen merkt Kohler: Vater ist da. Wenn Vater im Hause ist, wirkt Mutter eine Spur flinker, bestimmter, deutlicher. Kohler tritt in die Küche, als sich Vater wäscht. Er grüßt, Vater antwortet aus seifigem Gesicht heraus. Es dauert eine Weile, bis Karlheinz Kohler seinem Sohn die Hand gibt. Könnte verlegener sein, denkt der Vater, kommt aus dem Gefängnis, hat geklaut, da sollte man nicht so aufgekratzt tun. »Hast dich nicht sehr verändert.«

»Du auch nicht.«

»Dicker geworden ist Vater«, sagt Mutter; an diesem Thema halten sie sich fest, gar nicht so schlimm, na, wenn's schmeckt, das Bier, das Bier.

Die Männer setzen sich in die Stube. »Ich hab gedacht, mich haut's um.« Das ist Vaters Kommentar zu der Hähnchenbraterei, Kohler winkt ab: »Bloß zum

Einpendeln. Dann nach Schwarze Pumpe.« Damit nicht erst herumgedruckst zu werden braucht: Carla kommt nach.

Karlheinz Kohler nimmt diesen Ball nicht auf. Sitzt da, die Hosenträger über dem Hemd, den Kragen offen, das Haar über der Stirn noch feucht vom Waschen, lokkiges Haar wie bei seinem Sohn, dicht noch, eisengrau, kurz. Hände liegen auf dem Tisch, breite Hände, ein Finger fehlt, den hat ein Granatsplitter bei Nettuno abgefetzt. Karlheinz Kohler hört von den Aussichten in der Lausitz, steuert eigene Erfahrungen bei, wundert sich, daß das Gespräch in diese Richtung gleitet. Hundertmal in den letzten zweieinhalb Jahren hat er es sich ganz anders vorgestellt, hat das Gesicht des Sohnes zugesperrt und stumm vor sich gesehen, hat sich reden hören von Blödheit und Schande im Haus und im Betrieb, der ehrliche Name Kohler, und daß du das deiner Mutter antun mußtest. Nur er selbst hat in dieser Vorstellung gesprochen, auch von Dämlichkeit, und niemand solle ihm damit kommen, andere hätten Gert hineingezogen. Selber alt genug. Aber nichts davon plarrt Karlheinz Kohler heraus, er argumentiert hurtig, interessiert über die Chancen und Nachteile in einem neuen großen Betrieb, er ist alter Hase, ist ein Mann mit goldenen Händen, goldenen Nerven, goldenen Verbindungen und Erfahrungen. Eines kennt er nicht: Gefängnis. Danach wird er noch fragen, wird jede Kleinigkeit wissen wollen. Über Gefängnis redet er später, über Carla überhaupt nicht.

Mutter kommt herein, fürchtet Zusammenprall, möchte glätten. Aber ihr Mann findet kein anderes Thema als gewöhnlich: Normen und Auslösung und rollende Schicht, und wenn du dich mit deinem Brigadier nicht gutstehst, kannst du einpacken, und als Neuer hast du's überall schwer. Der Garten dann und die Tulpen, aber nicht mehr mit dem Schwung wie früher, Mutter kann auch nicht mehr so richtig, und wenn man dauernd unterwegs ist; aber wenn ich immer hier wäre, würde ich groß mit Gurken unter Folie einsteigen. Kohler sieht: Vaters Haar ist über den Ohren grau geworden, hier und da fast weiß; Vater sitzt mit runden Schultern, das Kinn auf der Brust, im Oberkiefer ist eine Lücke. Bald ein alter Mann, findet Kohler, der stellt bestimmt nächstens fest: So viele Jahre noch bis zur Rente. Vor fünf Jahren wäre ich nicht so weggekommen, da hätte er ein Faß aufgemacht. Jetzt sagt der Vater: »Könntest auch bei uns anfangen.« Diesen Gedanken hat Kohler schon durchgespielt, antwortet sofort mit einer Viertelwahrheit: »In der Lausitz bekomme ich eher eine Wohnung.«

Mutter hakt unsicher ein: Für drei ist hier Platz. Aber Vater wischt den Gedanken weg: Wenn Gert nun mal mit seiner Frau zusammenbleiben will. Seine Frau – diese Formulierung ist deutlich, Kohler schluckt sie. Dieser Abend hat ein Thema weniger. Abwarten, nimmt sich Kohler vor, schließlich haben wir warten gelernt. Eine Gesprächspause klafft, Karlheinz Kohler denkt: Hochkantig hinausgeschmissen hätt ich Carla, Gert hat sich drin eingebildet: Gibt bloß die eine. Wird schon sehen: Laufen noch mehr von der Sorte rum, und soviel besser wird die's auch nicht können. »Na«, sagt er, »vom Quasseln krieg ich immer Durst.«

Vor dem Essen trägt Vater ein Netz mit Bierflaschen aus dem Korridor herein; Kohler trinkt nur ein Glas, Vater trinkt aus der Flasche wie immer. Vom Bier ist die Rede, daß Kohler nicht mehr als eine Flasche verträgt, daß er schon davon Druck hinter der Stirn verspürt. Vaters Arbeit und die Materiallage und Normen und Auslösung und daß er im vorigen Monat nach Polen sollte, aber dann sei nichts draus geworden, und gar soviel Lust habe er nicht gehabt. Er fragt nach dem Gefängnis: Verpflegung und Lohn und ob denn keine Chance war, eher rauszukommen, und ob es nicht vielleicht doch Zweck gehabt hätte, einen Antrag zu stellen, vielleicht haben sie nur darauf gewartet. »Komm schon wieder zurecht«, sagt Kohler, »von zweieinhalb Jahren kriegt keiner 'ne Macke. Muß erst mal an die Luft. Früher habe ich für Spazierengehen nie was übrig gehabt. Und jetzt halt ich's drin nicht aus.«

Er bummelt durch Straßen, an die er in dreißig Monaten nicht gedacht hat, mustert frische Fassaden, ein paar Läden hat man geschlossen, alte Buden weggerissen. Drei Straßen weiter hat Barnitzke gewohnt, der schlaue Hund, der dachte: Mich schaffen sie nie. Aber sie haben ihm vier Jahre angehängt, die soll er mal abschrubben. Vier Jahre und zweieinhalb Jahre, das ist nun, findet Kohler, wirklich kein Verhältnis. Als Kohler damals den Antrag des Staatsanwalts gehört hat: Vier Jahre für Barnitzke, da hat er sich ganz leicht gefühlt, denn wenn Barnitzke vier Jahre bekam, war für ihn nur ein Jahr denkbar, höchstens anderthalb, und fünf Monate Untersuchungshaft hatte er ja schon weg. Aber dann kam das Urteil: Zwei Jahre sechs Monate, da ist ihm der Schweiß aus den Poren gedrungen. Barnitzke hat noch ein ausgefuchstes Schlußwort hingelegt, hat von Reue geschwafelt und davon, daß er durch seiner Hände Arbeit wiedergutmachen wolle, daß ihm die Tragweite seines Verbrechens erst hier vor Gericht so richtig klargeworden sei und wie sehr er sich vor seinen Kollegen schäme. Richter und Staatsanwalt nickten, so was liebten sie. Moni, Barnitzkes Schwester, hat sich hinterher an den Staatsanwalt rangemacht, Kohler hat sie auf ihn einreden sehen, die Augen groß und unschuldig, Moni konnte manchmal gucken, als glaube sie an den Klapperstorch. Carla hat still und blaß neben dem Eingang gestanden; sie ist neben ihm hergegangen und hat den Kopf an seine Schulter gelegt.

Jetzt biegt Kohler in die Straße ein, in der Barnitzke gewohnt hat. In vielen Nächten hat er sich ausgemalt, wie ein Zusammentreffen mit ihm verlaufen könnte: Er wird ihn von oben bis unten anblicken, sich umdrehen, weggehen. Wird sagen: Da bist du ja wieder, Barnitzke, du Schwein. Er wird ihm unter das Kinn schlagen. Oder wird ruhig und sachlich feststellen: Besser, wir haben nichts mehr miteinander zu tun; wenn wir zusammen sind, haben sie uns gleich wieder am Arsch. An Moni hat er auch gedacht, gleichgültig oder voller Verachtung oder voller Begierde.

Jetzt steht er vor dem Haus, in dem Barnitzke gewohnt hat, in dem Moni vermutlich noch wohnt. Er legt sich zurecht, was er fragen wird, wenn Moni öffnet, wenn Barnitzkes Mutter öffnet. Was will er denn nun überhaupt? Will er fragen, wie es Barnitzke geht?

Im Treppenhaus fällt ihm das Fest ein, das sie hier gefeiert haben. Großes Fest, Klassefest. Barnitzke hat alles von dem Geld bezahlt, das er für die Heizkörper eingesackt hatte. Und als das Fest zu Ende gegangen ist, hat Moni ein Laken über die Couch gebreitet, eine Steppdecke überzogen und freundlich zu Carla gesagt: »Schlafen Sie schön, Frau Kohler.« Und später, als er die letzte Zigarette dieser Nacht rauchte, hat er sich vorgenommen, mit der Klauerei Schluß zu machen, die Baustelle zu wechseln, Barnitzke klipp und klar zu sagen: Mit mir nicht mehr, überhaupt nicht mehr, mit dem Haus wird es doch nichts, Sense. Aber er hat es nicht gesagt, und als er in der Untersuchungshaft versuchte, diese Absicht zu Protokoll zu geben, hat ihn der Vernehmer ausgelacht. Dieser Vernehmer, der ihm nicht glauben wollte, daß alles damit begann, daß sie am Ostrand der Stadt ein verkommenes Haus entdeckten, das sie einer LPG abmieten und ausbauen wollten. Dieser Vernehmer hat aufgezählt: Barnitzke kaufte eine Trophy, die Feste, der Kognak, Pall Mall, kaum etwas auf dem Konto. Aber Barnitzke konnte nachweisen, daß er mit dem LPG-Vorsitzenden gesprochen hat, und Kohlers

Aussage, er hätte beim Stadtbezirk einen Antrag eingereicht, war nachgeprüft worden. *Der große Plan,* hat der Vernehmer gespottet, wenn von dem Haus die Rede gewesen ist, *der große Plan* und die ersten Schiebereien, um die zwanzigtausend Emm zusammenzubringen, aber dann die vielen kleinen Pläne. Einmal stand der Vernehmer am Fenster, die Arme verschränkt, das war, als es schon nichts mehr abzustreiten gab, als Kohler alles unterschrieben hatte. *Der große Plan,* entwickelte der Vernehmer, ein Haus ausbauen, Werterhaltung, löblich! Aber woher nehmen? Nicht aus eigener Kraft, vielleicht mit staatlichem Kredit, nein, auf die krumme Tour, zappzerapp. Hier eine halbe Tonne Rohre, Trepenteile, Zement, Elektromaterial, Motore. Nicht junge Leute, die ranklotzen, sparen, sich von den Eltern mit ein paar tausend Mark unter die Arme greifen lassen. Zwei Burschen gehen aufs Ganze. Aber dann doch bloß aufs Halbe, die LPG will nicht, aus Kummer wird zwischendurch klotzig gefeiert, Barnitzke kauft das Motorrad. Und, Kohler, mal ehrlich: Bei Ihnen soll wirklich nichts übriggeblieben sein? Bei diesen Worten ging der Vernehmer vom Fenster weg und ließ die Arme hängen und sagte: Jetzt denken Sie, der macht Schmus. Ist mein Beruf, so was rauszukriegen, und natürlich bin ich froh, daß wir abschließen können. Danach geht alles zum Staatsanwalt. Aber Tatsache, Kohler, Sie waren blöd, Mann, waren Sie blöd, *der große Plan,* und bei der ersten Schwierigkeit alles umgeschmissen, und diese miesen Geschichtchen. Nun möchten Sie wissen, was für Sie dafür rausspringt. Lassen Sie sich vom Gericht überraschen.

Kohler bleibt im Treppenhaus stehen. Was will er hier? Er will einen Schlußpunkt setzen, will sich beweisen, daß ihm Barnitzke scheißegal ist, daß er ihm nicht mal in die Fresse hauen wird. Moni, malt er sich aus, ist inzwischen verheiratet und hat zwei Kinder, hat 'nen

Ingenieur oder ’nen Oberleutnant von der NVA, die ist doch clever. Kohler will umkehren, als ihm einfällt, daß er heute mittag noch nicht daran gedacht hat, er könnte hierherkommen. Hinter der Tür hört er Gelaufe, Gerede, rasche Schritte auf hohen Absätzen und Monis Stimme, die Tür wird geöffnet, ein Mann tritt heraus, Kohler muß etwas sagen: »Fräulein Barnitzke zu Hause?«

Der Mann ruft Monis Namen in den Flur hinein. »Jemand für dich!« Dann geht er die Treppe hinab, auf dem Podest dreht er sich um, sein Blick trifft Kohlers Blick. Wieder Schritte auf steilen Absätzen, Moni klappert aus dem Halbdunkel mit hellen hochgetürmten Haaren und bloßen Armen in einem Kleid aus geflammtem Stoff; Kohler hat solche Kleider schon auf der Straße gesehen bei jungen schlanken Mädchen, sie haben ihm gefallen, diese hängenden, glänzenden, kurzen Dinger. »Gert!« ruft sie überrascht und freudig und streckt ihm beide Hände hin.

»Besuch bei euch?«

»Mein Onkel und meine Tante, mein Onkel ist gerade was zu trinken holen. Gert! Ich hab mir schon gedacht, daß du raus sein mußt.« Sie versucht, ihn in den Flur zu ziehen, er riecht ihr Parfüm oder ihre Hautfrische oder Seifenfrische oder alles zusammen, er sträubt sich und sagt, daß das nichts für ihn ist, so viele Leute, die er nicht kennt, da kommt er lieber andermal wieder. Sie macht Licht im Flur, er blickt auf ihren Rocksaum hinunter und zu dem blonden Haarturm hinauf, auf ihre Hände: Er kann nicht erkennen, ob unter dem Ring mit dem Stein an der Linken ein Verlobungsring steckt, kann die Rechte nicht sehen, sagt: »Wollte bloß ein paar Sachen mit dir bereden. Aber nicht vor anderen Leuten.«

»Ja, natürlich.« Einen Augenblick scheint sie unschlüssig, hebt dann den Mantel vom Haken und geht noch einmal ins Zimmer, zieht die Tür hinter sich zu, und Kohler nimmt sich vor: Wenn sie in einer halben Minute nicht wieder da ist, haue ich ab, dann ist dieses Kapitel eben abgeschlossen. Er hat seinen Gedanken kaum zu Ende gedacht, da ist Moni zurück. Auf der Treppe wiederholt sie, wie sie sich freue, legt die Hand schwesterlich auf seinen Arm, erzählt, die Verwandten blieben drei Tage, also könne sie ruhig mal für eine Stunde fort. Dann, herzlich und ohne die bisherige flinke Oberflächlichkeit: »Und wie geht es dir? Gesundheitlich? Und überhaupt?« Kohler versucht, das in einigen Sätzen zu umreißen: Er ist ohne körperlichen Schaden durchgekommen, und mit der Arbeit wird es seinen Gang gehen. Monis Absätze klappern auf dem Pflaster, ihm fällt ein, daß er sich drin nach diesem Geräusch gesehnt hat: Dunkelheit in den Straßen und warme stille Sommerluft und dieses Geklapper neben sich, hohe Absätze und schlanke Beine und kurzer Rock. Wenn sie jetzt in Bautzen eine Ahnung hätten, Leicabuckel und Knäcke und Rudi Rappe, daß er mit solch einem Mädchen durch den Abend geht und gar keine Absichten auf dieses Mädchen hat, die würden sich an den Kopf fassen. Bitte, er ist über den Berg.

Über Barnitzke reden sie, als sie in einem Café sitzen, das noch im Bau war, als Kohler verhaftet wurde. Lackglatt überzogene Stühle, Kaffeebar und Licht aus hundert matten Glocken in der Decke und gutangezogene Leute und Torten hinter Glas und Weißweinflaschen in einer Kühltruhe und eine Musikbox, vor dem Fenster sprudeln Fontänen; Kohler raucht hier mit mehr Genuß als sonst: Gegenteil. Jetzt blickt er auf Monis Hände: kein Trauring, kein Verlobungsring. Kohler bestellt ein möglichst großes Eis für Moni und Bier für sich; Moni berichtet in ihrer hurtigen, sprunghaften Art, daß ihr Vater vorige Woche beim Staatsanwalt war, daß er gute Auskünfte erhalten hat, ihr Bruder ist Brigadier, und in zwei Monaten sind zwei Drittel der Strafe um, und die Führung ist prächtig, und Werner hat schon zwei Verbesserungsvorschläge eingereicht, und Weihnachten, hat er geschrieben, soll Mutter eine riesige Gans kaufen, das kann doch nur bedeuten, daß er dann zu Hause ist, oder? Und Werner betont in jedem Brief, daß er dem Sozialismus geschadet hat und wiedergutmachen will und so. In Kohler steigt Wut hoch: Erst so'n Ding drehen und dann diese Arschkriecherei. Monis Augen sind wieder groß und unschuldig wie damals, als sie auf den Staatsanwalt eingeredet hat; sie sagt: »War auch ein Irrsinn, was ihr gemacht habt!«

»Du tust ja geradeso, als hättest du nichts gewußt!«

»Hab ich auch fast gar nicht!«

Die Kellnerin bringt Eis und Bier, so kann Kohler nicht antworten. Seine erste Wut flaut ab, er denkt: So sind sie alle, die Barnitzkes. Die wissen am nächsten Tag nicht mehr, was sie am vorhergehenden beschworen haben. Die lügen gar nicht, die bilden sich immer ein, was für sie günstig ist. »Und die Sache mit dem aus der Siedlung da draußen, der die Rohre gebraucht hat?«

Moni blickt ärgerlich auf. »Ach, laß das doch!«

Aber Moni hat eines Tag ihm und Barnitzke einen Tip geliefert; da baute einer in seinem Siedlungshaus eine Zentralheizung ein, brauchte Rohre, und Barnitzke besorgte sie, und er selber half transportieren. An Rohre kamen sie spielend ran, das Zeug lag rum, keiner hatte einen Überblick, und sie waren nicht die einzigen, die zugriffen. Aber erst Barnitzke betrieb die Sache im großen Stil, weitete auf Heizkörper aus. Und, fragt Kohler wütend, die Trophy, die dein Bruder damals gekauft hat, hast du gedacht, das Geld hat er sich gespart? Und die Zigaretten beim letzten Fest und Queen Anne und Platten aus dem Menüladen? Kohler sieht nicht mehr die bloßen Arme und das getürmte Haar und den Mund und die Zähne, riecht nicht mehr Parfümduft, Hautduft,

Seifenduft, er lädt alle Wut, die er auf Barnitzke hat, auf Moni ab. Kohler trinkt sein Bier aus, denkt, daß man ja an einem Eis nicht ewig löffeln kann. »Dein Onkel und deine Tante warten wahrscheinlich. Und deinem Bruder schreibst du besser nicht, daß ich bei euch war.« Kohlers Stimme klingt höhnisch: »Könnte dem Herrn Brigadier schaden.«

Sie legt den Löffel weg. »Ich hab oft an dich gedacht«, sagt sie traurig. Sie schiebt die Unterlippe vor, das hat er gemocht; jetzt registriert er es nur. »Ich an dich auch, Moni. Ich hab dir gewünscht, du wärst verheiratet und hättest zwei Kinder, und alles wäre in Butter.«

Moni schaut auf die Uhr. Kohler zahlt, dann geht er wieder neben den klappernden Absätzen her und malt sich aus, wie er Barnitzke doch eins in die Schnauze schlagen wird. Er ist zufrieden, daß er mit Moni gesprochen hat, ein Druck ist weg.

Kurzer Abschied vor der Tür, kein Wort, daß sie sich wiedersehen wollen, Kohler zündet sich eine Zigarette an, zieht den Rauch tief ein. Er spaziert zurück durch dunkle Straßen und helle Straßen mit Fleischerläden, Lebensmittelläden, Fischläden, blickt auf Büchsen und Flaschen und Gläser, liest Preise, denkt an Carla und den Jungen, malt sich ihre Wohnung aus, er hat Geld bekommen und trägt ein Netz mit chinesischem Schweinefleisch, bulgarischem Wein und rumänischem Gemüsesalat nach Hause, baut auf dem Küchentisch auf und stapelt in den Kühlschrank. Er wird in der Lausitz keinen treffen, den er kennt, Hohlbein nicht und keinen, mit dem er gearbeitet hat, und keinen, mit dem er im Knast war. Neue Kumpel, er wird sich gewöhnen, zu ihnen zu sagen: mein Junge.

Abend über der Stadt, der Beginn einer Nacht mit grellem Licht über Montageplätzen und gedämpftem Licht über Bartischen, am Rande der Stadt schnallen Soldaten ihre Koppel um zum Nachtmarsch mit anschließendem Scharfschießen. Ein Melker aus dem Oderbruch, der seinen Durst nach vielstündigem Ausstellungsbesuch gelöscht hat, pinkelt versonnen im Schatten hinter Bronzefrau und Bronzemann. Fernsehsprecher tragen die Welt in halbdunkle Wohnzimmer: Australischer Flugzeugträger rammt Zerstörer, schwedische Abgeordnete erklären, Erfolg auf Messe in. Zwei Siebzehnjährige kurven in geknacktem Wolga, solange der Tankvorrat reicht.

In der Küche trinkt Kohler noch ein Glas Wasser, denkt: Noch drei Tage an der Hähnchenkanone, dann geht's ab in die Lausitz. Endlich soweit. Ob mir Carla bis dahin erzählt, wie alles war?

3. Kapitel

Aus dem Schneider raus?

1. Carla sitzt auf dem Radsattel, hat einen Fuß aufs Pflaster gestemmt. Die Sonne steht tief und läßt Fensterscheiben glühen; das Licht ist wieder teefarben wie vor ein paar Tagen, ist durch die Dunstglocke über der Stadt gefiltert, liegt auf Carlas Händen, Knien, nuanciert ihr Haar, blaßgold an den Spitzen, nußbraun in die Tiefe hinein. Carla hat tagsüber unablässig diesen Abend vorausbedacht, war nicht immer vorbildliche Zeichnerin bei Buchse null-zwölf und Zahnkranz dreiundsiebzig, hat Ort und Thema, die Stufen dieses Themas aufeinander abzustimmen versucht. Sie möchte nun nicht mehr fortwährend durchspielen: hinausfahren zum Wirte wundermild, einen stillen Tisch suchen, überleiten. Die ersten Sätze laufen ab wie auf einem Tonband: Gert, ehe du wegfährst, möchte ich, du hast ein Recht zu erfahren, vielleicht verstehst du meine Verfassung von damals, du warst auch allein, Gert, ich, Gert, du. Carlas Arme werden warm von der Schulter her wie oft, wenn sie aufgeregt ist, das war immer so vor Prüfungen und Tischtenniskämpfen. Röte steigt ihr unter die Haut, sie ist in solchen Minuten besonders hübsch.

Kohler tritt das alte Rad seines Vaters, die Kette knackt, er kurvt neben Carla, sie drücken die Lippen aufeinander. So mag er sie, so hat er sie sich immerzu vorzustellen versucht, mit bloßen Armen und Frische in den Augen; gleich wird ihr Rock fliegen. Er fährt scharf an, läßt sich überholen, blickt auf ihre Waden, auf das Haar, das über dem Nacken hochweht.

Die Stadt weitet sich nach Osten in die Ebene mit Gartenkolonien, Sportplätzen und Parks, Fabriken und Mietshäusern, die blindgieblig aufwinkeln, allein gebliebenen Anfängen von Gründerjahrzeilen; dazwischen liegen die ersten Felder. Die Straße ist kurvenreich mit Sandstreifen an den Rändern, ist nicht freundlich dem Radfahrer. Carla biegt in eine Siedlung ein, *Gesperrt für Durchgangsverkehr,* hier können sie nebeneinander fahren. »Du«, sagt Kohler, »morgen gehen wir tanzen.«

»Abschied feiern?«

»In zwei Wochen bin ich wieder hier. Was sind zwei Wochen für uns?«

Ein Weg schlängelt sich durch Wiesen, ein Wegchen, dann nur noch eine Reifenspur. Eine Brücke quert einen Graben, hier muß man Schwung haben, Carla tritt noch einmal an. Dahinter sperrt eine Pfütze, Wasser spritzt, Carla zieht die Knie hoch. Und wenn, denkt Carla, ich alles verschiebe?

Völlig flach ist das Land nicht, eine Anhöhe gibt es mit einer Windmühle darauf, ein Stein meldet: Ein russischer General schickte von hier seine Regimenter in die Senke, an deren anderem Hang sich Napoleons Grenadiere formierten. Hier kreuzen sich Straßen, man kann abbiegen zum Wirte wundermild, Carla und Gert fahren durch einen Pappelwald mit Villen und freien Parzellen, in denen sie sich einmal in ihrer Phantasie angesiedelt haben, ein Traumhaus bauten mit Garage und Wintergarten und Swimmingpool. Das war, als sie schon nicht mehr an die LPG-Ruine glaubten.

Dann stehen sie vor dem Garten des Wirtes wundermild im Kastanienschatten, lesen *Heute Ruhetag.*

Sie finden Platz in einem anderen Gasthof, eine Kellnerin stapft schwerfällig auf umwickelten Beinen, ihre Worte klingen höflich aus bitterem Gesicht. Bier, bitte sehr, Apfelsaft, bitte sehr. Am Nebentisch ereifern sich Männer über Fußball. Kohler hört mit einem Ohr zu,

Carlas Hände liegen schlaff, sie sagt: »Ich wollte dir heute alles erzählen.«

Kohler erschrickt. Diese Stunde hat er ersehnt und gefürchtet; er will es Carla und sich leichtmachen, neigt sich vor, baut ein Nest um sie und sich, schließt Kellnerin und Fußballschwätzer aus, fragt: »Wie heißt er?«

»Harald Bohn.«

»Wie alt?«

»Ein paar Jahre älter als du.«

»Was ist er?«

»Bankangestellter.«

»Verheiratet?«

Carla nickt. Eine Pause klafft, Kohler quält sich: Und wenn er nicht verheiratet gewesen wäre? Carla nimmt den Kopf zurück, zerstört das Nest. »So geht es nicht, und hier geht es nicht.«

Kohlers Erregung löst sich. Zeit gewonnen, hinausgeschoben, beim nächstenmal wird es leichterfallen. Er murmelt Gemeinplätze: Wird schon noch, ich dränge nicht, hab warten gelernt. Jetzt dringen wieder Redebrocken vom Nachbartisch an sein Ohr: Frenzel, Pokal, Beckenbauer. Seine Stirn ist feucht.

Carla sagt, als wäre sie am Ersticken: »Ich möchte raus.«

Kohler zahlt. Es ist dunkel geworden, Carla fröstelt. »Ich hab mir dieses Gespräch nicht als Verhör vorgestellt.«

»Ich dachte, es wäre für dich leichter, wenn ich frage.«

Carla legt den Kopf an seine Brust. »Hat Zeit«, sagt er. »Erzählst schon noch mal.«

Sie malt sich aus: Wir werden in Urlaub fahren, es wird Abend sein wie damals, ich werde von einer Minute auf die andere beginnen. Werde nicht vorher jedes Wort hundertmal wenden. Du, damals. Ich war einsam. Mir war so elend. Du weißt doch, wie es ist, allein. Ich hab an dich gedacht.

Jetzt ist es Nacht, Wind drückt gegen ihre Gesichter, sie finden den kürzesten Weg. Einmal müssen sie hinter einer haltenden Straßenbahn warten, Kohler fragt: »Tischtennis spielen, hättest du nicht mal wieder Lust?« Er weiß: Gerede, es füllt die Leere nicht.

Carla grübelt am nächsten Tag bei der Arbeit, quält sich am Abend, als sie mit Jörg und Gert spazierengeht, als das Licht noch für ein paar Fotos reicht, eins davon: Gert mit Jörg auf dem Arm. Jörg hat sich steif gemacht, Carla fürchtet, Gert würde ihn verärgert absetzen, es folgt Schweigen und der mühselige Versuch, wieder ein Gespräch in Gang zu bringen; sie hat Angst, es gäbe kein Bild mit Gert, Jörg auf dem Arm. Kein Wort fällt über die Radpartie.

Sie schieben den Wagen durch halbdunkle Straßen wie an dem Abend, als Carla ihren Mann vom Hähnchenbraten abgeholt hat. Carla fühlt sich niedergeschlagen, erschöpft, zum erstenmal denkt sie: Und wenn alles keinen Zweck hat, wenn es über unsere Kraft geht? Es sind schon Ehen aus kleinerem Anlaß kaputtgegangen. »Vielleicht ist es gut«, sagt sie matt, »wenn du in die Lausitz gehst.«

»Auf einmal?«

»Noch mal Atem holen, Anlauf nehmen. Wir schaffen nicht alles auf einmal.« Sie denkt: Vierzehn Tage warten wie in den letzten Monaten, wieder werde ich die Tage zählen. Aber diesmal hole ich Gert vom Zug ab. Sie spürt Druck auf den Schläfen wie an dem Tag, als sie zu Harald Bohn fuhr, um ihm zu sagen, daß sie ein Kind erwartete. Druck wie nach der Hausdurchsuchung, wie beim Urteil. Die Nerven, denkt sie, Nerven mit vierundzwanzig, mein Gott. Sie sagt: »Vielleicht ist das einfach so: Nach dieser langen Zeit kann man nicht auf einmal nach Hause kommen. Gert, an unserem ersten Abend erschrak ich, als du sagtest, du wollest wegfahren. Jetzt bin ich erleichtert deswegen. Ist das schrecklich?«

Ihre Augen sind blind vor Tränen, sie ist wütend auf sich, denkt: Warum kann und kann und kann ich nicht sagen, wie alles war?

»Wird schon«, sagt er leise. Sie schieben den Wagen, drücken vor Bordkanten gleichmäßig auf die Griffstange. Gert zieht den Wagen über die Stufen hinauf in den Hausflur, dort hebt Carla den schlafenden Jörg heraus, Gert legt ihr die Kissen auf den Arm. Sie bittet Gert nicht hinauf, er ist erleichtert deswegen, küßt sie über Jörg hinweg, drückt sich durch die Haustür. Um alles in der Welt möchte er jetzt nicht seinem Schwiegervater begegnen.

An diesem Abend bringt Carla ihren Jungen ins Bett. Mutter beobachtet jeden Handgriff, Carla schluckt sich die Kehle frei, fragt: Traust mir wohl gar nichts zu? Mutter antwortet, was Carla erwartet hat: Wirst dich umgucken, wenn du allein wirtschaften mußt, Gert wird sich wundern, was du zusammenkochst. Helga Riesolt spult Erfahrungen ab, sechsundvierzig Jahre sehen auf vierundzwanzig hinunter, schlagen Kapital aus erlebten, genutzten, verschwendeten Jahren, so alt wie du müßte ich noch einmal sein, ich würde alles anders machen, nicht alles, würde nicht, würde doch. Tina, die Schwester, kommt in die Küche, lehnt sich gegen den Schrank. »Na«, sagt Tina, »wird's was mit der Wohnung?«

Carla hebt Jörg hoch, er streckt die Arme zur Oma hin, die noch nicht verwunden hat, Großmutter zu sein, für ihr Leben gern hört: Großmutter heutzutage, manche ist es mit sechsunddreißig, deswegen ist das Leben nicht vorbei. Als Gert hier gewohnt hat, behielt sie das Heft in der Hand, jetzt wird sie erst recht aufpassen. Tina wartet, daß ihr Freund von der Armee zurückkommt. »Rolf geht wieder in seinen alten Betrieb«, sagt sie. Drei Frauen in einer Küche, jede braucht nur einen halben Satz zu sagen, und die anderen verstehen ein ganzes Kapitel. »Ihr werdet euch putzen«, sagt Helga Riesolt; sie ist nicht nur Mutter, sondern auch Frau, möchte wieder aus den eigenen vier Wänden hinaus, in der Kaufhalle zwei Ecken weiter könnte sie sofort anfangen, auch halbtags. Tina sagt: »Gert wird schon Druck machen.« Das klingt wie Lob, aber Helga Riesolt vermutet dahinter den Wunsch, Carla möchte so schnell wie möglich ausziehen, nicht mehr Jörg wäre niedlich, bekäme Zähne, würde *einen ganzen Apfel* essen, nicht mehr Jörg auf dem Knie des Opas vor Pittiplatsch, Fuchs und Elster, sondern Tinas Kind. Nicht, solange Carla und Jörg hier wohnen. »Mir wär's am liebsten«, sagt die Mutter, »ihr wärt alle raus. Vater und ich gehen früh auf Arbeit, abends bring ich in einer Stunde alles in Ordnung, und jede Woche ins Theater, und im Sommer schreiben wir euch 'ne Karte vom Schwarzen Meer.«

Carla hält Jörg der Oma zum Gutenachtkuß hin, sagt: »Wirst dich nach Jörg sehnen.« Helga Riesolt fühlt Jörgs Wange und seine feuchten Lippen. Sie weiß: Sie wird sich sehnen. Aber noch ist es nicht soweit. Oder?

Carla legt ihren Jungen ins Bett, sitzt daneben, während er einschläft. Sie stellt sich vor, sie säße am Tisch des Wirtes wundermild, sagte: Er heißt Harald Bohn, ich war so unsäglich einsam, das mußt du doch verstehen. Am liebsten wäre mir jetzt, ich hätte ihn nur einmal getroffen, nach diesem Urlaub wäre alles vorbei gewesen. Aber der Sommer war lang, die Nächte waren warm, das Gras war trocken. Harald war hier, ich bin ihm auf halben Weg entgegengefahren. Ich möchte mir gern einreden, es wäre nur eine Nacht gewesen, aber es waren sieben, acht, zehn Nächte. Gert, vielleicht nehmen wir uns zuviel vor, vielleicht kommst du nicht zurück aus der Lausitz?

2. Zwei Tage darauf trägt Kohler seinen Koffer durch die Halle des Hauptbahnhofs. Drei Wochen vorher, besinnt er sich, ist er mit einem Pappkarton hier angekommen, hat sich mit Ängsten herumgeschlagen, die es schon nicht mehr gibt. Erstes Bier und erste Frau und erstes Kind und die immer wiederkehrende Feststellung: Gegenteil von Knast. Das ist vorbei, er hat dem Jungen auf die Nase gestupst, überlegt nicht mehr jeden Augenblick: Drin machen sie jetzt Freistunde, drin läuft die Spätschicht ab.

Einen neuen Anzug trägt Kohler, sein Koffer ist neu. Den Bratlohn hat er gut angelegt, hat sich bei Carla entschuldigt, daß er ihr noch nichts geschenkt hat, weder Strümpfe, noch Handtasche, noch Pralinen. Carla hat den Kopf geschüttelt: Auf so was kommt es nicht an. Er ist mit ihr tanzen gegangen, hat Wein bestellt, hat immerfort zusammengezählt, was alles kostet: Eintritt und Wein und Zigaretten und Salzstangen, er hat ihr beim Nachhausegehen vorgerechnet, daß er heute mehr ausgegeben hat als drin im ganzen Monat, drin hätte er fünf Büchsen Blutwurst und drei Büchsen Fisch und einen Würfel Margarine und ein halbes Pfund Schmalz gekauft und und und, aber Carla hat unterbrochen: Jetzt bist du nicht mehr drin; es war schön heute abend, da darf man nicht jede Mark umdrehen, und Wein ist etwas anderes als Blutwurst mit Zwiebel und Senf.

Jetzt sitzt Kohler im Zug, liest die Wochenpost, den Gerichtsbericht wie immer zuerst. Diese Artikel sind für ihn Stücke aus dem Leben, bunt und kraus und unlogisch wie das Leben selbst. Kohler vergleicht die Strafe mit seiner Strafe, fühlt sich böse getroffen, erinnert sich an das Plädoyer seines Staatsanwalts: Gesellschaftlich gefährlich, in jüngster Zeit überhandgenommen, energisch einen Riegel vorgeschoben, deutliche Warnung an, keine Milde mit. Vielleicht, überlegt Kohler, käme er heute mit anderthalb Jahren davon oder, das wäre das große Los, mit zwei Jahren auf Bewährung. Aber er hat seine zweieinhalb Jahre abgerissen, und in der Wochenpost liest er: Da klaut einer Benzin aus den Tanks ihm anvertrauter Fahrzeuge und verschiebt es kanisterweise, weil er Tauben züchtet, neue Pärchen braucht, einen piekfeinen Stall bauen will. Ein Jahr auf Bewährung, na, findet Kohler, da bist du gut bedient, Junge, bei meinem Staatsanwalt, ach Scheiße, ich muß langsam aufhören, mir einzureden, daß ich Pech gehabt habe. Bei uns auf den Baustellen war der Teufel los, um höhere Beträge ging es bei uns doch, und meine Sache mit den Nachtspeicheröfen war ein ganz scharfer Zahn. Verdammt noch mal, ich müßte nun endlich soweit sein, daß ich meinen Staatsanwalt begreife, als er gewettert hat: verrottete Einstellung beider Angeklagter zum Eigentum der Allgemeinheit. Beider Angeklagter, wiederholt Kohler, das stimmt schon. Nicht bloß Barnitzke hat geklaut. Und besteht nicht die Möglichkeit – nicht die Wahrscheinlichkeit, aber wenigstens die Möglichkeit –, daß Barnitzkes Reue vor Gericht nicht geheuchelt war?

Der Zug fegt aus der Stadt, vorbei an Gartenkolonien und tristen Höfen und bunten Balkonreihen und Antennen auf jedem Dach. Neben Kohler unterhalten sich zwei Mädchen, was sie am Wochenende unternehmen wollen, eine sagt: »Am Sunnamd baßd mor's nisch, da habsch 'ne Bardie.«

In Falkenberg steigt Kohler um. Neben ihm ulkt jemand: Man könnte sich bis in alle Ewigkeit streiten, was es hier weniger gibt: Falken oder Berge. Durch tischebene Landschaft rollt Kohler, an Feldern vorbei, auf denen Krähen hocken, an Kühltürmen und Schornsteinen. Dann Hoyerswerda, Kohler steht Schlange nach einer Buskarte, sagt: Schwarze Pumpe, hört, daß es mehrere Haltestellen Schwarze Pumpe gibt, entscheidet: bis zum Werk, erhält eine Karte bis Busbahnhof. Im Ikarus lernt er, daß hier niemand Schwarze Pumpe sagt, sondern nur Pumpe, er fährt also nach Pumpe durch Altstadt und Neustadt von Hoyerswerda auf einer sauberen Asphaltstraße durch Kiefernwald und an einem Tagebau vorbei, Kohler mustert Baracken und Wartehallen und ein Empfangsgebäude und ein Tor mit Schlagbaum und Volkspolizisten, dahinter streckt sich das Werk, ein Werk ohne Schornsteine, meint er, aber er sieht sie nicht, weil eine Rauchwand vor ihnen weht, er sieht sie am nächsten Tag, als er an einem Rohr steht, das die Achse eiserner Räder bildet, als er Abwässer auf nackte Erde leitet, ausgekohlten Boden urbar macht. Das ist Dreckarbeit, Knochenarbeit, die haben sie ihm einstweilen gegeben, haben Papiere hin und her getragen, haben die Hände in hilfloser Geste gehoben: Von Leipzig liegt kein Bescheid vor, natürlich soll er hierbleiben, aber erst möchte er sich bitte mit dieser Arbeit begnügen. Gummistiefel trägt Kohler, die bis ans Knie reichen, visiert sein Rohr entlang, aus dem bräunliche Brühe schwappt, müßte das Rohr weiterrollen, damit auch anderen Wüsteneien kostbarer Stickstoff, segensreiche Humusteilchen zuteil werden, aber er läßt einen See wachsen, Jauchesee, Fäkaliensee, entsinnt sich der Hähnchen, stellt sie sich in brauner Reihe auf dem Rost vor. Jetzt arbeitet er an der entgegengesetzten Seite des biologischen Kreislaufs, nicht mehr Hähnchenkönig, sondern Scheißeverteiler. Jetzt zählt Kohler die Kühltürme und Schornsteine von Pumpe, am Horizont die von Trattendorf, Rauchwände treiben von Kohler weg in den Himmel. Das Blubbern an der Rohrmündung verstummt, Kohler hört eine Lerche, sucht sie, die Hände in den Taschen, breitbeinig, mit Schutzwülsten vor den Knien, hat die Jacke an eines der Räder gehängt, die Ärmel hochgekrempelt, tut keinen Handschlag, stellt sich eine Uhr vor ähnlich wie in einem Taxi, seine Lohnuhr, die weitertickt und Groschen zu Groschen addiert, Schmutzzulage nicht vergißt, während er an seinem ersten Arbeitstag in der Lausitz einer Lerche zuhört, den Horizont absucht: Kiefernwälder, Pumpe, Feld, Trattendorf, Rauchfahne, Häuser, wieder Wald, wieder Dunst, die Kerbe eines Tagebaus, Kahlhang, Kahlschlag und über allem die Lerche. Tausend Jahre alt kannst du hier werden, denkt Kohler. Und: Hier wirst du nicht alt. Wenn sie nicht bald spuren, machst du ein Faß auf. Schreibst an den Staatsanwalt. Oder gehst zur BGL. Du behauptest nicht, daß sie dir diese Arbeit gegeben haben, weil du aus dem Knast kommst, du *fragst* bloß, *ob* sie hier überhaupt keine Bestimmungen kennen. Du brüllst erst, wenn sie sich gar zu blöd anstellen. Quatsch, du wirst kein Wort vom Knast sagen. Wenn sie noch keine Nachricht haben, können sie nicht wissen, daß. Du wirst es ihnen nicht auf die Nase binden. Wäre nicht schlecht, wenn nicht mal die in der Werkleitung davon wüßten.

Kohler ruckt, rollt sein Rohr weiter, gräbt einen Kanal, läßt Jauche in eine jungfräuliche, kalkige, tonige Senke fließen. Sieht zu, wie sich bröcklige Erde vollsaugt, malt sich aus, er stünde am Schaltpult eines Bewässerungssystems. Wasserkönig Kohler, der Baumwolle netzt und Weizen und Tabak und Mais, der gütige Wassergott. Auf einem Regieturm überschaut er flimmernde Weiten, kommandiert Schleusen und Schieber und Pumpwerke von einem kybernetischen Stand aus; nicht mehr Schwarze Pumpe, sondern Weiße Pumpe, fünftausend Hektar hören auf sein Kommando, Wasser marsch.

Kohlers Brigadier, Oskar, stelzt mit steifem Bein über einen Dreckgrat, schreit etwas, dann werfen sie sich zu zweit gegen das Rohr, rollen es zu anderem Anschlußstutzen. Jauche marsch, dann Volldampf voraus, Volljauche auf einen Sandhang, daß der Modder spritzt, daß Kohler zurückspringt. Und Oskar höhnt von einer anderen Dreckdüne herunter.

Vor Feierabend richtet Kohler seine Dungkanone auf eine Senke, die die Bulldozer ausgespart haben. Schichtwechsel ist vorn an der Baracke, inzwischen kann sich die Mulde vollsaugen für neue Ernten. Kohler streift seine Kanonenstiefel ab, wäscht den Gummigeruch von den Füßen. Drei Haltestellen fährt er mit dem Bus, biegt an einem Schild *Straße der Thälmannpioniere* in den Wald ein. Dieses Schild bezeichnet Möglichkeit, denn hier gibt es nur Raum für eine Straße, hier gibt es zwanzig Meter Weg und dann nur noch Pfad, und weiter hinten hat Kohler Bett und Spind und Tisch, Kulturraum mit Fernseher und Kantine, altes Wohnlager, hier begannen die, die von der Wismut kamen, nach Schwedt und Warnemünde weiterzogen oder seßhaft wurden, hier geistern noch alte Geschichten von unerhörten Taten in der Arbeit und im Saufen. Aber die Helden von damals sind müde, ihre Geschichten blaß geworden, durch viele Münder entsalzt.

Kohler ißt, liest die »Lausitzer Rundschau«, ungewohnte Ortsnamen, Heimatblatt – seine neue Heimat? Noch immer ist Nachmittag, noch immer steht die Sonne hoch. Das hat er von seinem Vater gehört: Auswärts mußt du zwölf oder vierzehn Stunden am Tag wühlen, dabei vergeht die Zeit, man versumpft nicht in der Kneipe. Kohler wird die Ohren offenhalten, ob er eine Feierabendarbeit findet, vielleicht sogar als Elektriker. Wäre ein Ding: Als Ungelernter angestellt, pfuscht nach Feierabend in seinem Beruf.

So ein Tag, an dem alles neu ist, vergeht nicht. Kohler hat gegessen und Zeitung gelesen, das hat zusammen noch nicht eine Stunde weggefressen. Er wird Carla schreiben. Soll er nach Hoyerswerda fahren? Kino – er hat keine Lust. Fernsehen – er hat keine Lust. Den Leuten nach Leipzig schreiben, die ihm sonstwas versprochen und seine Papiere nicht weitergeleitet haben? Das wird er machen.

Kohler schreibt zwei Briefe. Briefeschreiben war nie seine starke Seite; er hat manchmal in der Haft nicht gewußt, wie er die zwanzig Zeilen des Monatsbriefs füllen sollte. Jetzt müht er sich, Carla seine Arbeit und das Wohnlager, sogar den Rundblick von seiner Jauchekanone aus zu schildern. Er malt sich aus, wie es wäre, besäßen Carla und er eine Wohnung in Hoyerswerda; dann läge er jetzt auf der Couch oder würde Carla beim Einkaufen helfen oder mit Jörg spielen. Würde den Balkon streichen oder sein Moped putzen, ein Moped schafft er sich als erstes an, knattert auf eigenem Stuhl nach Hause, ist nicht auf die Busse angewiesen.

»Die Arbeit ist stur. Das Wohnlager ist nicht schlecht. Vielleicht sind wir die letzten, die hier wohnen.« Kohler ist enttäuscht, das verstärkt sich, während er schreibt. Er hat mit keiner Festrede gerechnet, aber mit ein wenig Wärme. In dieser Baracke haben ihm fünf Männer die Hand gegeben, haben Namen genannt, haben gegrinst, als er gesagt hat, wo er arbeitet. Jetzt liegen zwei auf ihren Betten, reden vom August einundsechzig, da waren sie bei der NVA im gleichen Abschnitt an der Grenze in Berlin. Kohler hört Namen von Garnisonen, die er kennt, die erste Zeit war er in Leipzig, in Gohlis, kennst du da den, damals war doch der, und Hauptmann Brückenhoff und Major Fehse. Drei Männer in einem Gespräch über Gemeinsamkeiten. In Gohlis haben sie sich Bier in einem Kanister mit einem Küchenfahrzeug in die Kaserne schmuggeln lassen, haben in ihrer Bude vergnügt gebechert und den Kanister aus dem Fenster gehängt, aber einer hat den Kanister gesehen, ein Rest Bier war noch drin, und da war der Teufel los, drei Mann degradiert, ich kann dir sagen, da hatte ich gerade noch achtundsechzig Tage vor mir.

Das Gespräch versickert, Kohler überliest seinen Brief. »Alle zwei Wochen komme ich bestimmt nach Hause.« Noch einen Brief schreibt er, erinnert die Werbestelle an das, was man ihm versprochen hat. Kein Wort schreibt er vom Gefängnis, er kann nicht beweisen, daß man ihn deshalb an die Jauchekanone gestellt hat. Fünf Uhr nachmittags steckt Kohler seine Briefe an der Verwaltungsbaracke in den Kasten. Dort vegetieren Reste von Verschönerungsversuchen, da hat vor Zeiten jemand eine Art Garten angelegt, Waldgarten, Moose und Farne und Glockenblumen hat er gepflanzt, Rabatten aus Steinen gezogen. Wahrscheinlich hat dieser Mann längst eine Wohnung bekommen, niemand hat sein Werk fortgeführt, und so überwuchert Gras die Reste seiner Mühen. Zwischen Moosbeeten hindurch führt ein Pfad in den Wald, Kohler bummelt ihn entlang, um zu entdecken und um Zeit totzuschlagen. Weit drin stößt er auf einen Sonnenfleck, legt sich ins Gras, nimmt einen Halm zwischen die Zähne. Er ist so ruhig, daß er Insekten oben in den Wipfeln Krieg führen hört. Jetzt, denkt Kohler, mußt du aufpassen, daß du nicht zu saufen anfängst.

So liegt er und beginnt das alte Spiel: Erinnerung, woran? Als ich Carla kennenlernte. Kohler hat drin seine Lieblingsthemen durchgespielt wie Theaterstücke, an manche hat er Phantasiekapitel angehängt. Als ich Carla kennenlernte, das fängt an auf einem Platz inmitten von Häusern, alte Bäume stehen auf ihm, Wege schneiden diagonal hindurch, wo sie sich kreuzen, liegt ein Platz mit Bänken und Sandgeviert, dort hat man eine Tribüne aufgeschachtelt, ein Chor singt, und ein Rezitator rezitiert, ein Trio spielt, es ist das *Kulturprogramm des Stadtbezirks* am Nachmittag des 1. Mai.

Kohler sang nicht mit, als der Chorleiter die Zuhörer aufforderte, sie möchten einstimmen, als er den Text vorsprach und aufgekratzt tat und rief: Aber das ist doch ganz leicht!

Kohler rechnet zurück: schon sechs Jahre. Ein Mädchen in einer FDJ-Bluse, in einem hellen Rock, rosa oder gelblich, weiße Sandalen. Das Mädchen ißt Eis; als es an Kohler vorbeigeht, sieht er: Haar und Hals und

Nacken und Figur und Beine und die Hände, die die Waffel halten, die Zehen zwischen den Riemchen, die Zunge, die an der Waffel leckt. Die Brauen. Kohler hofft, jetzt würde das Trio zum Tanz spielen, wie soll er sonst rankommen? Er schlendert hinterher, blickt auf Waden und Arme und Haar, das dunkel ist, und Kohler schwärmt für blonde Mähnen, hat das Bild einer schwedischen Sexbombe über das Bett geheftet, der weizenfarbene Wolken über die Schultern wallen, seine letzte Freundin war blond, wenn auch nicht langmähnig, seine nächste Freundin wird, da ist er sicher, blond sein. Aber die Eisesserin ist dunkel, trägt das Haar halblang, gebauscht über den Ohren. Kohler streunt hinterher, zwischen den Bäumen hinaus ins Licht der Straße, wartet auf etwas, was es ihm leichtmacht, sie anzusprechen. Aber sie bleibt nicht einmal an einem Schaufenster stehen, verliert nicht die Sandale, fragt nicht nach Weg oder Uhrzeit, geht einfach weiter, Kohler hat schon vergessen, wie Mund und Augen und Nase aussehen; ein gebräuntes Gesicht, obwohl der Mai erst ein paar Stunden alt ist. Siebzehn, denkt er, achtzehn. Doch auf die Brauen besinnt er sich.

Eine Woche später schiebt sich dieses Gesicht zwischen Mitmenschengesichter, Dutzend- und Aberdutzendgesichter; Gesicht in der Menge, da trägt das Mädchen einen Einkaufsbeutel durch die Petersstraße auf Kohler zu, es ist nachmittags halb fünf, kurz vor ihm biegt das Mädchen in ein Schallplattengeschäft. Zuerst hat Kohler die Brauen wiedererkannt, kein Zweifel, die Eisesserin vom 1. Mai, jetzt beäugt er sie durch die Schaufensterscheibe, sie kippt eine Platte aus dem Regal, stellt sie zurück, die Verkäuferin tritt hinzu, Kohler sieht Münder klappen. Er muß einen Mund sprechen sehen, ein geschlossener Mund ist für ihn ein toter Mund. Nicht blond, er wundert sich und starrt. Das Mädchen setzt sich an die Plattenbar, schiebt den Kopfhörer über. Da gibt sich Kohler Schwung, drückt sich durch die Tür, hat die Augen beim Kopfhörer über dem Haar und den Beinen und der Plattenschatulle neben der Verkäuferin, aus der, so meint er, die Platte gezogen worden ist, die das Mädchen hört, er sieht einen Perükkenkopf auf der Schatulle, liest den Namen, fragt: »Was haben Sie denn noch da von Bach?« Vom Konzert für Cembalo und Streichorchester f-Moll hört er, sagt erleichtert: »Legen Sie's bitte auf«, und schwingt sich auf den Hocker neben dem Mädchen. »Platz vier«, korrigiert die Verkäuferin, Kohler sieht eine Drei vor sich, ruft: »Drei geht doch auch.« Er fühlt den erstaunten Blick des Mädchens, die Verkäuferin zuckt die Schultern, legt die Platte auf einen anderen Teller. Kohler weiß, daß er sich in ein kühnes Unternehmen eingelassen hat, vielleicht läuft er einer Studentin oder Oberschülerin, einer Musikern gar, nach, womöglich will sie mit ihm ernsthaft über Bach palavern. Das ist also das Cembalo, wie 'n dünnes Klavier, ganz munter soweit; wenn's hart auf hart geht, wird er auf das Cembalo bei den Bee Gees und den Hollies verweisen; weiß sie es besser, bleiben immer noch die Beatles, bei denen gab's so gut wie jedes Instrument. Kohler wird sofort aufstehen, nimmt er sich vor, wenn das Mädchen aufsteht, wird eventuell die Platte kaufen, man muß notfalls etwas investieren. Da rutscht das Mädchen vom Hocker, Kohler nickt der Verkäuferin zu, die steckt die Platte in die Hülle, wieder sieht Kohler den Kopf mit der Puderperücke und hofft, das Mädchen sähe ihn auch. Im äußersten Winkel seines Blickfeldes ist ein heller Fleck, der Rock des Mädchens, das wieder an einem Plattenregal steht, nicht gekauft hat. Beethoven, Bach, Brahms, Bruckner, Bartók liest Kohler, der Lichtfleck verschwindet, da ist Kohler mit drei Schritten an der Tür, zieht sie auf, »danke schön«, sagt das Mädchen, Kohler schwingt neben ihr seine Platte im Plastbeutel. »Haben Sie sich auch was von Bach vorspielen lassen?«

»Wieso? Von Natschinski.« Kohlers Gesicht ist so verdutzt, daß sie lachen muß. Er hebt müde die Platte: »O Gott, in was für Aufgaben habe ich mich da gestürzt.« Und fühlt sich sehr erleichtert.

Eine halbe Stunde später essen sie Eis in einer Milchbar. Kohler hält seine Platte auf den Knien und liest mühevoll vor: »Ein aufsteigenden Dreiklangsimitationen entgegenstrebender kantablerer Seitengedanke ändert nichts an der spröden Grundhaltung des Satzes, der sich über einem markanten Orgelpunkt zu starker erlebnishafter Spannung verdichtet, um dann mit wuchtigem Ernst in knapper Gedrängtheit schroff zu kulminieren.« Da lachen sie beide aus vollem Hals.

Die Platte, denkt Kohler jetzt in der Kiefernheide, hat er später einmal für eine Tombola gestiftet. Hätte er aufheben sollen zur Erinnerung. Wer eine Wohnung bekommt, kauft auch einen Plattenspieler.

Noch eine Weile liegt Kohler, stellt sich eine Wohnung vor, Carla und Jörg in ihr. Keiner im Haus weiß, daß und warum er im Gefängnis war, keiner weiß, daß Jörg nicht sein Junge ist. Er wird Jörg nie etwas fühlen lassen. Neues Spiel: Carla und ich bekommen eine Wohnung, der Möbelwagen, von jedem ein Bett und der Schrank, der bei Mutter auf dem Korridor steht, Jörg mit seinen Siebensachen, das meiste wird so bald wie möglich zerhackt, und wenn er jedes Wochenende auf der Kippe steht und Jauche spritzt, zweite Arbeitsverhältnisse gibt's genug, und wenn Carla erst mal arbeitet, natürlich kauft er auf Kredit, soviel er bekommt.

Gedanken kreuz und quer, auch an einen Mann mit Namen Harald Bohn, aber da wird kein Spiel begonnen: als Carla diesen Mann kennenlernte. Dieser Gedanke wird überlagert von einem anderen, der rasch zur Hand und auch nicht unbedingt erfreulich ist: Carla nach dem

Tanzen vor dem Hauptbahnhof, als sie auf Straßenbahnen warteten, Licht über ihnen und Vogelgeschwirr in den Schlafbäumen und über den Menschen, die zusammen nach Hause fuhren oder jeder in seine Richtung und manche schon zur Arbeit, und Carla sagte, daß vieles schön war in den letzten Wochen, aber jetzt sei sie zu Tode erschöpft, und es wäre ihr lieber gewesen, sie hätten *gemeinsam beraten,* ob er in die Lausitz fährt. Gert, hat sie gesagt, nicht alles, was du dir drin ausgedacht hast, ist draußen wirklich gut. Sein wichtigstes Argument hat er auch diesmal nicht ausgesprochen: Dahinten in der Lausitz weiß niemand, daß Jörg nicht mein Junge ist.

In den nächsten Tagen steht Kohler wieder an der Dungkanone, schreibt noch einen Brief und eine Karte an Carla, empfängt zwei Briefe, liest sie zwanzigmal. Das hat er sich angewöhnt, als er jeden Monat nur zwanzig Zeilen bekommen durfte. Von ihrer Sehnsucht und ihrer Arbeit und von Jörg liest er, und wie sie sich auf das Wochenende freue, und von Tina, die immer wieder fragt, wann es nun klappt mit dem Umzug nach Hoyerswerda.

Kohler fährt nach Leipzig, von Eilenburg an jagt der Zug ohne Aufenthalt. Carla reißt am Bahnsteig die Hand hoch, beide reden gleichzeitig: Gib mir die Tasche, braun bist du geworden, wie ich mich freue, wie ich mich freue! Carla war Tischtennisspielen und hat die Klubbeste geschlagen, Carla hat zwei Pfund abgenommen, dreht sich, stellt sich zornig, als er behauptet, man sähe es nicht. Ach, Gert, wann wirst du ein Kavalier? Kohler ist Kavalier und packt ein silbernes Armbändchen aus. Er hat ausgerechnet: Wenn er zwei- oder dreimal getrunken, geraucht, gegessen, ein paar Runden geschmissen, beim Knobeln verloren hätte, wären die fünfundzwanzig Mark auch draufgegangen. Von dem Grasfleck zwischen den Kiefern erzählt er, von seinem Versuch, andere Arbeit zu bekommen. Carla hört nicht richtig zu, schiebt das Armband am Gelenk hin und her, behaucht es, poliert es. »Ich freue mich«, sagt sie, »aber so etwas soll einmalig sein, nicht wahr? Das ist dein Geschenk nach der langen Trennung. Und wenn du wieder etwas übrig hast, wird es gespart. Gert, wenn wir eine Wohnung bekommen, was wir dann brauchen!«

»Wohnung wo?«

»Wohnung überhaupt.« Wohnung, das sagt sich so leicht hin. Schwer sagt sich: Harald Bohn, dieser Urlaub damals, und als ich merkte, daß ich schwanger war, als ich zu Harald fuhr. Carla atmet tief, sie hat sich erholt in den letzten beiden Wochen, das Lächeln schmerzt nicht in den Mundwinkeln, Druck von den Schläfen ist weg.

Auf das, was an diesem Nachmittag geschieht, hat Carla zwei Wochen lang hingearbeitet mit halben Sätzen und ganzen Sätzen und Briefworten, Gert hat alte Schwüre Stück für Stück demontiert. Da gibt es einen bösen Vorsatz: Diese Wohnung betrittst du nicht wieder. Aber er hat seinen zornigen Glanz verloren, er paßt zu Station II und *Strafgefangene Nachtruhe beenden* und Freistunde im Regen und Zwanzigzeilenbrief und Halbstundenbesuch im Vierteljahr mit dem Wachtmeister daneben und Bettenbau auf Kante. Draußen schleift sich Aggression ab; nicht nur man selbst hat recht und Rechte. Carla hat zu Mutter gesagt: Es muß sein, als wäre Gert mal gerade eine Woche weggewesen. Carla richtet es ein, daß Gert nicht zu klingeln braucht, trifft sich mit ihm zu einer Besorgung. Während sie auf ihr Haus zugehen, erzählt sie von einer Kollegin und deren Erfahrungen mit der Waschmaschine, von dem Typ, den sie einmal brauchen, mit Schleuder kombiniert oder nicht. Da stehen sie schon an der Wohnungstür, Carla will auch ihre eigene Aufregung totreden, spürt dennoch Wärme auf dem Arm, schiebt Gert in den Korridor. Ihr Blick fällt auf die Gartenschlüssel, da drängt sie sich an Gert, da liegen in ihrer hastigen Umarmung doch Aufregung und Angst, da flüstert sie: Ach, Gert, Gert!

Aber Hans Riesolt ruft vom Balkon durch die Küche: »Schön, daß du da bist, Gert.« Händedruck und prüfende Blicke, Carla besinnt sich, wie Vater getobt hat: Strolch, Lump, Gauner, als sie nur ein Argument hatte: Aber ich liebe ihn doch. Hans Riesolt zeigt hinauf: Eingedübelt, da kannst du einen Elefanten dran aufhängen. Zwei Männer drücken die Köpfe ins Genick, Dach über den Balkon oder nicht? Sie buddeln zu, streichen aus, radieren Gedankenspuren weg, setzen an, wo sie vor Jahren Brücken abgerissen haben, zerren Ufer zueinander, kommen sich feig und geschickt und großzügig vor, haben Erfahrungssätze im Hirn und im Blick und im Wort: Ohne Kompromisse kommst du nicht aus, ich trag dir deins nicht nach, du trägst mir meins nicht nach. Helga Riesolt sagt nun doch, das ist Anspielung, wenn man will, aber niemand will es so nehmen: »Hast schon wieder Farbe«, aber sie sagt es so leichthin, daß es niemandem einen Stich gibt und Gert ebenso leichthin erwidern kann: »Bei uns auf der Kippe brennt die Sonne ganz schön.« Von dieser Arbeit redet er, fragt sogar: »Wo steckt Jörg?«

Jörg hält seinen Mittagsschlaf, man wird sich hüten, ihn zu wecken. Carla hat Augen und Gedanken überall, will beschwichtigen, einspringen, kitten, wenn Lücken aufreißen sollten, aber alles läuft glatt, Gert hat nach Jörg gefragt, etwas Geschickteres hätte er nicht tun können. Wenn es bewußt war, zeigt er, daß er guten Willen hat, wenn es unbewußt war – das wäre das Beste überhaupt. Carla lotst Gert auf den Platz, auf dem er früher gesessen hat, schiebt die Kuchenplatte hin. Mutter hat Bienenstich gebacken, das macht Arbeit, aber Gert hat ihn immer gern gegessen. Fast hätte sie gesagt: Wirst du lange nicht gegessen haben. Die Waschmaschine, versucht Carla. Wir haben gerade... Unsere, meint Mutter, die Emaille. Also da paßt rein... Wenn ich arbeiten gehe, ihr werdet euch umgucken. Tina muß auch anders ran. Bei ihrem Soldaten ist sie, ihr beide habt auch nicht später angefangen.

Atempause, Gedankenpause. Noch ein Stück Bienenstich?

Hans Riesolt blickt auf die Hände seines Schwiegersohnes, denkt: haben geklaut. Wie lange wird es dauern, bis ich das nicht mehr denke? Bis ich Kaffee trinke mit ihm und über Dübel und Dachrinne rede, ohne daß mir aufstößt: Diebstahl, Gefängnis? Bis ich Jörg auf seinem Schoß sitzen sehe, ohne zu denken: Man merkt gar nicht, daß es nicht sein Junge ist. Hans Riesolt ist sich nicht bewußt, daß er fünfzehn Jahre gebraucht hat, ehe er nie mehr dachte: Drei Menschen hat er getötet, von denen er es weiß, sicherlich mehr, wahrscheinlich am Wolchow, als er in ein Gebüsch hineinschoß, in das andere auch hineinschossen und in dem sie dreizehn Leichen fanden, vielleicht in Oberschlesien, als sie mit Panzerfäusten ein Haus zertrümmerten, aus dem sie Flankenfeuer bekommen hatten, bestimmt den Belgier, der hinter einer Hausecke vorrannte, bestimmt den Rotarmisten, der bei Woronesh über ein Verhau springen wollte, bestimmt den Kutscher, der auf einem Panjewagen vorbeifuhr, als sie abgeschnitten waren und diesen Wagen erbeuten wollten, den er herunterschoß, und sie nahmen den Wagen und luden ihre Verwundeten auf und karrten dreißig Kilometer durch den Wald in einer einzigen Nacht und hatten am Morgen die eigenen Linien erreicht; an diese Toten denkt Hans Riesolt nie mehr, auch dann nicht, wenn er in einem Diskussionsbeitrag sagt: Der imperialistische Eroberungskrieg, der faschistische Überfall auf die friedliebende; er wird diese Geschichten seinem Enkel nie erzählen, weil sie so weit verdrängt worden sind, daß er sich nicht einmal mehr an das Verdrängen erinnert.

Carla schenkt Kaffee nach, horcht hinaus nach Jörg; Jörg schläft besonders lange an diesem Nachmittag. Debatte der beiden Frauen, ob man ihn wecken soll, sonst schläft er abends ewig nicht ein. Kohler stülpt die Hand über die Tasse, als seine Schwiegermutter nachschenken will. Carla registriert: Er hat ihre Eltern noch nicht direkt angesprochen, Mama und Papa hat er früher gesagt, wie es hier üblich ist. Vielleicht, denkt Carla, ist es nun fürs erste genug, Eis ist gebrochen. »Gert«, sagt sie, »ob wir noch einen Spaziergang machen?« Carla fürchtet das Aufwachen von Jörg, da könnte Gert vor Jörg stehen und nicht wissen, was er mit ihm anfangen soll, Gert linkisch vor ihren Eltern, das muß sie ihm ersparen. »Es ist noch schön draußen, wer weiß, wie lange's so bleibt.« Kaum eine Lücke im Gespräch gab es bisher, keinen Mißklang, aber jeder ist in jedem Augenblick auf dem Sprung, das ist durchaus kein gemütlicher Kaffeebesuch am Sonnabendnachmittag. »Also«, fragt Carla, »gehst du mit?«

Kohler lobt den Bienenstich, kommt nicht auf die Idee, Jörg wenigstens anschauen zu wollen. Beim Abschied sagt Hans Riesolt: »Bis zum nächsten Besuch wird wohl nicht wieder so viel Zeit vergehen.« Kohler nickt, ihn trifft dieser Satz nicht, aber Carla blickt ihren Vater über Gerts Schulter hinweg mißbilligend an. Im Treppenhaus lehnt sie sich ans Geländer. Kohler fragt: »War's so schlimm?«

Abend sinkt über die Stadt. Ein Abend mit rückflutendem Ausflugsverkehr aus spärlichen Wäldern, von Teichen und verschönten Kiesgruben. In den Tanzsälen beginnen Kapellen ihr Abendwerk, Burschen und Mädchen knattern in die Landgemeinden, wo härterer Beat gehämmert wird als in den Jugendklubhäusern der Stadt. In Gefängnissen reißen Wärter beim Schichtwechsel ihren uralten Witz: Wieder einer zuviel.

»Du«, sagt Carla, als es dunkel ist, und sieht sich auf Gert zugehen am ersten Abend und sieht Bronzemann und Bronzefrau vor der Ausstellung und zwischen Grün mit einem Spatz auf der Schulter; sie und Gert sind Bronzefrau und Bronzemann, sie fühlt den Druck seines Mundes und hört Mutter sagen: Brief für dich, Brief von Gert und Kuß von Gert und Sehnsucht und Ende der Sehnsucht und Furcht, Jörg könnte aufwachen, und Wunsch, Jörg könnte aufwachen, und Wunsch, das Foto möchte gelungen sein, Jörg auf Gerts Arm, und Gert möchte sagen: Du, das nehme ich mit, und der Wunsch auch, sie möchte jemals Gert so zeichnen können, daß jeder seine Kraft sieht, möchte ihn zeichnen können, wie sie ihn fühlt. »Du«, sagt Carla, als es dunkel ist, »ich hab die Laubenschlüssel mit.«

3. Zwei Nächte, ein Sonntag dazwischen, am Ende der letzten Nacht liegt Carla wach, weil sie an diesem Wochenende wieder nicht von dem gesprochen hat, wovon sie sprechen wollte, nicht von diesem Urlaub in Thüringen. Es ist keine Stunde gewesen, in die es hineingepaßt hätte. Vielleicht muß sie tatsächlich mit Gert in Urlaub fahren, aber wann wird das sein? Oder sie schreibt ihm – aber das muß sie erzählen, vielleicht, wenn sie abends am Bahndamm spazierengehen. Gert wird nicht von sich aus beginnen, aber er wartet. Macht er es sich leicht? Es hätte, denkt Carla, nicht schiefgehen dürfen an dem Abend, als wir zum Wirte wundermild radeln wollten. Carla besinnt sich: Sie hat schon am ersten Abend in der Laube gewartet, daß Gert fragte: Wer? Mit wem? Ging das längere Zeit? Hast du dich rächen wollen? Aber Gert hat nicht gefragt, sein Atem ist ruhig geworden. Am nächsten Wochenende wird sie mit Jörg allein sein. Sie ertappt sich bei der Überlegung, ob sie sich schon so daran gewöhnt hat, mit Jörg allein zu sein, daß es genügt, wenn sie Gert alle zwei Wochen sieht. Wie wird es sein, wenn sie morgens beim Aufstehen zusammen sind und jeden Abend und zwei Tage in der Woche von früh bis spät?

Montag bricht Kohler zeitig auf, schläft im Zug. In Falkenberg steigt er um, Kreuzung ohne Falken und Berg, zwängt sich in Hoyerswerda in den Bus, richtet zwei Stunden später sein Rohr. Neue Dungseen sind über Wochenende angespült worden, schwarze Pfannen stehen in den Mulden, Humusseen, Gestankseen. »Adam hat nach dir gefragt«, sagt Oskar. »Sollst ihn anrufen.«

»Wer ist Adam?«

Einer, der so etwas fragt, muß neu sein in Pumpe. Adam von der BGL, den kennt jeder. »Oder hast du den Spitznamen gehört: der Brummer?«

Am nächsten Tag sitzt Kohler vor Adam, Adam ist Ureinwohner, einer der sechstausend, die von der Stunde Null an in Hoyerswerda den Einzug der fünfzigtausend erlebten. Sie kamen aus dem Erzgebirge und aus thüringischen Tälern, aus anhaltischen Industriestädten und von mecklenburgischen Seen. Und jeden trieb etwas anderes hierher, und jeder vermißte hier etwas anderes. Sie suchten Arbeit und Wohnung, manche Abenteuer, den Bruch mit dem Gewohnten.

Was sucht Kohler? Adam hat einen Bericht aus Leipzig mit Anlagen bekommen, er wird ihn nicht hervorziehen. Adam fühlt sich abgespannt, Adam, Brummer genannt, denn er ähnelt dem Ulkigsten einer populären Musikgruppe, ähnelt ihm in der Statur, mit seiner Glatze und seinen faltigen Wangen, auch in der Beweglichkeit, nicht im Dialekt. Adam hat den fünften Besucher dieses Morgens vor sich, auf immer neue Probleme hat er sich einstellen müssen, er weiß aus Erfahrung: Das Schwerste an seinem Beruf ist das Umschalten von einem Menschen zum anderen, und da sitzt nun der Mensch Kohler, über den er einiges weiß, und gerade das braucht Kohler nicht zu wissen. Letzte Arbeitsstelle, Hähnchen hat Kohler gebraten; Kohler versichert: Nur mal zwischendurch, zum Spaß. Er fürchtet, Adam könnte fragen: Vorher? Aber Adam fragt nach der jetzigen Arbeit, nach dem, was man Kohler versprochen hat. Das alte Lied, irgendwo ist etwas nicht koordiniert. Im übrigen ist Kohler für Adam kein aufregender Fall, Adam führt oft im Haftarbeitslager Entwicklungsgespräche mit Entlassungskandidaten, Adam hat letzte Woche einen Mann mit neun unehelichen Kindern vor sich gehabt und einen ehemaligen Obersturmbannführer der Waffen-SS, Eichenlaubträger, der fünfzehn Jahre Zuchthaus wegen Verbrechens gegen die Menschlichkeit abgesessen hat.

»Am liebsten«, sagt Kohler, »möchte ich natürlich in eine Brigade, in der alles klappt.«

»Ins gemachte Nest.« Adam ergänzt das nicht unfreundlich, läßt Brigaden, Brigadiere sein Hirn passieren, hakt sich fest, verwirft. Keine Arbeit außerhalb, das steht fest, Kohler soll das Werktor passieren müssen. Vielleicht ist es ein Schritt zur Einsicht, daß Kohler einer ordentlichen Brigade zugeteilt werden will; er scheut die Versuchung, sehr gut. »Imhoff«, schlägt Adam vor, »Reparatur von Elektromotoren, Schaltgeräten und so weiter. Imhoff ist erstklassig, und Geld wird bei ihm verdient. Hoffentlich sind Sie durch das Hähnchenbraten nicht zu sehr aus Ihrem Beruf raus.«

Kohlers Blick wird mißtrauisch, Adam spricht weiter über die Zusammensetzung der Brigade, ihre Aufgaben, Schichten. Lohn ungefähr von–bis, das ist Gummi. »Meinetwegen«, sagt Kohler.

»Will Ihre Familie nachkommen?«

»Sobald wir eine Wohnung haben.«

Kohler verabschiedet sich, Adam formuliert seine Aktennotiz. Er hat, meint er, richtig entschieden nach aller Voraussicht, nach Abwägen bekannter Faktoren.

Wie viele Unbekannte gibt es bei Kohler? Adam hegt aus Erfahrung Mißtrauen gegenüber der These, daß Strafvollzug erzieherisch wirkt. Es wird gestraft durch Entzug der Freiheit und einer Reihe vergnüglicher Dinge. Ob man zur Ordnung, zum Fleiß, zu staatsbürgerlichem Bewußtsein erzieht? Wahrscheinlich kommt es darauf an, was jeder selbst aus sich macht. Kohler wird also bei Imhoff arbeiten, dort gibt es keine Bummelei, und soweit er das überblickt, keine Schaukelei. Natürlich muß man aufpassen, daß Kohler die Imhoffbrigade nicht zu einer Bande von Organisierern umfunktioniert.

Noch ist Adam nicht beim nächsten Problem, noch klopft niemand an seine Tür. Wohnung für Kohler, überlegt Adam, für Frau und kleines Kind, zwei Zimmer gingen an, zweieinhalb wären besser. Nicht im WK 8, dort sind die Mieten hoch, vielleicht zieht mal einer im WK 2 oder 4 aus. Eigentlich hat Kohler noch keinen Anspruch. Kleines Kind, denkt Adam, zieht die Personalakte wieder heran, Sohn Jörg, geboren am, Adam rechnet. Ein Ding, denkt er. Verheiratet seit, verhaftet am, und dieser Junge, und hat sich nicht scheiden lassen und läuft aus seiner Stadt weg und will Frau und Kind nachkommen lassen. Ein Trottel ist Kohler nicht, könnte andere Frauen haben. Neid kommt in Adam auf, gegen den gibt es kein Vernunftmittel, der Neid des Mannes von Größe eins zweiundsechzig gegen den von eins dreiundachtzig, zwei Drittel aller Frauen kamen für Adam nie in Frage, aber der da, dem müssen sie zufliegen; und nicht nur Neid quält Adam, sondern auch Schmerz über elementare Ungerechtigkeit. Jung ist Kohler, ein Hüne ist er, Locken hat er und keine Glatze. Macht keinesfalls den Eindruck, als ob er einer verschrobenen Sekte angehörte, die verzeiht auf Teufel komm raus, oder wo die Ehe dauert, bis daß der Tod sie scheidet. Ist das die große Liebe?

Adam schließt die Akte weg. Zu Imhoff kommt er oft, kennt die Hälfte dieser Brigade. Er wird Kohler nicht aus den Augen verlieren. Wenn Kohler gut arbeitet, sich nichts zuschulden kommen läßt, warum nicht.

Inzwischen fährt Kohler zurück zu seiner Rieselland-schaft, winkt einen Bulldozer ein, läßt sein Räderrohr über die Dünen zerren. In ein paar Tagen wird er zum letztenmal die Dungkanone richten. Das wird ihn freuen, und es wird ihm leid tun. Warum hängt er bloß an jeder Arbeit, wenn er eine Weile dabei ist? Jetzt ist das schon eine Art Sport, Nährstoffe zu verteilen, Gefälle auszunutzen. Er vermeidet Schlammseen, Oskar hat gewettert, daß es nichts nutzt, wenn Nährstoffe abgespült werden. Oben müssen sie haften, müssen den Sand mit einer Kruste überziehen, daß der Wind nicht heran kann. Kohler erinnert sich an Artikel über den Kampf gegen die Wüste; in Libyen, Israel, Kuwait übersprühen sie Wanderdünen mit Plastschichten. Kohler stellt sich vor, in dieser Landschaft würde die erste Gebüschinsel, Grasinsel angelegt. Gruben müßten ausgehoben und Sträucher mit Wurzeln und Erde eingesetzt werden, von da aus könnte die Vegetation vormarschieren, er würde mit seiner Kanone Schrittmacherdienste leisten. Die Spree, das Dreckflüßchen, müßte man über diesen gigantischen Filter leiten, als jungfräuliches Forellengewässer träte sie wieder heraus. Wenn er hierbliebe. Wenn sie ihn machen ließen.

Aber drei Tage später schüttelt Kohler dem steifbeinigen Oskar die Hand, und Oskar klagt sein Leid, daß alle die Kurve kratzen. Da bedauert Kohler, daß er Oskar nicht von seinen Vorstellungen erzählt hat, daß sie nicht gemeinsam Möglichkeiten ausgesponnen haben: Seen und Berge und liebliche Auen, Lausitzer Schweiz, Bank und Stein, Inschrift: Oskars Ruh. Der Waldhügel daneben mit dem Aussichtsturm: Kohlerkuppe. Zu spät,

Kohler verspricht, Oskar zu besuchen. Red keinen Mist, sagt Oskar.

Adam steht dabei, als Kohler seine Arbeit bei Imhoff antritt. Er stellt vor: Kollege Kohler aus Leipzig, Imhoff, Barthel, Keßler, Bergner, die anderen kennt er nicht, die nuscheln selbst ihre Namen, Kosalowski, Schubert, Hubermann, Preil. Imhoff zeigt Kohler dessen Schrank, fragt nach Kohlers Ausbildung, Werdegang, ist ein dürrer Mann mit spitzem Kinn und Kirschmündchen, trägt ein Bärtchen und lang heruntergezogene Koteletten. Kohler mag diese Art Gentlemen nicht sonderlich, aber er kann sich nicht alles aussuchen, nicht auch noch die Kosmetik seines Brigadiers. Imhoff sagt: Wir machen gleich was zusammen.

Kohler ist auf der Hut. Sie polken einen ungefügen Schalter aus der Wand, Knochenarbeit ist das, Kohler wütet mit schwerem Hammer. Sie karren den Schalter in die Werkstatt, schlachten ihn aus. Kohler hält zum erstenmal seit zweiunddreißig Monaten einen Schraubenzieher in der Hand. Ein spezielles Isoliermaterial kennt er nicht, Imhoff zieht die Brauen hoch: Wo du gearbeitet hast, waren sie wohl hinter dem Mond? Aber unzufrieden ist er nicht, der Neue packt zu. Imhoff schwafelt über tonnenschwere Motoren und armstarke Kabel, das war heute noch gar nichts, und Kohler soll warten, bis Winter wird.

Nach Schichtende schmerzen Kohlers Oberarme, seine Hände rucken mit dem Schnapsglas hoch, als er seinen Einstand gibt. Keine Sauferei, mahnt Imhoff, wir kämpfen um den Staatstitel; sein Mündchen wird noch zuckriger dabei. Kohler streift die Augen von Schubert, Kosalowski, Keßler, Barthel beim Anstoßen. Ein Bier, ja, schadet nicht bei Durchfall, ein Bier könne Barthel immer trinken, urteilen sie, sind überzeugt, Bier wäre fast Medizin. Preil schmeißt eine Lage, weil er vor vier Tagen Geburtstag gehabt hat, ist ein Aufwasch, Imhoff schickt eine Lage hinterher, weil er seine Worte zur Begrüßung des Neuen anfeuchten will.

Dann ist auch das vorbei, es ist immer noch hell, Kohler will nicht schlafen, kann nicht schlafen, will schon gar nichts mehr trinken. Er streift durch den verwilderten Waldgarten zwischen Kiefern zu seinem Platz, streckt sich ins Gras, sieht eine Rauchfahne über sein Himmelsstück ziehen. Carla träumt er neben sich in der Bluse, die sie an ihrem ersten Abend trug, ohne Strümpfe, in Sandalen. Carlas rucken durcheinander, Carla auf dem Hocker der Schallplattenbar und über dem Zeichenblock und vor dem Bett, in dem er schon liegt, Haarwust verdunkelt ihr Gesicht, Carla auf dem Fahrrad, nie hat er mit ihr in einer Badewanne gesessen, Schaum um Carlas Schultern, mit einer raschen Bewegung steht sie vom Tisch auf, Moni plötzlich dazwischen und eine Wiehießsiedochgleich, aber wieder Carla, Carla, Carlas Silhouette und unten auf der Bahn ein Tandem, Otto–Geschke, Räder rauschen, Carla holt ihn an der Baracke ab, wartet wie damals am Bahndamm, in ihren Augen ist kein Lachen und kein Weinen, bloß Fröhlichkeit. Carlas Gesicht ist wie auf dem Foto, das in seinem Regal gestanden hat, jetzt sitzt sie neben ihm. Träumen kann schöner als Wirklichkeit sein. Carla faßt in sein Haar hinein, fühlt durch sein Haar, das hat er immer gemocht, hat nach ihrer Hand geschnappt. Jetzt streichelt er ihre sonnenbraunen Waden, streichelt zu den Kniekehlen hinauf.

Kohler steht auf, als er die Kühle spürt. Auf dem Rückweg fällt ihm Benning ein, der ihm ein Buch empfohlen hat: »Wer einmal aus dem Blechnapf frißt«. Benning hat auf dem Bett gelegen wie oft am Sonntagnachmittag und hat es genossen, daß er ein Thema ausbreiten konnte, daß nicht einer dazwischenquatschte wie in der Brigade. Benning baute auf wie in einer Vorlesung: Fallada hat das Wesen der Haftpsychologie begriffen: sich etwas überscharf vorstellen, in eine Traumwelt, Scheinwelt ausweichen, die Freiheit zwischen die Mauern hereinphantasieren; kennst du doch auch. Kohler ist auf und ab gegangen dabei, hat immer mit demselben Fuß auf derselben Stelle gedreht, wo schon keine Farbe mehr war. Vieles ist heute anders, hat Benning entwikkelt, aber das ist geblieben: das Träumen. Wenn du rauskommst, mußt du sehen, daß du dieses Buch bekommst. Ein paar Abende, hofft Kohler, bringe ich damit rum.

Am nächsten Tag arbeitet Kohler mit Schubert, Keßler und Barthel, sie bugsieren einen Karren durch das halbe Kombinat, montieren in einer Waschanlage altersschwache Leitungen ab. Keßler und Barthel reden vom Fußball, das vergangene Spiel, das nächste Spiel, ein vorjähriges Spiel, ein neuer Stopper, eine Herausstellung – »Mensch«, sagt Kohler, »kennt ihr keinen anderen Sport? Wart ihr nie zum Radrennen?« Er versucht, ihnen den Kampf des Schweizers Gubelmann zu schildern, Keßler und Barthel hören zu, und als er sein Pulver verschossen hat, sagt Barthel: »Mag ja alles schön und richtig sein, aber ich stehe nun mal auf Fußball.«

Nachmittags schwitzt Barthel bei einer leichten Arbeit; alle merken, wie er sich zusammenreißt. »Könnt ich ja verstehen, wenn wir gestern einen draufgemacht hätten«, sagt Barthel. Am nächsten Tag ißt er mittags nur ein paar Löffel voll, packt seine Sachen. Keßler erklärt: »Ehe der mal zum Arzt geht.«

Kohler vertritt Barthel bei Schichtende; mit Keßler gibt er Material und Werkzeug ab. Hinter der Tafel steht eine Frau, rundliches Gesicht mit Stupsnase, forscher Ton, hübsche glatte Arme. Nun macht mal halblang, sagt die Frau, zwei Fäustel, die könnt ihr doch nicht verschluckt haben. Kohler mustert: Haarwuschel unter dem Kopftuch heraus, getönt oder gefärbt. Ein Finger gleitet Listen entlang, ein Mund schnappt Posten ab, siebzehn, einundzwanzig, euer Glück. Solche

Frauen kennt Kohler als Kellnerinnen, Straßenbahnfahrerinnen, Köchinnen, so eine Frau ist die Brehmer am Hähnchenstand in Markkleeberg, jetzt in der Petersstraße, er weiß von vornherein, mit solchen Frauen darf man keinen Schmus machen, da muß man den Augenblick abwarten, in den es hineinpaßt, und dann muß man sagen so und so. Man darf sich niemals einbilden, man könne ihnen frech kommen. »Mach hin, Sonja«, drängt Keßler, aber deshalb beeilt sich die Frau nicht. Einmal blickt sie auf, ihre Augen haken sich für Sekunden in Kohlers Augen fest; sie fragt Keßler: »Neuer Mann bei euch?«

»Neuer Mann. Und wenn du dich mit deiner Pinsligkeit noch steigern willst, mußt du das Isolierband aufwickeln und nachmessen.«

Zwei Flachzangen, sechs Schraubenzieher, zwei...

Kohler horcht auf diese Stimme, die heller klingt, als bei diesem Gesicht zu vermuten gewesen wäre, und auf die Sprache, die fast dialektfrei ist. Neuer Mann bei euch – da fühlt sich Kohler durchaus nicht mehr so sicher, daß er in einer bestimmten Situation sagen könnte: so und so und so. Kohler möchte jetzt draußen stehen, möchte zu Keßler sagen: Die sucht sich ihre Männer selber aus. Sonja, der Name paßt nicht, findet er. Könnte Margitta heißen wie diese Kugelstoßerin oder Tamara. Aber das wieder nicht mit dieser Stimme.

Als die Frau fertig ist, schiebt sie Papiere zur Unterschrift hin; über Keßlers gebücktem Rücken treffen sich wieder ihre und Kohlers Augen, er ist es, der den Blick abwendet. Ihre rechte Hand liegt neben dem Papier, zwei Ringe, konstatiert Kohler, Witwenringe, eine Witwe von dreißig Jahren. Jetzt lacht sie mit Keßler, vergeblich wartet Kohler, daß sich ihre Augen noch einmal finden. Draußen fragt er gleich: »Wer is'n das?«

»Da brauchst du dir nichts einzubilden. Die muß einen haben, der nicht von hier ist.«

Nach Feierabend holt sich Kohler in der Bibliothek Falladas »Blechnapf«-Roman. Er muß Personalien aufsagen, wird nach literarischen Interessen gefragt, ist nicht nur schlichter Leser dieses Romans, ist *Anmeldung,* wird in der Statistik einen Platz haben. Die Bibliothekarin versucht, ihn mit einer Kartei vertraut zu machen, ist freundlich und lehrpußlig. Da bringt es Kohler nicht fertig zu gestehen, daß er nur dieses Buch ausleihen will. Vielleicht, meint sie werbend, finden Sie auch an anderen Fallada-Romanen Gefallen? Wissen Sie noch, »Kleiner Mann« im Fernsehen?

Als Kohler auf der Straße steht, hat er keine Lust mehr auf das Buch. Mit einem Buch ist jeder allein, und Kohler hat vom Alleinsein genug. Er züchtet Verdruß hoch, weidet sich am Protest: Das nennt sich nun vorbildliche Brigade, kämpft um den Staatstitel, aber keiner hat gefragt, wie er seine Abende mordet, keiner hat gesagt: Komm doch mal zu mir nach Hause. Die steigen in ihre Busse, und es kann einfach nicht sein, daß sie vergessen haben, wie einem in einer Baracke zumute ist. In drei Tagen jedenfalls können sie ihn alle, da fährt er nach Hause.

In diesen drei Tagen schlägt Kohler das entliehene Buch nicht auf, wird von niemandem eingeladen. Einmal fährt er nach Hoyerswerda, streunt die Magistrale hinauf und hinunter, weiß nicht, was er hier soll. Im Kaufhaus beäugt er Schlafzimmermöbel, Sessel, Radios. Ohne Carla ist das öde, er möchte Bier trinken und Hackepeter essen, möchte mit einem zufälligen Tischgenossen irgend etwas reden. Aber er stößt auf kein Lokal, und ehe er recht gesucht hat, sitzt er wieder im Bus, kehrt zu seiner Baracke zurück. Wenigstens, denkt er, solltest du Vaters Fahrrad hier haben.

4. Kapitel

Kumpel Kufalt

1. Kohler fährt nach Leipzig. Carla bestürmt ihn am Bahnsteig wie nach einer Weltreise, krallt ihre Finger in seinen Nacken; als sich ihre Lippen gelöst haben, wuschelt sie durch sein Haar. Sie nimmt ihm eine Tasche ab, damit sie Arm in Arm gehen können, beklagt ihre Sehnsucht, redet nicht zu dringlich von Jörg, fragt sich, wie lange sie wohl jede Beziehung zwischen Gert und Jörg abwägen wird. Sie weiß: Sie ist über den nächsten Berg, wenn ihr solche Sätze selbstverständlich von den Lippen kommen; wann wird das sein?

»Wir gehen tanzen«, lockt sie rasch. »Eine Kollegin und ihr Mann haben Plätze bestellt.« Wie viele Berge noch?

Dieses Lokal heißt Bar, ist Eckkneipe gewesen, man sieht es, wenn man es sehen will. Die Theke ist keine gewöhnliche Theke mehr, ist Bar mit Hockern. Bambusgitter trennen Tische, dazwischen ist die Tanzfläche ausgespart, eine Musikbox steht daneben. Kohler führt Carla nicht an die Bar, sie trinken zwei Flaschen Wein, er kauft eine kleine Packung Konfekt, rechnet die Zigaretten dazu, Trinkgeld, Straßenbahngeld – dreißig Mark sind hin, und sie haben keine Sprünge gemacht. Sind hin für zwanzig Tanzrunden nach zwanzig Plattenseiten, die ein Greifer unter grünem Licht aus einer Batterie kippt, auf den Teller paßt, wartet, bis der Saphier die Töne aus dem Schellack gelockt hat, sie zurückstopft und lauert, bis die quer gleitende Batterie ihm die nächste Scheibe unter die Backen schiebt. Das kann Kohler immer wieder sehen, einmal hebt er, wie er es gewohnt ist vom Kapellentanz, die Hände zum Beifall, spendet ihn der hurtigen Technik, bis Carla ihre Hände über seine Hände legt. Drei Stunden lang denkt Kohler nicht an Nährstoffkanone, Wohnlager, Rudi Rappe, Zwiebelsenfblutwurststulle, er denkt an Laube und Carla vor Kirschbäumen, seine Hand liegt auf ihrem Schenkel, an der anderen Tischseite reden Carlas Freundin und deren Mann über irgendwas, und Carla und Gert phantasieren über die Leute um sich, der da könnte ein Hochstapler sein, die Frau daneben besitzt ein Fischgeschäft, ein Kistchen Aal hat er ihr eben abgeschwatzt, jetzt redet er ihr ein, ihre Kette sei altmodisch, er will sie umarbeiten lassen, sein Freund ist der bekannteste Juwelier von Köthen und Umgebung, und, guck nur mal, jetzt verspricht er ihr die Heirat und will immer den Fisch vom Großhändler holen, natürlich muß ein Wagen angeschafft werden, Wartburg Kombi, Filetkartons ruck, zuck!

Da überlegt Carla, wie es wäre, wenn sie die Geschichte von Bohn und ihr wie eine erfundene Geschichte erzählte, wenn sie begänne: Sieh mal, die dort drüben, sieht sie nicht traurig und einsam aus? Vielleicht liegt ihr Mann im Krankenhaus, gerade heute fühlt sie sich entsetzlich allein; der Mann daneben ist Bankangestellter aus einer kleinen Stadt, hat nichts Besonderes vor, aber er merkt, wie einsam die Frau ist, er ist kein Abenteurer, er ist im Grunde ein anständiger treuer Mann, und an diesem Abend, an diesem Abend noch nicht, aber drei Tage später. Vielleicht muß Carla nicht mit Gert in Urlaub fahren, vielleicht könnte sie jetzt ihre Geschichte erzählen, als ob es die Geschichte einer anderen wäre. Aber jeden Augenblick kann sich ihre Kollegin herüberbeugen: Ihr tut ja, als wärt ihr in den Flitterwochen!

Gert muß einmal mit Carlas Kollegin tanzen, und deren Mann wird einmal mit ihr tanzen. Der Greifer fischt zum fünftenmal dieselbe Plattenseite ans grüne Licht, Spitzenschlager dieses Abends. Kohler träumt, er arbeite wie diese Musikmaschine, ohne Aufregung, keinen falschen Ton gibt es, keiner Sängerin bleibt der Vokal in der Kehle stecken, kein Posaunist stößt den Notenständer um. So müßte nicht nur die Arbeit laufen, grübelt Kohler, der den Alkohol von fast einer Flasche Wein im Blut hat, so geölt müßte alles rollen. Neue Groschen rutschen in den Bauch des Roboters, Glory Glory Hallelujah. Später bestellt der Mann der Kollegin Mokka, aber der Wirt ist kein Wirt wundermild, sein Mokka ist dünner, nicht einmal heißer Kaffee, der Kollege mault, der Kellner versichert heuchlerisch, er wolle in der Küche auftrumpfen. Der Mann der Kollegin bezahlt die schwächliche Brühe, und als Kohler protestiert, so würde man nichts ändern, müsse Krach schlagen, *Mokka* verlangen oder mit Anzeige drohen, da zuckt der Mann der Kollegin die Schultern, will seine Ruhe haben.

Dann Aufbruch und Umsteigen am Hauptbahnhof, Kohler will zu der Bahn, die zur Wohnung seiner Eltern fährt, denkt, daß es ein Jammer ist, er hierhin und sie dorthin, er läßt sich das nicht länger bieten, wird auf den Tisch schlagen, auf welchen Tisch? Er wird jetzt unter den Scheinwerfern im Angesicht von Osthalle und Westhalle und Schlange vor dem Taxistand einen Schwur ablegen, jetzt wird alles geklärt, so nicht; da nimmt ihn Carla am Arm und sagt: »Jetzt kommst du mit zu mir. Und du schleichst dich nicht weg, du trinkst morgen früh mit Kaffee.« Kohler nickt grimmig, als hätte er eine Sekunde später das gleiche vorgeschlagen. Meine Frau, denkt er und möchte sie vor irgendwas beschützen, vor einer Horde Rowdys oder wenigstens vor einem Regenguß.

Sie sind leise auf der Treppe und im Flur und im Bad, aber nicht zu leise. Sie beugen sich über Jörgs Bett, in

Kohler wird Erinnerung wach, dort stand sein Bett, nicht Jörgs Bett, da war zwischen Carlas Bett und seinem Bett nur ein halber Meter, er konnte hinüberlangen. Damals schliefen Carlas Eltern hinter der Wand wie heute, aber Carlas Vater hatte noch nicht verlangt, sie solle sich scheiden lassen.

Ein Ehepaar liegt wach ein Stockwerk tiefer in gewohnten Betten, hört Schritte auf der Treppe, verfolgt sie vom Schließen der Haustür bis zum Klappen der Wohnungstür. »War doch Carla«, sagt die Frau, »daß die wieder mit dem zusammen ist!« Der Mann reibt die Zehen gegeneinander, hofft, sie so zu erwärmen. »Wird ganz schön rumgehurt haben«, mutmaßt er. »Der Kerl ist ja blöd. Ich hätte meine Rapeiken geholt und ab durch die Mitte, noch nich mal ein paar runtergehauen hätt ich der!« Die Frau lauscht auf Schritte oben, ins Baden gehen sie also erst: wie's scheint, zusammen. Flüstern: »Soll von einem aus ihrem Betrieb sein, das Kind. Brigadefeier oder so was, wo sie die Ehefrauen nicht eingeladen haben.« Das ist gezielte Spitze, aber der Mann reagiert nicht. Jetzt: »Soll von ihrem Chef sein, der hat sie danach wegloben wollen, sie sollte auf Schule, das Übliche.« Schritte kommen aus dem Bad, der Mann sieht Carlas Beine, nackte Arme, Träger über der Schulter. Der Mann stellt sich vor: Jetzt steht Carla neben ihrem Bett, streift die Träger herunter. Emsig reibt er die Zehen gegeneinander.

Carla sitzt auf ihrem Bett, Gert horcht hinter die Wand, da ist alles still. Carla flüstert: »Du kommst jetzt immer mit hierher.« Er nickt, sie kann es nicht sehen, er setzt sich neben sie, hört Jörg atmen. Er streichelt Carlas Knie, Müdigkeit überfällt ihn; Nachtschicht gehabt, rangeklotzt, im Zug zwei Stunden geschlafen; Kohler will ausrechnen, wie lange er nicht geschlafen hat, wenn man von diesen beiden Stunden absieht, aber seine Kraft reicht nicht. Carla fragt: »Bist du sehr müde?« Jörgs Atem ist nicht mehr zu hören, Kohler sagt: »Fürchterlich.« Jetzt sofort schlafen, hofft er, nach einer Weile wach werden und Carla neben sich spüren. Sie flüstert: »Ich lege mich an die Wand.«

»Und du nimmst es mir nicht übel?«

Ein Kuß nur, schon fällt Kohler in Schlaf. Als er wach wird, liegt Carla nicht neben ihm, hört er Schritte auf dem Korridor und Wasserrauschen im Bad, es ist Morgen, und er denkt: Ist wohl keine Sensation, wenn eine Frau den Mann, mit dem sie verheiratet ist, mit zu sich nimmt. Er hört Tinas Stimme aus der Küche, die Kaffeemühle surrt, er atmet tief durch. Kein Druck in der Brust, die Glieder sind leicht, er hat den gestrigen Abend verkraftet, wird diesen Morgen überstehen, wird nicht auf den Tisch hauen, wird einfach dasein, und wenn es dir nicht paßt, Tina, kannst du ja ausziehen, und wenn ich wollte, wäre ich jeden Tag hier. Gurgeln im Bad, Jörg kräht, der Wasserkessel pfeift, es ist ein Sonntagmorgen wie aus der Fernsehreklame, wenn der Hahn kräht, die Sonne feixt, das Tischtuch auf der Terrasse strahlendweiß schimmert, mordsgesunde Kinder ihre Prachtgebisse in Margarinestullen schlagen. Carla stürmt herein und duftet nach Seife und Frische und reißt das Fenster auf, hält Grün-Weißes hoch, eine Kreuzung zwischen Hemd und Pullover. »Schenk ich dir. Nun mach schnell!«

Er ist der letzte am Kaffeetisch, Tina erzählt gerade, daß sie mit der Schwester ihres Verlobten im Kabarett war. Jörg sitzt auf Opas Schoß, schnuppert an Ei und Butterbrötchen und ißt manierlich, Kohler läßt sich in seinem neuen Pulloverhemd, Hemdpullover bestaunen, drückt sein Knie an Carlas Knie, denkt: Wie macht sie das bloß, ist nicht aufgeregt, tut, als ob gar nichts wäre? Aber nicht einmal er merkt, was es Carla für Kraft kostet, sich zu dieser Sonntagmorgenfröhlichkeit zu zwingen, Familieneintracht auszustrahlen, sogar die

Schwester einzubeziehen. Carla weiß nicht, ob tatsächlich Spannung über allem liegt, ob jeder sich *müht,* sie nicht spüren zu lassen, auch die Schwester, besonders sie. Tina fragt eben: »Noch mal nachgießen, Gert?« Gert nickt kauend. »Mein Verlobter«, sagt Tina bei jeder Gelegenheit. Carla will Wind aus den Segeln nehmen, weiß nicht, ob Wind da ist. »Müßten mal zusammen ausgehen, wir vier«, sagt Tina. Ist das das große Einlenken?

Helga Riesolt horcht auf die neuen Töne. Sie hat Carla und Gert in der Nacht schon an der Korridortür gehört, hat weghören wollen, aber ihr Ohr ist jedem Schritt gefolgt, ins Bad, ins Zimmer nebenan. Endlich, hat sie gedacht, wenn das klappt, klappt das meiste andere auch, oder besser: Wenn das nicht klappt, ist alles andere für die Katz. Carla ist, wie ich war. Als Hans in Urlaub kam dreiundvierzig, aus Ungarn mit Speck und Maismehl. Neun Monate später war Carla da. Carla ist nicht, wie ich war. Die eine Sache, wahrscheinlich nichts weiter. Aber ich, als Hans ewig nicht aus Gefangenschaft kam. Gar nicht mehr daran denken. Oder wieder daran denken?

Die Kaffeetassen werden zusammengestellt, alles ist gutgegangen, Carla schickt die Männer aus dem Haus. Hans Riesolt trägt Jörg hinunter, Kohler bugsiert den Sportwagen aus dem Keller. Jörg versucht, seinen Wagen zu schieben, stapft an der Hand seines Opas, will dann doch gefahren werden. Kohler lenkt den Wagen, fühlt sich unbehaglich, als ihm einfällt, jetzt könnte er Moni treffen oder Hohlbein oder einen von seiner früheren Arbeitsstelle.

Sonntagmorgen über der Stadt mit Wärme auf den Sonnenseiten, Rentner sitzen vor Rosenbeeten, Handball und Hockey wird vor spärlichen Kulissen gespielt, Bauarbeiter verdienen fünf bis zehn Mark schwarz pro Stunde an Privatgaragen, auf Privatdächern. Kohler scharrt eine Rinne in einen Sandhügel, in der ein Ball abrollen kann, zeigt, wo man den Ball auflegen muß. Jörg wiederholt das Spiel, sein Opa wartet vergeblich, daß Kohler sagt: Nun macht Papa das. Vati schiebt bloß ein bißchen an. Das hat Papi aber fein gemacht.

Ein Sonntag mit Sonderzügen in die Dübener Heide, mit Touristen in der Stadt. Mittags ist Carla bei Gerts Eltern eingeladen, es könnte ein großer Versöhnungstag sein, nicht nur bei Riesolts, auch bei Kohlers. Gerts Mutter tischt Sauerbraten und Klöße auf, Carla ißt nicht einmal zwei Klöße, Kohler vier, sein Vater fünf. Höflich sind Kohlers Eltern zu Carla, ist Carla zu ihnen. Danke und Bitte und Nimm-dir-doch-noch-mal und Schmeckt-wirklich-gut und Ich-bin-ganz-satt. Aber nicht ein einziges Mal nennt Carla sie Mutter und Vater, nicht einmal wird Jörg erwähnt. Natürlich fragt Carla, ob sie in der Küche helfen darf, natürlich lehnt Gerts Mutter ab. Hier mit Gert und Jörg wohnen, weiß Carla, wäre eine Qual. Gerts Mutter würde, wenn sie Jörg meinte, sagen: dein Junge.

Kronenkorken werden abgeknickt, von Normen und Material und Abzügen ist die Rede. Von der Auslösung wird keiner rund, ein altes Lied. Carla hört eine Weile mit halbem Ohr zu, verabschiedet sich, bedankt sich, erwähnt nicht, daß sie Jörg ausfahren will, Kohler bleibt noch, wird sie abends treffen.

Noch einmal eine Nacht Wand an Wand mit Carlas Eltern, diesmal ist Kohler keineswegs müde, hat Helga Riesolt die Decke über den Kopf gezogen, liegt Tina wach und sehnt ihren Rolf zu sich aus einer fernen Kaserne. Als Carlas Atem flacher wird, wächst in ihr Unruhe, spürt sie Blicke auf sich, knipst Licht an, da steht Jörg in seinem Bettchen, stützt die Hände aufs Gitter, seine Augen staunen groß und starr. »Du schläfst nicht?« fragt sie leise und setzt belustigt hinzu: »Was haben wir denn gemacht?« Und Jörg antwortet mit einem seiner wenigen Wörter: »Bum.«

Die letzte Nacht dieses Wochenendes, schon sitzt Kohler wieder im Zug, wüßte gern, wie oft er diese Fahrt noch machen wird. Die Arbeit beginnt mit hartem Stoß, Barthel ist in die Klinik gebracht worden, nun müssen sie seine Arbeit mitmachen, und an diesem Tag wird ihnen klar, was Barthel für ein Fuchs ist, wie flott ihm jeder Griff von der Hand geht. Barthel hetzt nie und schafft mehr als mancher, dem Schweiß auf der Stirn steht.

Kohler hat den Sonntagmittag nicht vergessen, kaut jedes Wort durch, während er montiert, lötet, mißt. Danke und Bitte und Nimm-dir-doch-noch-ein-Stück und Wie-locker-deine-Klöße-sind, das war Fassade, seine Eltern haben Carla nicht verziehen, Jörg ist nicht ihr Enkel, sie sitzen auf dem hohen Roß. Er muß ein deutliches Wort sprechen. Entweder sie finden sich mit Carla und dem Jungen ab, oder er kommt nicht mehr nach Hause, er macht solche Faxen nicht noch einmal mit. Natürlich ist dieses Druckmittel Mutter gegenüber barbarisch. Ich komme sonst nicht mehr nach Hause – das ist Erpressung, doch den Kern der Dinge ändert er so nicht.

An diesem Abend legt sich Kohler zeitig ins Bett, liest die ersten Seiten des »Blechnapf«. Da pendelt der Strafgefangene Kufalt in seiner Zelle auf und ab. Die Tage vor der Entlassung reißt er runter, das kann Kohler nachfühlen. Kufalt überlegt: Da gehe ich also die Straße lang, und da ist eine Kneipe, und ich mache einfach die Tür auf und sage: Ober, ein Bier. Hab ich mir genauso ausgemalt, weiß Kohler.

Über diesen Gedanken schläft er ein; er hat Mühe beim Aufstehen und tritt als letzter in die Baracke mit den Garderobenschränken, und so erfährt er als letzter daß Barthel tot ist. Imhoffs kleiner Mund verschwindet fast. Beinahe aus dem Nichts heraus dringt seine Stimme: »So schnell kann's gehen.«

»Sechsunddreißig«, murmelt Keßler. »Darmgeschichte.«

»Krebs«, vermutet Schubert.

»Weiß ich nicht, vielleicht eine Infektion.«

Sie reden durcheinander, daß es nur bei Krebs so schnell gehen kann, gesund und nach vierzehn Tagen tot, und Kosalowski protestiert gegen Panikmache.

An diesem Tag schafft die Brigade Imhoff kaum halb soviel wie sonst. »Er hat nur einen Jungen«, sagt Keßler, »wenigstens sitzt seine Frau nicht mit einem Haufen Kinder da.«

Kohler atmet auf, als die Arbeit vorbei ist. In seiner Baracke wird niemand von Barthel reden, dort hat ihn keiner gekannt. Seinen Fallada nimmt Kohler, beginnt noch einmal von vorn. Kübel hatten sie dort – das ist ihm Gott sei Dank erspart geblieben. So viele spezielle Ausdrücke gab's bei ihnen nicht, oder vielleicht doch, bloß eben andere. »Hab ja warten gelernt«, sagt Kufalt einmal. Haben wir auch bei jeder Gelegenheit gesagt. Stimmt ja gar nicht, denkt Kohler, ich hab nicht warten gelernt, ich will alles auf einmal, daß sich meine Eltern mit Carla vertragen und daß ich eine Wohnung bekomme und vergesse, daß Jörg nicht mein Junge ist. Ich will, was Jahre braucht, in Wochen.

Kohler möchte noch Kufalts Entlassung miterleben, aber so viel schafft er an diesem Abend nicht. Er schläft ein, nachdem er in Gedanken wieder aus der Gartenpforte getreten ist, die Sonne schien steil in die Straße hinein, das erste Geräusch war der Pausenkrach der Kinder, er sah nach keiner Kneipe und malte sich nicht aus, er würde die Tür öffnen und sagen: mal schnell ein Bier.

Am nächsten Morgen während des Umziehens tritt Adam zwischen die Schränke. Alle wissen, was Adam will: »Drei Mann sollten wir beim Begräbnis sein. Zwei von euch möchten mitkommen.«

Natürlich sagt Keßler: »Also ich.«

Einer fährt nach Hause, einer bekommt Besuch, einer hat versprochen, jemandem den Hausflur zu weißen, einer muß für die Volkshochschule büffeln. Kohler denkt: Ich hab Barthel kaum gekannt, mich greift's am wenigsten an. Er sagt: »Und ich.«

Am nächsten Tag fahren sie in einem Wolga los, Adam in schwarzem Anzug, mit schwarzem Schlips trotz der Sommerwärme; Adam braucht so einen Anzug an Gräbern von Kollegen, bei Jugendweihefeiern und zum Empfang der Kreisleitung am Tag der Republik. Im Kofferraum liegt der Kranz mit goldener Schleifenschrift: »Unserem unvergessenen Kollegen«. Natürlich ist von Barthel die Rede: guter Arbeiter, Fuchs in allen Arten von E-Motoren, der horchte ihnen ab, was faul war. »Ich hab nachträglich 'ne Prämie für ihn rausgeschunden«, sagt Adam. »Die Familie kann's brauchen.«

Kohler fragt: »Was ist das eigentlich für ein Begräbnis, mit Pfarrer und so?«

»Weiß nicht, in unseren Papieren steht ja nicht, ob einer in 'ner Kirche ist.« Adam hat auf christlichen Begräbnissen gesprochen und auf nichtchristlichen, hat nur ein einziges Mal Schwierigkeiten gehabt, als ein Pfarrer auftrumpfte, die Familie des Toten habe ihn aufgefordert, Gottes Stimme solle erklingen, keine andere. In der Kirche war keine Möglichkeit, zu Wort zu kommen, aber vor dem Grab, als Adam das Schaufelchen mit Erde in der Hand hielt, da hat er doch noch den Gruß der Kollegen hinuntergesprochen.

Vier Männer starren durch die Windschutzscheibe, Adam und der Fahrer, Kohler und Keßler. Adams Ellbogen liegt auf der Lehne, Adam wendet den Kopf und fragt Kohler: »Wie geht's bei Imhoff?«

»Ich komm schon zurecht.«

»Bist du eigentlich in 'ner Kirche? Du hast vorhin gefragt...«

»Nö«, sagt Kohler.

Also kein Heiliger, folgert Adam, für den die Ehe unlösbar ist aus Glaubensgründen. Vielleicht die ganz große Liebe, von der man gedacht hat, es gebe sie nicht mehr? Adam wird, wenn es um Wohnungszuweisung geht, diese Geschichte erzählen: Ein Mann gerät ins Gefängnis; während er drin ist, bekommt seine Frau ein Kind, nicht nachträglich von ihm, nein. Der Mann verzeiht, kehrt zu Frau und Kind zurück, wird nicht rückfällig.

»Streng dich an«, rät Adam, »es lohnt sich, du kannst die Wartezeit auf eine Wohnung verkürzen.«

Eine Viertelstunde zu zeitig halten sie vor dem Friedhofstor. Kohler läßt kein Gefühl der Unsicherheit aufkommen: Adam ist verantwortlich, er selbst ist bloß mit. Adam stimmt sich für die Rede ein, sein Gesicht ist zugesperrt, als sie an der Friedhofsmauer auf und ab stampfen, er spricht leiser, leistet sich keine umgangssprachlichen Wendungen mehr. Sie gehen bis zur Ecke, kehren zurück zum Tor, der Fahrer hebt den Kranz aus dem Kofferraum, streicht die Bänder glatt. Kohler und Keßler packen zu, suchen gleichen Schritt, der zwingt zu Würde, Ernsthaftigkeit. Sie halten sich hinter Adam, biegen in das Tor ein und sehen die Kapelle und eine Menschengruppe davor. Kohler bereut jetzt, daß er mitgefahren ist, vielleicht muß er wildfremden Menschen die Hand drücken. Am peinlichsten wäre, sie gerieten vor eine falsche Leiche.

Es ist die richtige Beerdigung, und sie kommen zur rechten Zeit. Adam spürt den Mann auf, der die Trauerrede halten wird, verständigt sich mit ihm. Sie stehen noch eine Minute, Kohler und Keßler lassen den Kranz zur Erde sinken, halten ihn krampfhaft; ein Kranz ist kein Ding, das man einstweilen in eine Ecke stellt. Die Familie des Toten biegt um die Kapelle, eine dünne weinende Frau, die von einem alten Mann und einem Jungen gestützt wird, der Junge ist wahrscheinlich der

Sohn, dahinter formieren sich Bruder und Schwester und Vater und Schwager und Tante vielleicht, sie biegen in die Kapelle, Adam reiht sich ein, Kohler und Keßler folgen, Adam weist zu anderen Kränzen, dort kippen Kohler und Keßler den Kranz ab, Adam streicht ein Schleifenende glatt. Auf ein Podium steigt der Mann, den Adam vorhin gefragt hat, begrüßt die Trauernden: Liebe Frau Heide-Annemarie Barthel, lieber Sohn Friedbert. Diese Namen kann sich der Redner nicht merken, immer wenn er sie braucht, linst er auf seinen Zettel: Heide-Annemarie, Friedbert. Der Name des Toten ist ihm bald geläufig: Herbert Barthel; wenn er ihn ausspricht, richtet er sich auf und blickt dorthin, wo unter Kränzen und Gebinden der Sarg steht. Der teure Tote, nennt er ihn, der so früh Verblichene, der Entschlafene. Den Lebenslauf Barthels spult er ab, im Elternhaus unter Geschwistern aufgewachsen, einen handwerklichen Beruf erlernt. Frohsinnig sei er gewesen, ein liebender Gatte, ein fleißiger Arbeiter. Nicht wird erwähnt, daß er Fußballspieler war, erste Kreisklasse. Wie ein Pastor artikuliert der Mann da oben, läßt Vokale klingen. Beruuuf, singt er, liebender Gattööö, immer bemüüüht, viel zu früüüh. Die Silben senken sich über die weinende Frau, die Blumen des Gedenkens. Adam achtet darauf, daß ihm in der Rede nichts entgeht, was auch er sagen wollte, streicht aus seiner Konzeption zwei Formulierungen. Als er ums Wort gebeten wird, geht er mit schnellen Schritten vor neben das Podium. Seine Stimme wird vom Raum verschluckt, da muß er die Vokale doch ein wenig länger tönen lassen, er sagt, was er an Gräbern immer sagt, daß dieses Werk, das da in der Heide entstanden ist, zu einem Teil auch Barthels Werk ist, und die, die mit ihm gebaut haben, werden ihn nicht vergessen. Der Hauptredner singt letzten Trost, Musik schwillt auf, der Sarg sackt ab. Jetzt wird das Schluchzen lauter, Kohler fragt sich, ob das denn nötig ist, ob man ein Begräbnis zu dieser Folter ausbauen muß. Die Frau taumelt einen Schritt auf den sinkenden Sarg zu, wird gehalten, wimmert, Klappen schließen sich. Früher haben rote Lampen geleuchtet, daß es aussah, als versinke der Sarg im Krematoriumsfeuer, aber die Anlage ist entzwei, man hat noch keine Ersatzteile für die Höllenshow aufgetrieben, und so fällt der letzte Grad der Marter aus. Die Musik, die jetzt vom Tonband läuft, ist kraftvoller, noch immer gemessen, aber nicht mehr klagend, die Witwe wird hinausgeführt, sie wird essen und trinken, vielleicht kann sie in dieser Nacht sogar schlafen, und morgen wird ein Tag beginnen mit Arbeit und hundert Gedanken, die nicht mit dem Toten zusammenhängen können. Zwei Schwarzkittel machen sich daran, Kränze und Sträuße wegzuräumen, Kohler sieht sie respektlos hantieren, das ist ihr täglich Brot; Kohler überschlägt, was dieser Berg Beileidsflora gekostet haben mag, dreihundert Mark reichen nicht. Drei Kränze hat einer der Abräumer über den Arm gehängt, die Schleifen verwirren sich, Platz wird für neuen Sarg und neue Kränze und neue Tränen. Ein Besen hat hinter dem Pult gelehnt, eine Frau fegt Rosenblätter und Kunstlorbeer zusammen, schafft Sauberkeit für neue Pietät. Was, denkt Kohler, wird mit den Kränzen? Werden sie auf stillem Umweg dem Händler am Friedhofseingang zurückgeliefert, staubt er sie ab, frischt sie auf, hängt sie abermals in sein Fenster? Ein Kranz hält mehr als eine Leiche aus.

Kohler, Keßler und Adam gehen den Weg hinunter, steigen in den Wolga, stellen fest: Man fühlt sich immer erleichtert, wenn so was hinter einem liegt. Jeder denkt: Hätte auch ich sein können. Die anderen zwei und Barthel bei meinem Begräbnis. Wie auf Kommando zünden sie Zigaretten an. Im Auto beraten sie, wo sie rasten werden. Der Fahrer kennt alle Gaststätten am Weg, preist das Eisbein der einen. Dort halten sie, Adam will, daß sie die Köpfe wieder hoch nehmen, bestellt drei doppelte Spezi und einen Kaffee für den Fahrer, sie trinken auf den armen Barthel. Kohler revanchiert sich mit Bier. Er findet sein Eisbein gut, Fettes und Mageres stehen im rechten Verhältnis, Eisbein in einer Gaststätte ist Glückssache. Das Sauerkraut ist zu sauer, da ist keine geriebene rohe Kartoffel dran, das ist Sauerkraut wie in Werksküchen und im Knast, aber niemals wie bei seiner Mutter. Sind nicht die richtigen Erwägungen nach einem Begräbnis, weiß Kohler. An Gott kann ich mich nicht klammern, das hab ich nicht gelernt, an Barthels Frau vor dem Leichenloch will ich nicht denken, woran dann? An Carla, an Jörg. Irgendwas schwören, sich irgendwas Großes vornehmen? Du sollst nicht töten, du sollst nicht stehlen, du sollst nicht ehebrechen, du sollst nicht begehren dieses und jenes.

Sie trinken noch ein paar Biere, fahren nach Hoyerswerda zurück. Es ist nicht fünf Uhr, wie Kohler angenommen hat, es ist fast sieben. Er hat keine Lust auf seine Baracke, ist nicht neugierig, was Kufalt mit seiner eben gewonnenen Freiheit anfängt. Er hat seine eigene Freiheit, ist nicht tot wie Barthel, ist satt von Eisbein, hat fünf Bier im Magen, das war früher absolut nichts, aber jetzt spürt er sie. »Also«, sagt er, »was macht man in Hoyerswerda mit einem angebrochenen Abend?«

Adam horcht auf. Doch nicht die große Liebe, neben der kein anderer Gedanke Platz hat? Adam und der Fahrer zählen auf, viel ist es nicht. Keßler läßt sich absetzen, Adam und Kohler steigen am Kaufhaus aus, Adam hat es nicht mehr weit. Sie stehen im Zentrum der Hoyerswerdaer Neustadt, wo die Straßen auseinanderlaufen, wo das Auge nichts hat, was fesselt, wo es nichts Geschlossenes gibt, das man Markt nennen könnte, Mitte. Neben ihnen ist eine Betonplatte auf einer Seite in den Sand gesunken, hinter ihnen liegt eine vergessene Kabeltrommel. »Hier«, sagt Adam, »müßten um diese Zeit die

Leutchen spazierengehen. Hier müßte ein Kino sein, ein Café, beieinander müßte alles liegen, Funktionen müßten sich mischen.« Adam spielt sein Lieblingsspiel durch: Stadthalle und Kegelbahn, Bierstube und Lesestube, Springbrunnen und Rosengarten, Promenade und Klatschbank, Kino und Sporthalle, Schwimmbad und Kaufhaus, Bürgermeisterei und Parteibüro ineinander, übereinander. Hierher geht man, wenn man jemanden treffen will. Wo trifft man jemanden in Hoyerswerda?

»Worüber du dir alles Sorgen machst.« Klein steht Adam vor Kohler, faltigen Gesichts, eben noch Begräbnisredner, jetzt Stadtplaner. »Laß nur mal alles fertig werden«, sagt Kohler in dem Bemühen, Adam zu trösten. Er lebt, mit diesem Gedanken ist er noch nicht fertig. Hat allerhand hinter sich und eine Menge vor sich, aber es war nicht Carla, die heute nachmittag schrie, als der Sarg mit ihrem Mann versank. »Mensch«, sagt Kohler, »lieber möchte ich jetzt nach Hause gehen als in eine Kneipe, das kannst du mir glauben.«

Adam erwägt einen Augenblick lang, Kohler mit zu sich zu nehmen, aber jetzt sitzt sein Sohn über dem Fernstudium, da bleibt die Röhre fünfmal in der Woche kalt, da kann er keinen Besuch mitbringen. Vorstellung: Kohler in seiner Wohnung, der Hüne Kohler; was würde er reden? Von der Arbeit, vom Bier, nichts von seiner Strafe, vielleicht von seiner Frau. Vom Sohn seiner Frau? Keine Themen für Adam an diesem Abend. »Wenn du noch was trinken willst, dann hier links rein. Und schönen Dank, daß du mitgekommen bist.«

Kohler biegt zwischen Blöcke ein, wie Adam es ihm gewiesen hat, sieht Wäschestützen und Rasenflächen und Häuser, eines wie das andere, Balkonreihen, eine wie die andere, begreift Adams Ärger, möchte Adam trotzdem hier haben und ihm sagen: Besser eine Wohnung in einem Block wie hundert andere als die Wahl zwischen Biertisch und Barackentisch. Über die Schönheit einer Stadt kann eifern, wer eine Wohnung hat.

Vor dem Lokal bleibt Kohler stehen, weiß, daß er sich darin noch einsamer vorkommen würde als so schon. Er kehrt um und wartet an der Ecke, an der er sich von Adam verabschiedet hat, auf den Ikarus, fährt aus Hoyerswerda hinaus durch Wald und an einem Tagebau vorbei, steigt aus, biegt in die prognostische Straße der Thälmannpioniere ein. Ein Brief von Carla liegt auf dem Tisch. Sehnsucht und Küsse und: Ich denke so oft an Sonntag, und: Du hast dich großartig verhalten bei uns, Vater redet jetzt ganz anders von Dir, Mutter hat ja immer gewollt, daß alles gut wird; Du, Gert, am schönsten wird es sein, wenn wir eine Wohnung haben mit einem Schlafzimmer, in das die Sonne hineinscheint, wir werden morgens wach, es ist Sommer, wir müssen nicht zur Arbeit, wir haben Zeit. – Eine Federzeichnung liegt im Brief, ein kleiner Junge schiebt seinen Sportwagen, drückt sich dagegen, streckt sich, ist konzentriert auf diese schwere Arbeit. Aber sein Gesicht sieht man nicht, nur ein paar Haare, der Arm verdeckt das Gesicht, und Carla hat an den Rand geschrieben: Ich schaffe und schaffe Jörgs Gesicht nicht.

Später liegt Kohler auf seinem Bett, erlebt Kufalts letzte Knaststunde. Noch eine Scheißhausparole, noch immer Angst vor dem Wachtmeister, dann steht Kufalt draußen: »Kufalt sieht vor sich einen großen besonnten Platz in greller Sonne. Der Rasen ist grün. Die Kastanien blühen. Menschen gehen drüben, Frauen in hellen Kleidern. Er geht langsam und vorsichtig hinaus ins Licht.«

Kohler liest noch mal. Der Rasen ist grün. Die Kastanien blühen. Viel ist das gerade nicht, denkt er. Einer, der's mitgemacht hat, findet das dünn. Und: besonnter Platz in greller Sonne. Einmal Sonne hätte gelangt.

Aber zwei Tage später ist er gepackt von Kufalts Halbliebe, Scheinliebe zu Hilde Harder, die vor allem Sehnsucht nach Ruhe und Ordnung und Solidität, nach Tisch und Stuhl und Bett, nach dem Gegenteil von dem ist, was für Kufalt Knast und Nachknast waren. Es gibt einen Jungen, der nicht Kufalts Junge ist, über dessen Bett gebeugt Hilde Harder und Willi Kufalt stehen, so wie Carla und er neben Jörgs Bett gestanden haben. Das kann nicht gutgehen, fühlt Kohler, er wünscht Kufalt die Erfüllung seines Weihnachtstraumes, aber etwas lauert im Hintergrund, zu viele Lügen können platzen, vor allem die große Hauptlüge. Nie fragt Kufalt, wer der Vater des kleinen Willi ist, nie spricht Hilde davon. Da hat das ominöse siebente Kapitel schon begonnen, *Der Zusammenbruch,* es ist klar, was zusammenbrechen wird. Doch der Hieb fällt aus einer Richtung, die Kohler nicht vermutet hat, alles ist zerschlagen für Kufalt, es ist im Städtchen rum, daß er im Gefängnis war, zwei Stunden später sitzt er im Zug nach Hamburg. Es ist wie am Entlassungstag im Mai; er muß wieder von vorn anfangen, alles ist ungewiß. Es ist nicht ganz wie im Mai; er weiß, so wie damals fängt er nicht wieder an. Diesmal geht es auf die andere Tour. Er hat keine Lust mehr, sich Mühe zu geben, es geht doch schief. Lebeschön, denkt er.

Bei mir nicht, weiß Kohler. Arbeit hab ich, und Wohnung krieg ich, und Jörg sieht seiner Mutter ähnlich, basta.

Aber dann malt er sich aus, in seiner Brigade würde gestohlen, dem Imhoff fehlte die Uhr, dem Bergner ein Zwanzigmarkschein, dem Schubert die Lohntüte. Kriminalpolizei: Also, da wollen wir mal alle unsere Taschen, also Sie waren um diese Zeit, und wer ist morgens als erster? Die Kriminalisten bestellen einen nach dem anderen in Adams Büro, Kohler sitzt einem Mann gegenüber, der genauso aussieht wie der, der ihn damals vernommen hat, und der hat einen Aktendeckel vor sich und fragt sanft: »Sie sind vorbestraft, Herr Kohler? Weswegen?«

Nein, Kohler möchte auf keinen Fall, daß in seiner Brigade gestohlen wird, dem Imhoff die Uhr, dem Bergner ein Zwanzigmarkschein, dem Schubert die Lohntüte.

Kein erfreuliches Thema, Kohler schlägt das Buch zu. Es brennt kein Licht mehr in der Baracke, das Bett über Kohler ist leer, drüben schläft einer mit pfeifenden Atemzügen. Carla; Kohler stellt sich das Zelt vor damals am Autobahnsee, Hitze und schlechte Luft drin, sie können nicht schlafen, kriechen hinaus, spüren Kühle auf Gesichtern und Händen. Das Gras ist feucht, er legt die Hand um ihre Hüfte, schiebt sie zwischen Hose und Jacke des Trainingsanzuges. Carla trägt nichts darunter.

Es ist warm in der Baracke wie damals im Zelt, Kohler weiß, was auf ihn zukommt. Jetzt könnte er seine Erinnerung abbrechen, aber er läßt sie weiterlaufen, wundert sich. Er hatte geglaubt, das wäre vorbei, aber er ist wieder allein, und er weiß, daß er sich danach ruhiger fühlen wird. Es wird Spannung lösen, es wird auch peinlich und lächerlich sein. Aber niemals so peinigend wie drin beim erstenmal.

5. Kapitel

Sonderfall Kohler

1. Carla hält mit einer Hand das Haar hoch, während sie mit der anderen Nacken und Ohren wäscht. Beim Bücken spürt sie Druck hinter der Stirn; sie hat zuwenig geschlafen. Sie haben gestern nicht viele Tanztouren ausgelassen; Gert ist noch übler dran: Er fährt jetzt schon. Immerhin, er kann im Zug schlafen.

Mutter schiebt die Tür zum Bad auf, berichtet. Mit Jörg war nicht alles in Ordnung, kein Fieber, aber er hat kaum gegessen, war weinerlich, hat sein liebstes Spielzeug weggeschoben, wollte immerfort etwas anderes, auf Opas Schoß und wieder ins Bett. Nach zwei schlief er endlich, und jetzt ist er noch nicht wach.

Carla hat, erinnert sie sich mit schlechtem Gewissen, als sie nach Hause kam, nur oberflächlich nach Jörg geschaut. Das muß in Hoyerswerda anders werden, da kann man an solch einem Abend nicht tanzen gehen, muß Fieber messen und sich um den Jungen kümmern. Der Druck hinter der Stirn verstärkt sich, das liegt nicht am mangelnden Schlaf, sondern an der Vorstellung, Gert könnte dann sagen: Immerfort kommt was dazwischen wegen deinem Jungen.

»Vielleicht steckt was drin«, sagt Mutter. »So ging's bei euch auch los mit Masern und Windpocken.«

Mutter hat den Frühstückstisch gedeckt; Vater ist schon fort, jetzt streicht Carla Butter aufs Brot. An die Lausitz denkt sie; dort kann sie sich an keinen fertigen Tisch setzen, wird in solch einem Fall zu Hause bleiben müssen. Krippenplatz – mit Wohnung allein ist es ja nicht getan. Carla möchte stöhnen, als sie zusammenzählt, was noch vor ihr liegt, aber man kann nicht stöhnen, wenn man kaut. Irgendwann wird Gert feststellen: Ohne Kind wäre alles leichter. Das wird er so hinsagen, wird keinen Vorwurf hineinlegen wollen. Wieder hat er gestern vorgetastet, es wäre einfacher, käme Carla zunächst allein nach Hoyerswerda. Wieder hat sie darauf bestanden, daß sie Jörg sofort mitbringt.

Carla packt die Stulle in die Brotbüchse, die Mutter neben ihren Teller gelegt hat. Vaters Vorwürfe Mutter gegenüber fallen ihr ein: du verwöhnst die Mädchen, nimm ihnen nicht jeden Handgriff ab, wenn die mal auf eigenen Füßen stehen! Muß alles gehen, denkt Carla, wird gehen.

Dann beugt sie sich über Jörgs Bett und zieht die Decke zurück. Jörgs Hals ist feucht, aber die Stirn ist trocken. Sie atmet den gewohnten Geruch nach Milch und Zucker und Puder und Wärme und Schlaf ein; Mutter behauptet immer, sie rieche es, wenn ein Kind krank wird. Jörg holt leicht und gleichmäßig Luft, scheint tiefer zu schlafen als sonst um diese Zeit. Mutter winkt ab: »Ist schon alles vorbei.«

»Ruf mich mittags an«, bittet Carla. »Und wenn er Fieber bekommen sollte ... « Dieser halbe Satz ist überflüssig, Mutter macht alles viel umsichtiger, selbstverständlicher, als sie es selbst könnte.

Platz in der Straßenbahn und Umsteigen am Hauptbahnhof und noch drei Haltestellen. Hohe gelbe Fassade mit überwölbten Fenstern, Carla fingert den Betriebsausweis aus der Tasche und hört eine bekannte Stimme hinter sich; Händedruck und ironische Bemerkungen über die Freude, am Montag früh die Arbeit wieder beginnen zu dürfen, auf zu neuem Fünftagerennen, die Treppe hinauf und hinein in den Saal, in dem Leuchtstoffröhren ihr Kalklicht auf Zeichenkarton werfen, Witz und Lachen und Stöhnen. Eine Kollegin an

Carlas Seite, Carla sagt: Ich war mit meinem Mann tanzen. Das tut gut, zu sagen: mit meinem Mann, das ist Ordnung und Geborgenheit und Solidität.

Ordentlich und solid ist Carlas Arbeit in den nächsten Stunden, das Abbild eines Maschinenteils wächst auf weißem Karton, einmal bleibt ihr Chef hinter ihr stehen, da zieht sie keinen Strich schneller und schon gar nicht unsicherer. Auf ihre Hände schaut er, überlegt: Schlägst du sie nun zur Qualifizierung vor, redest du mit ihr, lobst sie fort oder hältst sie, hätschelst einen eingefuchsten Stamm? Ach was, vielleicht bekommt sie bald noch ein Kind, dann läuft sie sowieso weg, und wie ist das überhaupt mit ihrem Mann? Auf ihre Schultern unter dem Kittel schaut er und auf das Haar und stellt sich ihre Brauen vor. Teilkonstrukteurin, weiß er, das schafft sie ohne weiteres.

Kurz vor elf ruft jemand durch den Saal: »Frau Kohler, Telefon!« Sie denkt: Also doch Fieber. »Harald Bohn«, hört sie, erwidert erleichtert, überrascht, verwirrt: »Ach, du bist's.«

»Bin grad in Leipzig.« Eine Sitzung besucht Bohn hier über Probleme, die mit seiner Sparkasse zusammenhängen; gegen sechzehn Uhr wird er fertig sein. Nach neunzehn Uhr fährt sein Zug. »Wär schön, wenn wir uns sehen könnten.«

Schön, denkt Carla, ob das nun schön ist. »Ich weiß nicht genau.« Sie sagt nicht, daß sie sich freuen würde, daß es ihr leid täte, käme etwas dazwischen. Sagt: »Jörg war heute morgen nicht ganz in Ordnung. Nein, wir wissen selbst nicht. Muß erst nach ihm schauen.« Bohn will in einem Café warten; wenn sie kommt, wird er sich freuen, wenn sie nicht kommt, freut er sich auf ein andermal. Und gute Besserung für Jörg.

Sie wartet noch auf etwas, weiß selbst nicht, worauf. Sie legt auf und geht an ihren Platz zurück, arbeitet zerstreut. Harald Bohn – was hat es für Zweck, ihn zu treffen? Zweck, man soll nicht immer so fragen. Hat er ein Recht, sie zu sehen? Das wohl kaum.

An Gert denkt sie; gerade jetzt fängt er wohl mit der Arbeit an. An Jörg denkt sie und an Gert und Jörg im Zusammenhang, auch an Harald Bohn und die beiden Wochen in diesem kleinen thüringischen Bad und den Sommer danach, und daß Gert nicht wieder gefragt hat seit der verunglückten Radpartie, daß sie von selbst über diese Hürde springen muß.

Jetzt ist Carla keineswegs die zuverlässige Zeichnerin, die ihr Chef schätzt; sie arbeitet langsam, irrt, korrigiert. Sie wartet auf einen Anruf ihrer Mutter, ist froh, daß er ausbleibt. Jetzt begreift sie sich besser als bisweilen in den letzten Monaten, versteht diese Carla Kohler, die in einen Urlaub fuhr, von dem sie nichts erhoffte als Ausschlafen und Spazierengehen. Sie sehnte sich nach grasüberwachsenen Waldwegen und Himbeeren an Sonnenhängen, wollte sich braun brennen lassen, nicht zuviel an Gert denken. Wollte eine treue, ein wenig traurige Frau sein, wollte zuversichtlich glauben: der letzte Sommer ohne Gert; ein Drittel seiner Strafe würde ihm erlassen werden, im nächsten Sommer fuhren sie zusammen an die See.

Ein verschlafenes Nest mit zwei halbwegs geraden und sieben krummen Straßen, Park und Gründerzeitvillen zum Bahnhof hin, ein Café am Markt gegenüber dem Rathaus, ein Torturm, der auf allen Postkarten zu sehen ist, ein Kurhaus und drei FDGB-Heime, ein Schwimmbad in einem Bachtal mit klarem, sehr kaltem Wasser. Markierte Wege und Bänke an den Kreuzungen und ein Aussichtsturm, von dem aus man die Dächer der Stadt sah und bewaldete Buckel und angeblich sogar den Kyffhäuser, aber so rein war die Luft in diesen zwei Wochen nie. Pilze gab es in den Wäldern, einen künstlich gestauten Wasserfall und ein Pionierlager mit nie abreißendem Lärm, die Pioniere ließen angebrannte

Makkaroni und fette Leberwurst den Wasserfall hinunterschwimmen und wühlten einen Kanal, der ihm fast alle Kraft raubte, bis es Beschwerden hagelte und die Leitung des Lagers Änderung versprach. Carla spazierte am ersten Nachmittag zum Turm hinauf und wollte nach dem Abendbrot schlafen gehen, aber sie war nicht müde, und als die Heimleiterin zum Begrüßungsabend einlud, zog sie sich um und setzte sich weit von der Bühne entfernt, bestellte Limonade, hörte einem Parodisten zu. Ein Zauberer zauberte, die Heimleiterin wünschte gute Erholung und verwies darauf, daß Ferien nur im Frieden möglich seien, und im übrigen bitte sie, den Fernseher im Klubzimmer abends leise zu stellen. Am nächsten Tag fände eine Wanderung unter Führung eines Freundes vom Kulturbund statt, und das Heimatmuseum sei mittwochs und sonnabends geöffnet. Dann spielte die Kapelle zum Tanz, Carla wollte gehen und blieb doch, ein langmähniger Bursche forderte sie auf, tanzte so, wie sie es nicht mochte, sie tanzte, wie es ihm nicht gefiel, sie haspelten ihr Pensum herunter und waren erleichtert, als sie sich vor ihrem Tisch zunicken konnten. Sie wollte zahlen, aber die Kellnerin kam nicht, und so wurde sie aufgefordert, diesmal von einem Mann, dessen Haar nicht mehr dicht war und der zu den wenigen gehörte, die ihr Jackett trotz der Wärme nicht ausgezogen hatten. Er führte sie am Rand der Tanzfläche entlang und gestand am Ende der ersten Tour: »So gut wie Ihr vorhergehender Partner kann ich so was natürlich nicht.« Sie vermutete, er würde nun fragen, woher sie stamme, wie es ihr in diesem Heim und diesem Städtchen gefalle, aber er schwieg eine Weile, bis er sagte: »Ich glaube, viel Spaß haben Sie nicht an der Tanzerei.«

»Heute nicht.«

»Und ich so gut wie nie.«

Das weiß Carla noch wörtlich, sie erinnert sich an den Tonfall und an Harald Bohns Krawatte, es war noch wärmer im Saal geworden, und als die Kapelle spielte: »Ich komme wieder in einem Jahr«, als alle Musiker und die Hälfte der Tanzenden lauthals sangen, da krampfte sie ihre Hand in Harald Bohns Arm und hätte am liebsten losgeheult, und als sie aufblickte, war sein Gesicht voller Sorge. Auf alles das besinnt Carla sich, während sie Stifte in die Spitzmaschine drückt, mißt, radiert. Sie zeichnet jetzt miserabel, möchte aus diesen Erinnerungen heraus, aber dieser Urlaub ist der einschneidendste ihres Lebens, da wird sie sich jede Stunde immer wieder ins Gedächtnis rufen. Vielleicht macht sie sich frei, wenn sie Gert alles erzählt; vielleicht geht sie einmal mit Gert durch solch einen Abend wie am dritten Tag mit Harald Bohn; da hat er gesagt: Wissen Sie, warum ich Sie zum Tanzen aufgefordert habe? Sie saßen da wie ein Waisenkind. Und obendrein hatten Sie in Ihrem Glas Limonade.

Klingeln schrillen durchs Haus, Mittag. Mutter hat noch nicht angerufen, Mutter weiß, daß Carla in der Kantine nicht zu erreichen ist. Also ist mit Jörg alles in Ordnung. Schon an der Tür riecht es nach Nudeln. Später steht Carla auf einem Podest des Treppenhauses, sagt zu einem Kollegen: »Wenn du mir eine Zigarette anbieten wolltest.« Das hält sie für sicher: Sie wird Harald Bohn heute nicht treffen. Vielleicht nie mehr treffen. Mit dem Klingeln zum Arbeitsbeginn ist die Erinnerung wieder da: An ihrer Vorsaaltür hat es geklingelt, als Jörg vier Wochen alt war, eine Frau mit Blumen und einem Paket stand draußen, eine gepflegte, nahezu elegante Frau Ende der Fünfzig, die gesagt hat: Ich bin Frau Bohn. Im Korridor hat sie hinzugefügt: Ich bin Haralds Mutter, ich möchte Ihnen guten Tag sagen, und meinem Enkel natürlich auch. Carla hat augenblicklich gewußt, daß sie unbarmherzig sein muß. Bitte gehen Sie sofort, hat sie gesagt, und Jörg ist nicht Ihr Enkel. Die Frau ist wie erstarrt gewesen, und wenn sie noch eine Sekunde länger geblieben wäre, hätte Carla eingelenkt, aber die Frau ist ohne ein Wort gegangen. Carla hat am Fenster gestanden; es hat lange gedauert, ehe die Frau auf die Straße getreten ist, wahrscheinlich hat sie im Treppenhaus geweint. Jetzt denkt Carla: Ich werde Harald doch treffen. Nicht nur ich habe es schwer. Warum muß ich grausam sein?

Als Carla nach Hause kommt, ist Jörg quietschvergnügt. Tina hat ihn gebadet, er zappelt unter dem Laken. Ihrer Mutter sagt Carla, wen sie treffen will. Mutter nickt, Mutter hat gelernt in sechsundvierzig Lebensjahren, daß es nicht nur ja ja gibt und nicht nur nein nein. Und Helga Riesolt hat noch eines gelernt: daß man nicht immerfort raten muß. Denn dann, wenn Rat wirklich nützlich wäre, ist man meist nicht dabei.

Carla beeilt sich nicht, bleibt sogar vor einem Schaufenster mit Handtaschen stehen, will nicht abgehetzt vor Harald Bohn hintreten; es soll sein, als käme sie gern, aber nicht so, als brenne sie darauf, ihn zu sehen. Sie will ausgeglichen erscheinen, es ist alles in Ordnung bei ihr.

Bohn hebt den Blick, als sie eintritt. Er hat ihn immer gehoben in der letzten Dreiviertelstunde, wenn die Tür ging. Sie sieht: Er trägt denselben Anzug wie damals. »Schön, daß du kommst«, sagt er. »Geht es Jörg wieder gut?«

Als sie sich gesetzt haben, forscht jeder im Gesicht des anderen. Er sieht: Kein Unterschied, denkt: In diesem Alter erträgt man alles. Er scheint erschöpft zu sein, sie fragt: »War's anstrengend?« Er nennt Begriffe aus dem Bankwesen, mit denen sie nichts anfangen kann. »Bin um vier raus und dann acht Stunden lang Sitzung.«

Sie erinnert sich an den Abend, als sie zum erstenmal spazierengingen, da hat er vor der Tür des Heims gestanden, sie haben ein paar Worte über das Wetter gesprochen, sind verschlungene Wege zum Aussichtsturm hinaufgebummelt. Er hat ihr erzählt, daß seine Frau nicht von zu Hause weg kann, weil sie ihren Vater versorgen muß, daß er auch nicht fahren wollte, aber sie hat ihn gedrängt; er hat von seinen beiden Kindern gesprochen und von seiner Arbeit in einer Sparkasse. Sie haben vor dem Aussichtsturm gesessen und auf die Lichter der Stadt geblickt, und beim Hinuntergehen hat er ihren Arm genommen.

»Wie geht's dir?«

Es hat sie damals fast keine Überwindung gekostet, ihm zu erzählen, warum sie allein in Urlaub gefahren ist. Sie sind in das Städtchen gegangen und haben sich im Ratskeller an einen Holztisch gesetzt, ein Küfer in mittelalterlicher Tracht hat Wein aus einem Faß in einen Glasbehälter gefüllt. Es ist herber Wein gewesen, der ihr geschmeckt hat. Sie hat sich vorzustellen versucht, was Gert jetzt machte, wie er aussah: das blasse Gesicht, die kurzgeschnittenen Haare. Er schlief oder hatte Spätschicht, vielleicht, das hat sie inbrünstig gehofft, durfte er fernsehen; sie wollte nicht allein einen angenehmen Abend haben. Angst vor Enttäuschung und Hoffnung sind durcheinandergegangen, Sehnsucht nach Gert und Sehnsucht nach Trost, Sehnsucht nach Verstehen und Mitleid. Der Küfer hat den Glasballon zum zweitenmal gefüllt, da war alles schlechte Gewissen weg, daß sie Wein trank, während Gert vielleicht schlaflos lag, sie hat nicht zum erstenmal gedacht: Ich bin nicht schuld, daß er im Gefängnis sitzt, und Barnitzke ist durchaus nicht allein schuld. Sie hat nach anderen Tischen geschaut, und sie ist sicher gewesen, daß niemand sonst in diesem Keller von Diebstahl und Gefängnis redete, da wurden Feriengespräche geführt, Flirtgespräche, da ist gesungen worden. Sie hat zu lächeln versucht, das ist ihr halbwegs gelungen, sie hat zum Glas gegriffen und prost gesagt; später sind sie eine Wendeltreppe hinaufgestiegen und haben getanzt, Bohn hat sie nicht mehr so schulmäßig geführt wie beim erstenmal, und einmal hat sie ihren Kopf an seine Schulter gelegt.

Jetzt sagt Bohn: »Wenn ihr in Hoyerswerda seid, werden wir uns nicht mehr sehen.«

Sie denkt: Wozu treffen wir uns heute? Sie kramt Fotos aus ihrer Tasche. Jörg mit einem Ball, mit einem Teddy, Jörg im Wagen, Jörg auf dem Arm von Gert – sie zögert einen Augenblick, dann schiebt sie das Bild doch über den Tisch. Bohn hält es länger als die anderen, sie wartet auf eine Bemerkung, allerhand kann man dazu sagen: Das also ist dein Mann, oder: Man sieht ihm die zweieinhalb Jahre gar nicht an, oder: Die beiden werden sich schon verstehen, oder oder oder. Damals, als er ihr die Bilder seiner Frau und seiner Kinder zeigte, hat sie gesagt: Wirklich hübsch, deine Frau.

Sie fragt: »Und wie geht's zu Hause?«

Er behauptet nicht, seine Frau habe ihm verziehen, das wäre Selbsttäuschung. Vorgestern, als er ihr sagte, daß er nach Leipzig fahren müsse, hat sie nicht einmal mit einem Schwanken in der Stimme zu erkennen gegeben, sie fürchtete, er könnte diese Frau treffen. »Aber natürlich denkt meine Frau daran. Wir kommen mit unserem Geld gerade so hin, zwei Kinder kosten allerhand, und meine Frau muß ihren Vater versorgen, da kann sie nicht zuverdienen. Drei Tage vor dem Letzten drehen wir manchmal die Taschen um. Da denkt sie bestimmt: Fünfzig Mark könnten noch dasein.«

Gert, denkt sie, wird nicht nur an jedem Monatsende erinnert werden. Er wird Jörg täglich vor Augen haben. Sie zweifelt auf einmal, daß gutgehen kann, was Gert und sie sich vorgenommen haben.

Bohn sagt, er müsse nun zum Zug. Er überlegt, ob er Carla um ein Bild von Jörg bitten soll, aber es ist wohl besser, er verzichtet, seine Frau könnte es finden, und er will keine alten Wunden aufreißen. Wie so oft überlegt er, wie es wäre, mit Carla verheiratet zu sein, und wie so oft bricht er diesen Gedanken ab. Er hat seine Frau und seine Kinder, niemand kann zehn Jahre auslöschen. Er zahlt, und Carla denkt mit schlechtem Gewissen, daß er vielleicht diesmal vier Tage vor dem Letzten die Taschen umdrehen muß. Aber sie denkt auch: Hab ich es immer leicht?

Leicht? Natürlich hat sie es leicht, gemessen an der Zeit, als die Periode ausblieb, als sie Hausmittelchen probierte, heißes Bad und körperliche Anstrengung bis zur Erschöpfung und starken Tee. Jetzt verdrängt sie die Erinnerung, benennt, was sie tat, niemals so, wie man es benennen könnte: Mordversuch an Jörg. Als sie sicher war, fuhr sie in die Stadt, in der Harald Bohn wohnt, und trat in den Schalterraum der Sparkasse, in der er arbeitet, sah ihn aber nicht. Sie wartete an einem Tisch, an dem ein Kugelschreiber an einem Federgalgen schwankte, ihr wurde die Linoleumluft, Papierluft, Menschenluft zuwider, sie ging hinaus, um einen Häuserblock. Später wußte sie nur noch, daß Wind von allen Seiten geweht, daß er Fetzen vor sich her geblasen hatte, daß die Luft verbraucht gewesen war von den Fabriken rings um die Stadt. Bohn kam auf sie zu, den Mantel offen, der Wind wehte seine dünnen Haare zur Seite. Als er sie sah, wußte er, warum sie gekommen war, er wurde blaß wie sie. Er überlegte, wo sie miteinander sprechen könnten. Parkstück hinter dem Museum, etwas anderes fiel ihm nicht ein. Er erklärte den Weg, versicherte, er käme in einer halben Stunde.

Eine bröcklige Mauer und ein Hang mit Büschen, durch die Kinder steile Pfade getrampelt hatten, wieder Wind, hier trieb er das erste Laub, fahle Birkenblätter. In der halben Stunde, die Carla wartete, überlegte sie, was sie hinderte, sich das Leben zu nehmen. Die Leiche würde seziert werden, zu ihren Eltern würde man sagen: Ihre Tochter war schwanger. Das sah Carla vor sich, einen weißen Saal, ihre Eltern und einen Arzt, auf einem Tisch unter einem Tuch etwas, was einmal sie gewesen war. Ihre Eltern trugen dunkle Mäntel, Carla sah nicht die Gesichter, sondern nur die Augen, sie waren starr wie auf einer Kinderzeichnung. Der Arzt sagte: Ihre Tochter war schwanger. Jetzt hatte auch der Arzt solche Augen, er wies auf den Tisch und sagte noch einmal, wobei Carla nun auch seinen Mund sah, eine schwarze Öffnung: Ihre Tochter war schwanger. Aber Carla sah Gert deutlich, Gert mit gelben Streifen auf den Ärmeln, Gert mit lächerlicher Frisur, und seine Stimme klang heiser, als er etwas zu einem Wachtmeister sagte, aber die Stimme des Wachtmeisters hallte überlaut: *Ihre Frau war schwanger.*

Als Bohn kam, gelang ihr ein Lächeln schräg zu ihm hinauf. Er setzte sich neben sie, zwischen ihnen blieb Raum; das war nicht seine Absicht gewesen, aber es war ihr recht. Sie ließ ein paar Worte über ihre Fahrt und diese Stadt und die Birkenblätter fallen; er fragte nicht, warum sie gekommen sei, wußte, daß er ihr nur eines anbieten konnte: ein wenig Geld. Er fragte in dieser halben Stunde nicht und niemals später, ob sie sicher sei, daß das Kind von ihm wäre. Das rechnete sie ihm hoch an. Später stellte sie sich vor, er hätte eine Überprüfung verlangt, Ohrläppchen und Blutgruppe und Rhesusfaktor, vielleicht hätte sie diese Überprüfung verweigert, hätte keinen Pfennig haben wollen. Später malte sie sich aus, Bohn hätte gesagt: Von mir ist es nicht, bloß damit du klarsiehst!

»Mein Gott«, flüsterte er. Nun griff er doch herüber und nahm ihre Hand, ließ sie wieder los, als jemand den Weg heraufkam. »Es müßte noch Zeit sein.«

»Ich weiß niemanden.«

»Ich auch nicht.«

»Ich hab gedacht: In einer kleinen Stadt, wo einer den anderen kennt.«

»Und ich dachte: In der Großstadt, wo nicht jeder alles vom anderen weiß.«

»Es gibt«, sagte sie matt, »auch die offizielle Möglichkeit.«

Bohn war skeptisch. Die Kommissionen hätten ihre Richtlinien, ein Fall wie der ihre wäre darin zweifellos nicht vorgesehen. Und man machte die Behörden nur aufmerksam, war dann an übrigen Schritten gehindert.

»Dieses Kind, und dann ist meine Ehe zu Ende.« Sie fragte sich, ob sie Bohn hätte heiraten wollen, wenn er nicht verheiratet gewesen wäre, und besann sich auf den Weinkeller und den Abschiedsabend im Heim, als sie immerzu miteinander getanzt und ihr restliches Geld für eine letzte Flasche Wein zusammengelegt hatten.

Auf einer Strecke, die Reichsbahnrationalisatoren ein Dorn im Auge war, in einem Waggon des Baujahres 1911, in einem Zug, der länger auf kleinen Bahnhöfen hielt, als daß er fuhr, kehrte Carla nach Hause zurück. Sie hoffte während dieser Fahrt, sie habe, als sie Bohn kennenlernte, nicht nur ihre Einsamkeit töten wollen, sondern nach einem Fluchtpfad gesucht, nach Partnerschaft, möglicher neuer Liebe. Aber wenn das so war, und dieser Wunsch war eingeflossen in andere Wünsche, das weiß Carla jetzt, dann hatte sie vor allem erfahren, daß sie Gert stärker liebte, als sie jeden anderen Mann, auch Bohn, lieben könnte. Ein Wort drängt vor: Test. Carla zwingt es weg, denn es klingt ernüchternd, kalt. Während dieser Fahrt nach Leipzig zurück träumte Carla, Bohn wäre nicht Angestellter einer Sparkasse, sondern Mann von Einfluß, Überblick, Geld, wäre Regisseur oder Modeschöpfer oder Schauspieler, Trainer eines Weltmeisters, Besitzer eines halbstaatlichen Betriebes mit Exportaufträgen. Nicht Bohn, ein anderer Mann, sie sah ihn nicht vor sich, hörte ihn nur sprechen: Mach dir keine Sorgen, ich rede mit Janosch.

Und sie flogen nach Budapest, Janosch war Chirurg mit Privatpraxis, sie hielten auf knirschendem Kies, Janosch sah aus wie Spencer Tracy oder Wolfgang Heinz, oder er war ein junger schwarzhaariger Mann, der alle Patientinnen duzte. Palaver der Männer im Vorraum, sie sah sie durch die Glastür, von Geld wurde wahrscheinlich gesprochen, viel Geld in ihren Augen, eine Bagatelle für die beiden, vielleicht ein Witz, in ihr das bittere Gefühl: Sie war nicht die erste Frau, die der Modehauskönig, der Halbstaatliche hierher brachte. Winken durch die Glastür, und als sie zurückflog, war sie um hundert Erfahrungen reicher. Sie stieg einen Tag eher in Schönefeld aus der Maschine, als sie angekündigt hatte; der Mann von Einfluß wartete vierundzwanzig Stunden später mit Rosen. Sie wollte ihn nie mehr sehen, schrieb einen kurzen Brief. Keinen Dank.

Dieser Zug aus dem Jahre 1911 schoß nicht in die Stadt hinein wie ein D-Zug, der an verunkrauteten Dämmen und brüchigen Lauben und schäbigen Hoffassaden entlangfegt. Er hielt auf Vorortbahnhöfen, Plagwitz, Leutzsch, Gohlis. Carla in diesem Zug, Carla hätte in keiner anderen Umgebung schneller aus ihrem Traum zurückkehren können. Zwischen Möckern und Gohlis, einem Gleisbogen unter Brücken, sah sie sich Gert gegenübersitzen, Gert in Klamotten mit den Streifen, sie mit gewölbtem Leib; zwischen Möckern und Gohlis wurde sie von einem Weinkrampf gepackt, und zwischen Gohlis und dem Hauptbahnhof hatte sie sich so weit in der Gewalt, daß sie denken konnte: Du darfst nicht weinen, es schadet dem Kind. In der Straßenbahn glaubte sie sicher zu sein: Eine Pfuscherin ließ sie nicht an sich heran.

Jetzt sitzt Carla wieder in der Straßenbahn, sie hat Bohn vermutlich zum letztenmal getroffen, ehe sie zu Gert in die Lausitz fährt. Zum letztenmal überhaupt?

2. Auf diese Sitzung hat sich Adam gefreut. Im Ikarus, während seine Schienbeine gegen einen Koffer gepreßt wurden und er schief am Haltegriff hing, hat er sich klarzuwerden versucht, ob er sich tatsächlich freute oder ob er vor allem auf das Ergebnis gespannt war, neugierig auf seine eigene Fähigkeit, andere von dem zu überzeugen, wovon er überzeugt war. Jetzt klappt er seine Mappe auf, beginnt: Ein Sonderfall, nennt den Namen Gert Kohler. Er sollte, findet er, besser nicht an dieser Stelle des Tisches sitzen, von der aus er nicht alle im Auge haben kann, besonders nicht alle Frauen. »Wir haben uns angewöhnt«, entwickelt er, »Fakten zusammenzuzählen, anders geht es meist nicht. Wartezeit, Arbeitsleistung, Auszeichnungen, Familienstand, Zahl der Kinder und andere Angaben haben wir bewertet. Eine Zeitlang benutzten wir ein Punktsystem, bis wir merkten, daß wir dann unsere Arbeit auch von einem Computer erledigen lassen könnten. Vor mir liegt ein Antrag, den kein Computer beurteilen kann.«

Adam läßt seinen Blick über die Kommissionsmitglieder schweifen, hofft, Aufmerksamkeit geweckt zu haben. »Eine Romanze«, fährt er fort, »so was sieht man meist nur im Kino. Wir haben Gelegenheit, in dieser Romanze eine Rolle zu spielen, moderne Fee zu sein. Der Antragsteller arbeitet seit drei Monaten im Kombinat. Keine lange Zeit, mißt man sie an den Wartezeiten anderer, und doch.« Und Adam erzählt vom Manne Kohler, der wegen hanebüchenen Diebstahls verurteilt wurde und dessen Frau ein Kind von einem anderen bekam; der sich nicht scheiden ließ und hier Arbeit aufnahm, der seine Familie nachkommen lassen wollte. »Diese Familie«, sagt Adam, »seine Frau, die er, es kann wohl nicht anders sein, über alles liebt, und dieses Kind, das er zu seinem Kind machen möchte. Ich bin sicher, daß nach allen Belastungen eine erneute Trennung schlechte Wirkung haben muß.« Adam überschreitet die Zeit, die in dieser Runde gemeinhin einem Fall gegönnt werden kann. »Ein sympathischer Bursche. Einer, der eine andere Frau finden würde. Kohler liebt seine Frau so, daß er ihr das Kind verzeiht. Ist das nicht groß?«

Schweigen, Hüsteln, Überlegen. Adam hat so gesprochen, daß jeder Bilder sieht. Frau mit Kinderwagen vor dem Gefängnistor, die Frau steht blaß, schweigend, der Mann schlurft auf sie zu, große Augen in ernsten Gesichtern; der Mann legt seine Hände auf ihre Hände, die die Wagenstange halten. Eine Frau ist es, die sich dies vorstellt, sie fragt, ob auch nur der geringste Verdacht bestünde, der Antragsteller könnte rückfällig werden. Adam will summarisch antworten; gibt es weitere Fragen? Ein Mann, Mitglied eines Filmzirkels, sieht die Frau mit dem Kind auf dem Arm auf einer Meeresklippe, Scharen von Vögeln streichen über den riesigen Himmel, Breitwand, der Mann schleppt sich den Strand entlang, hängende Arme, offenes Hemd, Füße im Wasser, Wind im Haar. Tragisches Ende? »Wir möchten gern helfen«, sagt der Laienfilmer, »aber bevorzugen wir den Antragsteller dann nicht gegenüber anderen, die nicht im Gefängnis waren? Leute, die unauffällig ihre Pflicht tun, warten länger.« Eine junge Frau bedenkt mit leisem Ziehen in der Brust, daß sie Glück gehabt hat auf diesem Lehrgang, und die andere hat Pech gehabt, und wenn es umgekehrt wäre, müßte sie jetzt vor ihren Mann hintreten; der wurde ja schon wild, wenn sie sich bei einer Silvesterfeier von einem anderen küssen ließ. Aber vielleicht hatte das bei diesem da mit Liebe schon nichts mehr zu tun, vielleicht wickelte ihn die Frau um den Finger, war er ihr sexuell hörig. »Ich möchte von vornherein klarmachen«, sagt die Frau, »daß ich keine prinzipiellen Einwände erhebe. Wir müssen alles tun, um die Rückfallkriminalität einzudämmen. Während die Kriminalität im allgemeinen...« Eine ältere Frau sieht ein Kind, es sieht aus wie eines ihrer Kinder, als es noch klein war, Kind auf einem Sandweg, Mutter an der einen, Vater an der anderen Hand. »Das Kind«, sagt sie, »ist am wichtigsten. Es hat die Chance, in einer geordneten Familie aufzuwachsen.«

Ein Trottel, trotz allem. Das denkt ein Mann, der die Möglichkeit ausspinnt, das Kind, von dem die Rede ist, stamme von Adam, dem alten Glatzkopf. Wäre ein tolles Ding, hat sich mit Kohler abgesprochen, vielleicht erpreßt Kohler den geilen Hahn, anonymer Brief an Adams Frau, na, er wird sich hüten, in dieser Richtung auch nur ein Wörtchen fallenzulassen, ist ja alles nur Spinnerei. Aber Adam ist mächtig in Fahrt gekommen. Romanze, moderne Fee – schöne Vorstellung, Brummer in einem Feenschleier mit nackigen Beinen. Oder so: Kohler weiß gar nicht, daß Adam der Vater ist, und Adam schafft seinem Sprößling ein warmes Nest. Kann mir keiner was vormachen, gibt's doch alles. Stimme ich zu? Klar, stimme ich zu.

»Hat Kohler Auszeichnungen?«

»War mal bester Elektromonteur-Lehrling seines Betriebs«, sagt Adam. »Sonst nichts. Arbeiten kann er, das ist keine Frage.«

Ich könnt's nicht, denkt einer, da gäb's bei mir nur eins: Scheidung. Immer das Kind vor Augen, und geheimhalten läßt sich so was nicht; hier sitzen zwölf, die nun Bescheid wissen, und ich wette, zehn tratschen heute abend zu Hause die Geschichte weiter, acht verwenden Adams Formulierung von der Romanze, weil ihnen keine bessere einfällt. Kohler wird sich wundern: Hoyerswerda ist ein Dorf.

»Aber ohne Krippenplatz nutzt der Frau ein Arbeitsplatz wahrscheinlich nichts.«

»Um alles können wir uns nicht kümmern.«

»Wenn wir den Fall komplex sehen ...«

Adam hat gewonnen, wenigstens im Prinzip. »Weka acht«, sagt er, »wäre nicht das richtige. Ich könnte mir denken, daß Kohler finanziell aufzuholen hat. In den älteren Weka wird ja hin und wieder mal eine Wohnung frei. Zwei Zimmer.«

»Besser zweieinhalb«, sagt die Frau, die sich die Szene am Gefängnistor vorgestellt hat. Wenn Adam recht behält mit großer Liebe, kommt zu dem einen Kind ein zweites hinzu. Was für eine Frau? Schön, leidenschaftlich, raffiniert? Als Mann wäre ich auf sie neugierig. »Hast du mal mit der Frau gesprochen?«

Adam verneint. Sie ist technische Zeichnerin, er hat sich im Wohnungsbaukombinat erkundigt, man nimmt sie sofort. Weitere Fragen? Dann darf er zur Abstimmung kommen? Der Antrag ist also gebilligt, dem Kollegen Kohler zwei Zimmer oder zweieinhalb zuzuweisen, sobald etwas frei wird. Adam ist froh über sich und die Kommission. Keine Computerkommission, urteilt er, und manche sitzen schon seit zehn Jahren hier, haben über ein paar tausend Wohnungen mitberaten. Und wahrscheinlich war ich jetzt eben wirklich gut.

Zwei Tage später biegt Adam in die Straße der Thälmannpioniere ein. Kohler müßte Feierabend haben, aber Kohler ist nicht da. »Der macht zweite Schicht bei Hinke-Oskar«, sagt einer. »Der ist bloß noch zum Schlafen hier.«

An der Abwasserkanone steht Kohler, sagt: »Was soll ich sonst die ganze Zeit machen?« Es ist nicht mehr Sommer, keine Lerche steigt, kein blaßblauer Himmel saugt Rauchfahnen auf. Die Wolkendecke hängt bis auf die Schornsteine hinab, der Blick stößt überall gegen Wolkengrau. »Wenn du allein hier bist«, sagt Kohler, »hältst du's ohne zweites Arbeitsverhältnis gar nicht aus.« Eine Wattejacke trägt er, die bis auf die Wülste seiner Kanonenstiefel hinabhängt, einen wüsten Filz hat er über den Kopf gestülpt. »Darf gar nicht an den Winter denken.«

»Wenn deine Familie hier ist, wird's anders.«

»Ja, wenn.«

Da beginnt Adam, Kohlers Glück, Halbglück mit vorsichtigen Worten zu schildern. Eine Kommission hat zugestimmt, das ist viel, aber es ist nicht alles. Diese Kommission kann keine Wohnungen backen, und Kohlers Fall ist kein Katastrophenfall. »Vielleicht dauert es nun immer noch zwei Monate.«

»Mensch«, sagt Kohler und wird blaß vor Glück und merkt nicht, wie ein Nährstoffsee wächst. »Wenn ich genau wüßte, daß es bloß zwei Monate sind!«

»Mach keinen Ärger inzwischen«, bittet Adam. »Besauf dich nicht und prügle dich nicht und leiste dir keine Bummelschicht. Deinetwegen und auch meinetwegen. Ich hab in der Kommission ganz schön 'ne Lippe riskiert.« Adam stapft über kalte Schollen davon, ehe sich Kohler bedanken kann, und Kohler schießt vor Freude Jauchebögen in die Luft, möchte mit jemandem seine Freude teilen, mit Carla natürlich vor allem, aber nicht einmal Oskar ist da; es ist später Herbst, da hockt Oskar meist in seiner Bude.

Aber abends an der Bushaltestelle trifft Kohler jemanden, den er kennt, trifft eine Frau, deren Blick sich einmal mit seinem Blick verhakt hat, Sonja Merker, die Frau von der Materialausgabe. »Wenn Sie wüßten«, sagt Kohler. »Jetzt möcht ich einen ausgeben, aber ich hab keinen, dem ich was ausgeben kann.« Kohler redet noch, als sie im Bus nebeneinandersitzen, also eine Kommission und ein Beschluß, und sobald eine Wohnung frei wird, dann. »Da kann man wirklich gratulieren«, sagt sie. »Ihre Haltestelle.«

Kohler wäre gern noch ein Stück mitgefahren, steigt aber aus. Auf seinem Bett liegt eine höfliche Mahnung der Bücherei, den entliehenen Roman zurückzugeben, die Frist sei verstrichen. Kohler ist nicht zu Ende mit dem »Blechnapf«, jetzt blättert er, liest, mißt seine beiden Arbeitsverhältnisse an Kufalts Arbeitslosigkeit,

Kufalts Zimmersorgen an Adams Besuch auf der Kippe. Aber eines stimmt immer noch: das Träumen. Da liegt Kufalt auf dem Bett, raucht, denkt, daß es nichts Schöneres gibt als eine Zigarette im Knast. Da sitzt Kohler auf seinem Bett in der Baracke und entsinnt sich, daß er an einem der langen Sonntagnachmittage von Carlas Brief erzählt hat, nachdem Benning geschworen hatte, niemals jemandem davon ein Wort zu verraten. Kohler hoffte, diesen Druck loszuwerden, wenn er aussprach, was geschehen war. Benning hat nicht unterbrochen, hat sich aufgesetzt, als gehöre es sich nicht zu liegen, wenn man derartiges erfuhr. »Ich dreh schon nicht durch«, hat Kohler leise gesagt, aber seine Hände waren ineinander verkrampft.

Da hat es Benning unternommen, dieses Knäuel von Sorgen und Ängsten und Einsamkeiten und Hoffnungen zu entwirren. Du liebst deine Frau, dieses Postulat hat er an den Anfang gestellt, von ihm aus hat er weiterentwickelt, hat das in mancher Hinsicht fragwürdige Wesen der Ehe in dieser Zeit auf den Kern zurückgeführt: Schutz der Kinder. Die Ehe hat Besitzstolz hochgezüchtet, das Gefühl der Eifersucht geschaffen. Benning hat sich vom Fall der Carla und des Gert Kohler wegtreiben lassen, hat wieder zu ihm hingefunden, hat nicht gemerkt – und vor allem hat Kohler es nicht gemerkt –, daß ihm dieser Fall zum Anlaß wurde, Gedankengebäude aufzubauen und abzureißen, mit Ideen zu spielen. »Sie hat dir verziehen, als du ins Gefängnis gingst, das ist viel. Solltest du nicht versuchen, auch ihr zu verzeihen?« Benning, Doktoringenieur am Tag und Briefmarkennarr am Abend, Baggerkonstrukteur und Spezialist für sächsische Stempel, Aufkäufer von Sammlungen, die er nach Westberlin verschob und dafür dreieinhalb Jahre in Bautzen, dieser Doktor Reginald Benning hat an seine eigene Frau gedacht, die stellvertretende Cheflektorin, die, da ist er sicher gewesen, vom

Tage seiner Verhaftung an ein unverkrampftes Leben geführt hat. Eines ist sicher gewesen: Sie würde nichts tun, was geschmacklos war. Sie würde natürlich kein Kind bekommen. Aber dieses Mädchen da und dieser Kohler, dreißig Jahre alt, und nun warf es ihn um, daß eine junge Frau als junge Frau gelebt hatte, aber es war eben seine Frau. »Du liebst sie«, hat Benning gesagt, »und sie liebt dich. Sollte man da nicht über so etwas hinwegkommen können?« Wieder ist ihm seine Frau eingefallen, die monatlich einen burschikosen Brief schrieb, ein Paket schickte, sooft sie durfte, die sich mühte, die dreißig Besuchsminuten jedes Quartals mit dem zu füllen, was er suchte: Information und Optimismus. Er selbst war fast fünfzig, seine Frau über vierzig, da sah vieles anders aus. »Ihr werdet noch eigene Kinder haben«, hat Benning gesagt, »ihr werdet eines Tages stolz sein, daß ihr euch in dieser Situation nicht im Stich gelassen habt.«

An dieses grausame Wochenende erinnert sich Kohler, an sein Versprechen Benning gegenüber, nicht sofort die Anstaltsleitung um einen Sonderbrief zu bitten. Wochenlang quälten ihn Träume, er sah Carla, wie sie nach dem Schwimmen aus dem Wasser stieg, die Badekappe schwang; sie lag in der Sonne auf der Luftmatratze, beugte sich über ihn. Er fühlte ihre Haut, drückte sein Gesicht an ihre Schulter, weinte in den Nächten und schrie einmal; Benning wurde davon nicht wach. Kohler war ein wütender Arbeiter, stritt sich mit dem Brigadier um Material, war stark beteiligt, daß der lange stehende Bandrekord gebrochen wurde. In dieser Zeit schlug Kohler seinem Brigadier die Faust unter das Kinn, daß der über das Band kippte und zwischen Kisten und Ausschuß verschwand.

An diesem Abend liest Kohler die Geschichte des Willi Kufalt zu Ende, denkt noch einmal: Das Träumen ist geblieben. Am nächsten Tag bringt er das Buch zurück. Die Bibliothekarin ist böse, daß er es so lange behalten hat, er entschuldigt sich: Ist allerhand dazwischengekommen, aber er wird sich bessern. Sie lockt: Wir verleihen auch Fachliteratur. Zehn Minuten lang steht Kohler vor dem Regal mit Büchern über Schweißtechniken, Isolierung im Tiefbau, logarithmisches Rechnen. Kohler wird nicht so bald wieder hierherkommen, das weiß er. Er wird bei nächster Gelegenheit Imhoff gegenüber wiederholen: Sobald er eine Wohnung hat und nicht mehr dieses Zigeunerleben führen muß, hat er nichts dagegen, einen Lehrgang an der Betriebsakademie zu besuchen. Aber er muß die Beine unter den eigenen Tisch stecken können, wenn er lernen will, nicht unter einen Barackentisch.

Etwas ist neu: Kufalt kommt mit ihm auf die Halde, nicht der Kufalt, der in Hamburg mit Batzke ein Ding drehen will, sondern der Kufalt, der noch träumt, nach oben will. Das ist sein Kumpel, bloß bei Kufalt hat's nicht geklappt, bei ihm wird's klappen. Wie hat's bei Kufalt mit dem Klauen angefangen? Das steht nicht im Buch, das hat Fallada, wie's scheint, vergessen. Und wie, überlegt Kohler, hat's bei mir angefangen? Barnitzke, das wäre zu einfach. Auch Benning hat nicht völlig recht gehabt, als er seine Theorien über Achtung vor persönlichem und gesellschaftlichem Eigentum aufgebaut und abgebaut, mehr zu sich selbst als zu Kohler gesprochen hat: Du würdest mir keine Zigarette klauen, aber Heizkörper habt ihr tonnenweise abgeschleppt. Und Benning hat meditiert, ob es wohl Jahrhunderte dauern würde, bis Ehrfurcht vor dem Gemeineigentum ein Volk erfaßte wie eine Religion. Wie lange haben Schamanen predigen müssen, bis ein Stück Holz als Gott galt? Wie ist es mit Kirchendiebstählen in katholischen Ländern? Stahlen arme Inkas?

Kohler hat schon einmal geklaut, hemmungslos und in großem Stil, seine Mutter hat es gewußt und ihn weit flehentlicher gebeten, sich nicht erwischen zu lassen, als es aufzugeben. Das ist kurz nach der ersten Enttäuschung seines Lebens gewesen. Zwei Jahre lang hat er dem Tag entgegengefiebert, an dem er ins Jungvolk aufgenommen werden sollte, ist Marschzügen nachgelaufen und hat versucht, seine Schritte zu strecken. Er hat sich unter Uniformierte gemischt, wenn sie Altpapier sammelten, kannte Liedstrophen und alle Rangabzeichen bis zum Jungzugführer, konnte fast richtig in der Grundstellung stehen und wußte, daß man eine Kehrtwendung immer linksherum macht. In seinem Schrankfach lagen Braunhemd und Halstuch bereit, er wußte, daß in dem Heim zwei Straßen weiter ein Ritterkreuzträger über die Panzerfaust gesprochen hatte. Er rechnete: Noch ein Jahr. Noch ein halbes Jahr. Noch drei Monate. Einen Monat vor *Führers Geburtstag* wurde er mit seinen Klassenkameraden ärztlich untersucht, ein einarmiger Mann mit dem Eisernen Kreuz, sein künftiger Bannführer, ging zwischen ihnen hindurch, und sie erstarrten, wenn er sie anblickte. Er fragte, wann der Führer Geburtstag hatte, sie wußten es. Zu Führers Geburtstag, versprach der Bannführer, tretet ihr in seine große Gefolgschaft ein. Gert Kohler wußte viel über den Führer. Der Führer wohnte in einem riesigen Bunker unter der Erde, manchmal stieg er herauf und spielte mit seinem Hund. Des Führers Feinde flogen mit ihren Bombern über die Stadt und zerschlugen in dieser Straße drei Häuser und die Schule gegenüber. Gert sah die Bomber am Himmel und hörte ihr Dröhnen in den Nächten, er hatte Angst, aber er war sicher, daß die Bomber den Bunker des Führers nicht finden konnten. Des Führers große Gefolgschaft, das waren die Wehrmacht und die Waffen-SS und der Bannführer, das war besonders der Jagdflieger Marseille, hundertdreiunddreißig Luftsiege, über den in einem Heft geschrieben stand, das Gert besaß. Eine Woche vor *Führers Geburtstag* sah Gert zu, wie der Bannführer eine

Gruppe Hitlerjungen vor dem Heim antreten ließ, wie sie Panzerfäuste auf Handwagen luden und zum Stadtrand zogen. Im Westen Neues. Die Amerikaner rückten an, und in seiner Klasse brach Streit aus, ob sie auch ins Jungvolk aufgenommen würden, wenn die Amerikaner Leipzig vorübergehend eroberten. Er weinte, als seine Mutter Armscheibe und Gebietsdreieck vom Braunhemd trennte und es mit Vaters SA-Hose in eine Schüssel mit Farblösung steckte. Er mußte einen Aschkasten hinuntertragen, in dem Winterhilfsabzeichen und SA-Abzeichen und ein Göringrelief und sein Koppelschloß lagen. Das Fahrtenmesser versteckte er auf dem Boden, denn ohne das würde er kein Werwolf sein können, und er behielt es auch noch, als sechzig Lucky Strikes dafür geboten wurden.

Er sah vom Fenster aus zu, wie Sherman-Panzer in die Stadt hineindröhnten, die unter einem Rauchschleier lag, weil an diesem Tage Berge von Akten und Protokollen und Parteibüchern verbrannten, auch das Heft über den Flieger Marseille. Er hoffte, der Bannführer würde sich in die Stadt zurückschleichen und ihn in einem versteckten Hof ins Jungvolk aufnehmen. Die Kehle wurde ihm eng bei dem Gedanken, daß sein Braunhemd nun schwarz war. Aber er würde sein Fahrtenmesser vorzeigen, würde wissen, daß der Führer in Braunau am Inn geboren war, und würde alle Schwertworte aufsagen, sogar das letzte, bei dem sich fast alle die Zunge brachen: Des Jungvolkjungen Höchstes ist die Ehre. Dann war er Werwolf, er würde den Amis die Reifen zerschneiden und mit dem Bannführer in Kellern fettes Schweinefleisch aus Büchsen essen.

Aber an Führers Geburtstag nahm ihn sein Vetter mit zum Heim zwei Straßen weiter, wo Panzer und Lastautos der Amis standen, sie sahen Neger mit runden Helmen und Maschinengewehre auf allen Wagen. Sie kletterten über Zäune hinter dem Heim, und Gert paßte auf, wie sein Vetter zwei Packungen mit Traubenzucker und eine Packung Keks stahl. An Führers Geburtstag wurde Gert Kohler eingeweiht in den ganz großen Sport, bei dem seine Stimme heiser wurde vor Angst. Er klaute riesige gelbe Schuhe, die später gegen Korn aufs Land gebracht wurden, Breakfast-Packungen und Toilettenpapier, Fleischbüchsen und Trockenmilch. Vor dem Küchentisch seiner Mutter würgte er seine Beute aus den Taschen. Er beneidete seinen Vetter, dem ein Job als Pastetenbäcker bei der US Army zugesagt worden war, er dachte nicht mehr an Schwertworte und Rangabzeichen bis zum Jungzugführer hinauf, er lernte es, die Namen der Zigaretten richtig auszusprechen, Lacki, Kämmel; einmal wurde er erwischt, als er eine Fleischbüchse unter die Jacke schob. Der Amerikaner hob ihn hoch und wollte ihn schlagen, setzte ihn aber wieder ab, denn er wußte nicht, wohin er bei diesem dünnen Bürschchen schlagen sollte. Gert Kohler erschrak furchtbar, denn es konnte ja nun herauskommen, daß er Werwolf war und den Bannführer herbeisehnte, daß sein Fahrtenmesser bereitlag, die Reifen der Jeeps zu zerschneiden. Aber der Ami jagte ihn weg, wobei er sich nicht im klaren war, ob er ihm die Büchse vielleicht hätte lassen sollen. Dann zogen die Amis hinaus auf freies Feld, wo schwer an sie heranzukommen war, dann rückten sie ganz weg, ohne den Vetter mitzunehmen. Die Russen lösten sie ab, was weniger interessant und schon gar nicht fürchterlich war, wenig später begann die Schule wieder. Dann hat Kohler, das weiß er genau, jahrelang nicht das geringste gestohlen, bis die Geschichte mit Barnitzke begann. Wie war das, war nicht auch da von Anfang an Sport dabei?

Kohler auf seiner Kippe träumt sich zurück in die Tage, als er das Fahrtenmesser auf den Boden trug, versucht sich vorzustellen, wie dieser große, böse Hunger gewesen ist, wie die Suppe aus rohen Kartoffeln geschmeckt hat. Nein, nur aus Not hat er damals nicht geklaut. Und als er mit Barnitzke stahl, ist von Not nicht die Rede gewesen. Das Wort *clever* ist in seinen Sprachschatz eingedrungen, es hat ihm angenehm und hastig und scharf im Ohr geklungen. Er hat clever sein wollen, cleverer als die anderen, clever wie Barnitzke. Fußbodenbelag. Er hat die Brauen hochgezogen, geschnauft. Fußbodenbelag, tja. Also vielleicht in Dreimeterstükken. Und dann der dicke Hund, ohne den er niemals auf seine zweieinhalb Jahre gekommen wäre, die Nachtspeicheröfen für einen Handwerksmeister, für die Werkstatt, für die Wohnung, für einen Kollegen des Handwerkers, für dessen Schwager. Er hatte begonnen mit dem verdammten Satz: Wenn *Sie* mir die Öfen nicht besorgen können, Herr Kohler, wer denn dann! Davon hat Barnitzke nichts gewußt, das hat Kohler auf eigene Rechnung durchdacht und zu diesem Ende gebracht, daß die Nachtspeicheröfen in den Hof des Handwerksmeisters rollten; und beim letztenmal wartete dort schon die Kriminalpolizei. Er hat cleverer als Barnitzke sein wollen, an das Geld hat er erst in zweiter Linie gedacht, und es war nur ein Glück, daß dieses Geld noch nicht ausgegeben war. Er hat ganz nebenbei zu Barnitzke sagen wollen: Nachtspeicheröfen, da kommst du wohl nicht ran? So wie ein anderer sagt: Meine Erfindung ist als Patent anerkannt. Oder: Ich geh mit 'nem Fotomodell. Diese komplizierte Geschichte hat er seinem Vernehmer erzählt, und der hat gesagt: Nehme ich Ihnen ab, Kohler, war bei Ihnen wie bei Cassius Clay.

Kohler rollt sein Rohr weiter, sticht Rinnen in den Sand. Er hört sich sagen: Lacki und Kämmel. Und später Deutschlandtreffen und die Lehre und die Zeit bei der Armee. Und als sie nach Markranstädt tanzen gingen. Als der Twist aufkam. Als er Carla vor dem Schallplattengeschäft wiedertraf. Als er zu Barnitzke in die Brigade kam, zum Kumpel Barnitzke, zum Teufel Barnitzke, der seinen eigenen Teufel weckte. Ach, es hat keinen Zweck zu wünschen: Diese oder diese Jahre schneidest du weg, bei dem oder dem Zeitpunkt fängst du noch mal an. Jedenfalls soll in seiner Wohnung kein Stück stehen, bei dem er denken muß: Da steckt das Geld für geklaute Rohre, Heizkörper, Fußbodenbeläge, Nachtspeicheröfen drin. Und nicht bloß, weil er fürchtet, erwischt zu werden. Wie ist das, überlegt Kohler, wenn ich in einem Sessel sitze und denke, daß ich ihn mir auf dieser Kippe verdient habe? Ist das auch Sport oder Sportersatz oder etwas, wofür es bloß große Worte gibt, wie zum Beispiel: berechtigter Stolz?

Und Kohler schwappt Jauchebögen gegen den Himmel.

6. Kapitel

Schlüssel von innen

1. Herbst über der Stadt, an den Straßenecken quellen Tische von Obst über; täglich mahnt die Ortszeitung, man möge sich mit Vitaminkost für den Winter versorgen. Carla betrachtet das Rot der Äpfel, das Grün der Gurken, das Weiß des Blumenkohls, stellt sich ein Ölstilleben vor; dieser Giebel, diese Tische, das Lila eines Mädchenrocks. Sie hat nie in Öl gemalt, weiß: Bilder, wie sie sich eines vorstellt, gibt es tausendfach. Fehlt ihr der Blick für Neues?

Der Herbst ist bunt, Drachen stehen über den Antennen. Jörg sieht die Drachen nicht, sein Blick folgt der Hand seiner Mutter in den Himmel hinauf, irrt ab. Wichtig sind ihm Hunde, wichtig sind in Opas Garten die Äpfel, die von den Bäumen fallen. Jörg trägt sie herbei, legt sie in einen Korb. Nie ißt er einen, der ihm nicht zum Essen gegeben worden ist. Jörg marschiert Gartenwege entlang; sein Opa überlegt, wie es wäre, einen kleinen, braven Hund zu kaufen. Er täte es, läge sein Garten hinter dem Haus.

Carla schickt Äpfel in die Baracke an der künftigen Straße der Thälmannpioniere, Tina schickt Äpfel in eine Kaserne im Norden. Wenn Carla einen Brief schreibt, sagt Tina: Auch einen Gruß von mir. Carla horcht auf einen Unterton, ob Tina wiedergutmachen will. Hat sie wiedergutzumachen?

In diesem Herbst beginnt der Zirkel zeichnender Arbeiter mit neuem Programm, neuem Leiter. Zwei Zirkel hat man zusammengelegt, einen lichteren Raum gefunden. Carla schreibt an Gert: Soll ich an diesem Zirkel teilnehmen oder wieder Tischtennis spielen? Oder lohnt beides nicht, weil ich bald die Koffer packe? Am Eröffnungsabend erläutert ein Professor ein eigenes Werk, giftiges Grün einer weiten Wiese mit knallgelben Blumen darauf, ein Autoreifen, ein dümmlicher Mann. Dieses Bild hat in der Ausstellung gehangen, die Carla besucht hat, es ist ihr nicht aufgefallen. Worte klingen an ihren Ohren vorbei; sie möchte, wenn sie malen könnte, eine Wiese nicht so malen wie der Professor, der Autoreifen wäre für sie nicht kontrastierend, schokkend, kontrapunktisch, sondern einfach blöd. Sie möchte Porträts zeichnen, Jörg, der den Ball in eine Sandrinne legt, Gert hinter dem Hähnchenrost, Mutter beim Einkauf, Vater auf der Leiter bei der Überlegung: Dachrinne oder nicht? Sie möchte mit trockenem Pinsel zeichnen wie Lingner seine Französinnen oder mit hartem Stift wie Vontra seine hiesigen Typen. Lernt sie das hier? Lernt sie es überhaupt? Nie wird Gert ihr raten können, aber wenn ihr etwas kraß mißlungen ist, wird er lachen.

Jörg wird geimpft in diesen Tagen, ist weinerlich und muß im Bett bleiben. Carla erzählt ihm probeweise Märchen, der Tonfall läßt seine Augen groß werden, er spricht nach: Roddäppchen. Zum letztenmal in dieser Saison bolzen in Kleinzschocher die Radasse, Carlas Blick haftet nicht an den Plakaten, nichts bringt sie auf die Idee, allein hinzugehen, ihr letzter Besuch dort mit Gert ist durch zu vieles überlagert. An diesem Abend probiert sie vor dem Spiegel eine neue Frisur aus, kehrt zur alten zurück. Sie läßt ihren Blick nicht los, als sie denkt: Und wenn Gert eine andere kennenlernt? Ist er wirklich nur fort, weil er so eher eine Wohnung bekommt? Sie weiß es: Weil dort niemand seine und ihre Geschichte kennt. Er ist auf der Flucht vor sich selbst, aber kann man seinen eigenen Schatten abschütteln? Natürlich kann man es nicht. Das muß sie ihm sagen.

Am nächsten Tag liegt ein Brief da. Kannst mich besuchen, ein Kumpel gibt mir ein Zimmer übers Wochenende in einem Dorf in der Nähe, es wird dir gefallen. Freude klingt aus diesem Brief und ein Ton des Unmittelbaren, den Gert bisher nie gefunden hat, der Brief klingt fast wie gesprochen. Ich hab dem Kumpel an ein paar Abenden geholfen, liest Carla, eine Pumpe einzubauen. Hast du schon einmal auf einem Bauernhof gewohnt? Tinko von Strittmatter, entsinnt sich Carla, der Kraske-Bauer, darüber haben sie einen Aufsatz geschrieben, über den Heimkehrer und Frau Clary, Summa summarum. Carla kennt die Bauern eigentlich nicht.

Diesmal ist sie es, die in die Ebene hinausfährt, in Falkenberg umsteigt. Gert wartet am Bahnhof von Hoyerswerda mit dem Motorrad des Kumpels, Carla hat keinen Blick für die Umgebung, hat nur Blick für ihren Mann im grün-weißen Pulloverhemd mit kurzen Ärmeln und spitzem Ausschnitt, ihren großen, starken Mann, dessen Haut wieder gebräunt ist und dem die Haare ins Gesicht hängen und zwischen dessen Brauen sich eine Falte bildet, als er mit der Gepäckstütze nicht gleich zurechtkommt, der immerfort redet: Das Motorrad, die Straße, das Zimmer bei Schubert, sechs Kühe und wunderbare Ruhe, wirst schon sehen. Dann holpert das Motorrad über einen Bahnübergang, Carla hält sich an Gerts Schultern fest, schreit in seinen Nacken hinein: »Hoffentlich haben wir schönes Wetter, du, ist das hier, wo wir eine Wohnung bekommen sollen?« Kohler schreit zurück: »Ganz weit drüben.« Auf einer Ausfallstraße zeigt er, wie schnell er fahren kann, auf einer Nebenstraße prescht er durch Wasserrinnen, ruft über die Schulter: »Herrlich hier, was?«

Als sie halten, ist es schmerzend still um sie, eine Dorfstraße liegt leer, die Hoftore sind geschlossen, kein

Mensch ist auf der Straße, kein Fahrzeug, nicht mal ein Huhn. Enten dösen hinter einem Drahtzaun; das erste, was Carla auffällt: Alle Zäune sind gestrichen, die Mauern verputzt, breite Fenster hat man hineingebrochen, neue Ziegel liegen auf den Dächern. Dieses Dorf ist anders als viele, die Carla vom Zug aus gesehen hat. Kohler schlägt an ein Tor, eine Frau öffnet, sie trägt eine Haube, der Rock reicht bis zu den Knöcheln. Kohler stellt vor: meine Frau, Frau Schubert, die Mutter meines Kollegen. Frau Schubert zeigt freundlich die Treppe hinauf. Oben sind kleine Fenster, die Dielen sind schief, es gibt keine plustrigen Federbetten, sondern Steppdekken. Carla steckt den Kopf durchs Fenster, zwischen Bäumen grast ein Pferd. Kohler zieht Carla zurück, sie haben sich noch nicht richtig geküßt, Carla setzt sich aufs Bett, wippt, ihr Mann drückt sie hintenüber, sie lacht: »Bist ja ganz aus dem Häuschen.«

»Du wohl nicht?«

Später holt Kohler Wasser an der Pumpe, Carla schaut in den Spiegel, hört unten den Schwengel anschlagen, fühlt sich taumelig vor Glück. Hier Urlaub machen.

Sie essen mit am Tisch der Familie Schubert. Es gibt keineswegs ein Lausitzer Gericht, vielmehr Makkaroni mit Tomatensoße und Wurst wie zu Hause auch. Schubert ist nicht viel älter als Kohler, Carla macht auf ihn Eindruck, das merkt sie; fast immer, wenn er den Löffel hebt, blickt er sie an. Am Tisch sitzen noch Schuberts Mutter und Vater und eine steinalte Frau, die kein Wort spricht. Einmal reden Schuberts Eltern ein paar Sätze Sorbisch. Der Vater ist höflich zu Carla, aber nicht freundlich, nach dem Essen verdrückt er sich. Frau Schubert fragt Carla: »Haben Sie Kinder?«

Carla zeigt Fotos, Jörg am Sandplatz und im Kinderwagen und auf Opas Schoß im Garten. Jörg auf Gert Kohlers Arm. Frau Schubert sagt: »Netter Junge.« Kohler sieht zum ersten Mal: Jörg auf seinem Arm, die Faust gegen seinen Hals gedrückt, als wolle er spielen, boxen vielleicht, boxen mit seinem Vati. »Ist ganz gut geworden«, sagt Kohler und horcht seiner Stimme nach, die klingt wie nach fünf Monaten Einzelhaft. Carla schrickt hoch, aber Gert hält schon das nächste Bild, und Frau Schubert sagt: »Beim nächstenmal bringen Sie Ihren Jungen mit.«

Nach dem Essen führt Schubert seine Gäste durchs Gehöft. »Dürfen Sie Vater nicht übelnehmen«, sagt er zu Carla, »daß er nicht viel geredet hat und gleich verschwunden ist. Seit hier die Werke gebaut worden sind, geht's mit dem Sorbischen zurück. Vater sieht Fremde nicht gern.«

»Können Sie Sorbisch?«

»Als Kind habe ich fast nur sorbisch gesprochen. Aber was soll's?«

Schubert redet mit Kohler über Zaunpfeiler, Carla steht dabei, wie sie immer dabeigestanden hat, wenn Vater mit seinen Kollegen oder mit Gert über etwas debattierte, was man bauen, ausbessern, verbessern könnte. Nach einer Weile sagt sie: »Wenn ihr wollt, mache ich euch eine Zeichnung. Aber vielleicht möchte Ihr Vater nicht?«

Schubert zuckt die Schultern, Schubert erzählt, während er die Arme auf den Zaun stützt, einen Fuß auf das Querholz stellt. Vater hatte während der Nazizeit unablässig Drangsalierungen wegen sorbischer Bücher und Bräuche zu überstehen. Nach dem Krieg gab es eine Blütezeit für alles Sorbische, Vater wurde Funktionär der Domowina, hatte immerzu in Bautzen zu tun, Wilhelm Pieck hat ihm die Hand gedrückt. Dann wurde Pumpe gebaut, Fremde kamen, die eigene Jugend ging weg, die Mädchen sangen Schlager und keine Volkslieder.

Carla macht sich nicht die Mühe, sich einzufühlen, ist ganz Städterin, fertig mit dem Urteil: Diese Tracht, was soll sie? Eine Sprache für alte Leutchen, die die Jugend nicht mehr lernen will. Sie weiß: Wenn es sie hierher verschlüge, würde sie sich nicht mühen, sich ins Dorf einzupassen, schon gar nicht ins sorbische Dorf, sie würde die Stadt hierhertragen, würde nicht einmal versuchen, Frau Schubert in ihrer Tracht zu zeichnen. Carla fühlt sich modern, glücklich an diesem Wochenende, sie und Gert haben einen Nachmittag und einen Abend und einen ganzen Tag und zwei Nächte vor sich. Das Pferd trabt herüber, Carla streichelt über die weiche Schnauze, bedauert, daß sie keinen Zucker bei sich hat; das ist nahezu das einzige, was sie von Pferden weiß: Pferde mögen Zucker.

Carla und Gert spazieren ums Dorf, sehen es von dieser, von jener Seite, es ist immer das gleiche Dorf hinter Gräben und Weiden und Zäunen, bloß sind die Zäune nach hinten hinaus nicht mit Säulen gegründet, sind Flechtzäune aus einer Zeit, in der es Schwarze Pumpe und die mißlungene Magistrale und das gelungene Kaufhaus noch nicht gab. Sie finden eine verlassene Mühle an einem Graben mit einem faulenden Wehr, halten den Atem an und hören keinen Laut; Carla flüstert, hier könnte eine Hexe wohnen oder ein sorbischer Geist, der Zaubertränke gegen Pumpe zusammenkocht, auf kleiner Flamme langsam ziehen läßt.

Zum Abendbrot ist Vater Schubert nicht da, ist unterwegs, um für einen Kalender zu werben, sieben Stück hat er erst abgesetzt, im vorigen Jahr sind's noch elf gewesen. Die alte Frau brockt Brot in eine Untertasse, kaut langsam mit schmerzhaft verzogenem Gesicht; Carla darf nicht hinsehen, wenn sie den Appetit nicht verlieren will. Schubert fragt: ins Nachtleben von Hoyerswerda stürzen?

Es ist noch hell, Carla und Gert gehen zwischen Feldern und Wiesen entlang. Auf einer Anhöhe finden sie eine Kiesgrube zwischen Kieferngekuschel und trockenem Gras, hocken sich an den Rand, Kohler zeigt: Das da drüben ist der Rauch über Pumpe, dort liegt Hoyerswerda. Carla überlegt: Beginnt das Tinko-Buch nicht an einer Kiesgrube, spielt Tinko nicht mit seinen Feunden, als der Heimkehrer kommt? Carla fragt, Gert besinnt sich nicht. Haben sie das Buch nicht behandelt? Müssen sie doch, neunte oder zehnte Klasse! Gab es bei uns noch nicht, vermutet Kohler, bin immerhin ein paar Jährchen älter als du. Aber: »Wie der Stahl gehärtet wurde.« Wieviel Jahre hast du Russisch gehabt? Was hast du behalten?

Es wird rasch dunkel; Gras und Kiefern haben die Sonnenwärme aufgesogen. »Ich will dir erzählen, wie es damals war«, sagt Carla. Eine Sekunde vorher hat sie noch nicht gewußt, daß sie von Harald Bohn und diesem Urlaub sprechen wird, bei den ersten Sätzen weiß sie, daß Zeitpunkt und Himmel richtig sind. Gert und sie im Urlaub, sie waren eben noch zärtlich zueinander und werden wieder zärtlich sein, es ist eine Zeit zwischen zwei Umarmungen und keine Beichte. Dieser Abend, als sie schlafen gehen wollte und nicht schlafen ging, als sie Limonade trank und Harald Bohn sagte: Sie saßen da wie ein Waisenkind. Der Küfer im Keller, die Gespräche um sie herum, der Wunsch, getröstet zu werden. Ein Mann, der kein Abenteuer suchte, auch sie suchte kein Abenteuer. Aber sie fühlte sich einsam in einer Umgebung, in der niemand sonst einsam war. Waldwege, du warst so weit weg, du warst auch weit weg, wenn ich dir gegenübersaß, ein Gitter unter dem Tisch, damit ich dir nichts mit den Schuhen zuschieben konnte, deine kurzen Haare und die Streifen an den Ärmeln und meine Angst, ich würde weinen müssen. Ich konnte nichts mehr fühlen, wenn ich schrieb: viele viele Küsse; es waren Papierküsse. Wenn du mich jetzt nicht verstehst, wirst du mich nie verstehen. Waldwege wie im Märchen. Ein Waisenkind findet ein Haus. Ein

Tierkind findet ein Nest. Gert, ich will dich nicht quälen. Ich muß nichts weiter sagen, nicht wahr? Du mußt doch das alles verstehen, Gert, wer denn sonst, wenn nicht du! Es war, als hätte man eine Zelle um mich gebaut, die ich immer mit mir trug. Jemand trat in diese Zelle. Sommer und Nacht, Wein und Einsamkeit. Gert, hörst du mir zu?

Gert Kohler möchte sagen: Jedes Wort tut weh. Aber er hofft, alles wäre leichter, wenn er alles weiß. Nun fragt er doch: »Hast du den Mann später getroffen?«

»Zweimal noch. Als Jörg unterwegs war und als er geboren war. Er wollte Jörg einmal sehen.« Das ist nicht die Wahrheit, aber Carla will, daß es Wahrheit sei von nun an bis in Ewigkeit, auch für sie selbst. Carla tastet über Gerts Rücken, bis ihre Hand Halt findet. »Wolltest du ihn verprügeln?«

»Natürlich.«

»Nun soll niemand wissen, daß Jörg nicht dein Junge ist, deshalb bist du von Leipzig weg. Ein so großer, starker Mann und ein so verletzlicher Punkt.«

»Ich kann nicht aus meiner Haut.«

»Wir ziehen hierher«, sagt sie, »alle werden denken, Jörg ist dein Junge. Niemand wird wissen, wo du warst. Wenn wir eingerichtet sind, kommt eine kleine Sabine hinzu?« Sie denkt: Unterstütze ich jetzt Gerts Flucht, oder will ich den ersten Schritt vor dem zweiten?

»Ach, Carla, was wir schon alles hinter uns haben!«

Es wird kühl, die Wolken über Hoyerswerda und Pumpe verdecken die Sterne. Gert Kohler zieht seine Frau hoch, sie tasten sich durch das Gras zurück auf den Weg, die Arme um die Hüfte des anderen gelegt. Carla denkt: Ist es Eitelkeit bei Gert? Sind so große, so starke Männer besonders empfindlich in diesem Punkt? Oder alle Männer?

Sie verfehlen den Weg, erreichen das Dorf von einer anderen Seite. Sie müssen reden, können das auf der

Kiefernkuppe Gesprochene nicht durch Schweigen belasten. »Den Schuberts«, sagt Carla, »geht's wohl recht gut?«

»Gar kein Ausdruck.« Kohler zählt zusammen: Vater und Mutter gehören zur LPG, der Sohn arbeitet in Pumpe, hilft in der privaten Hauswirtschaft. Früher haben sie zwei Zimmer jedes Wochenende vermietet an Frauen, deren Männer in Baracken wohnten.

»Das Dorf ist so sauber.«

»In Hoyerswerda bröckeln manche Betonstraßen auseinander. Man sagt, das Mischverhältnis habe nicht gestimmt. Aber der Putz hier ist erstklassig. Fällt dir was auf?«

»Du denkst: Und keinen haben sie dafür eingesperrt. Noch ein paar Monate, und du denkst es nicht mehr. Du erzählst mir auch nicht mehr jeden Augenblick von Rudi Rappe und Klemmbrett-Ewald.«

»Bin schon ruhiger, nicht wahr?«

Es ist still im Dorf, Schuberts Pferd tritt aus dem Dunkel an den Zaun und bläst warme Luft durch die Nüstern. Carla fühlt Samt und Feuchtigkeit. Das Gespräch von vorhin ist nicht vorbei, weiß sie; wenn Gert von Schuberts Geld redet, denkt er an Harald Bohn. Soll ich jetzt fragen: Und wenn ich eingesperrt worden wäre, wenn du dreißig Monate lang allein gewesen wärst? Gert wird es sich selbst längst gefragt haben. Wir sind über Tage und Monate hinweggekommen, wir müssen über Jahre hinweg. Niemand kann alles haben, und schon gar nicht auf einmal.

Stille im Dorf, zwei Fenster sind hell, Schichtarbeiter sind zurückgekommen; matter Schein hinter anderen Fenstern, da ist die Röhre noch warm. Hinter festen Zäunen, lackglänzenden Fensterläden, edel verputzten Mauern liegen bäuerliche Burgen vom Typ römisch Eins, Schuberts haben sechs Kühe und einen Wartburg im Stall, siebzigtausend Mark auf der Kante, ihnen weht der Wind nicht ins Gesicht.

Carla und Gert gehen in das Zimmer mit den kleinen Fenstern hinauf. Carla fragt: »Ist es jetzt leichter?«

»Morgen vielleicht.«

2. Adam schickt nach Kohler. Adam telefoniert, hat es eilig, braucht Imhoffs Beurteilung und Kohlers Lebenslauf und Fragebogen. Eine Wohnung ist frei im WK 2.

So was soll bei Schichtarbeitern außerhalb der Arbeitszeit erledigt werden, aber wenn Adam nicht Dampf macht, schnappen andere die Wohnung für ihre Leute weg. Adam denkt: Ist Kohler mein Mann? Wo steckt Kohler? Irgendwo im Kombinat, Imhoff hat Kohler dorthin geschickt, wo Muskeln gebraucht werden, Kohler zerrt ein Kabelstück aus einem Rohr, sie werden es an eine Winde hängen, aber erst einmal müssen sie es zu fassen kriegen. Kohler hängt den Oberkörper in eine Grube, Keßler hält Kohlers Beine fest. Jetzt, spinnt Keßler, hängst du aus dem Raumschiff raus, und wenn ich dich loslasse, fällst du sechs Tage lang und klatschst auf dem Mond auf. Wieviel, keucht Kohler, kriegt ein Astronaut die Stunde?

Schatten fällt über die beiden, Imhoff steht hinter ihnen. Kohler soll zum Brummer kommen, dalli. Kohler putzt Dreck von den Knien. Kann nur mit der Wohnung zusammenhängen. Junge, es gibt keine andere Möglichkeit!

Adam muß weg, möchte nicht alles seiner Sekretärin überlassen. Kohler soll sich nicht zuviel einbilden, keine Flausen bitte, daß er nächste Woche in seiner Wohnung sitzt. Aber versuchen muß man es, und wenn es diesmal nicht klappt, hat man Ansprüche angemeldet, wird es beim nächstenmal leichter. Adam muß fort, mit seinem Sohn gibt es Schwierigkeiten, der hat erklärt, er werde das Fernstudium hinschmeißen, schaffe es nicht, ende noch in der Klapsmühle. Mit dem Sohn muß er reden während seiner und dessen Arbeitszeit, auch das ist nicht in Ordnung, es geht nicht anders. Mensch, sagt Kohler, wenn das klappt! Blaß ist Kohler, hastig spricht Kohler, eine Wohnung, wo und wann? Erst mal alles ausfüllen, drängt Adam, du bringst es zu dem und dem, läßt dir einen Stempel geben, ich hab schon mit ihm gesprochen, und dann schaffst du das zu dem und dem, und dem sagst du, der soll mich in zwei Stunden anrufen, und morgen früh kommst du wieder her. Adams Spannung erlahmt, als er wiederholt. Große Sache für den da, denkt er, keine Idee, die um die Welt geht, nichts Altes wird verbrannt, und du kannst nicht mal sagen: Du bekommst eine Wohnung, aber denk auch an Vietnam, Kohler würde dich für einen Phrasendrescher halten. Und mein Junge schmeißt das Fernstudium in die Ecke, will *auch was von seiner Jugend haben.* Mein Platz: Wohnungsverteiler, Begräbnisredner, Jahrestagsgedenker, Ferienplatzvermittler, Aufrüttler, Zusammenhangzeiger, Kampagnenentfalter. Ich muß raus, muß die Welt wieder mal von einer anderen Seite sehen, meinen Teil der Welt. Adam hat Autoschlosser gelernt, würde gern irgend etwas machen, was mit Autos zusammenhängt. Vielleicht Leiter eines Fuhrparks. Ärgert sich: Außer Leiter fällt dir wohl nichts mehr ein? Also, sagt er zu Kohler, mach alles so, wie ich dir's gesagt habe.

Kohler füllt aus: Name, Vorname, Familienstand, geboren wann und wo, erlernter Beruf, ausgeübter Beruf. Arbeitsstellen muß er nicht angeben, nach Vorstrafen wird nicht gefragt. Beruf der Frau, Kinder, gesellschaftliche Funktionen, kurzes Leben, langes Leben, jetzige Wohnverhältnisse: Wohnlager, seit wann im Kombinat, da möchte er gern ein Jährchen hinzudichten. Zwei Zimmer, nimmt Kohler an und ertappt sich bei dem Gedanken: Da kommt Carla vielleicht erst einmal allein, er schiebt den ungern eingestandenen Wunsch weg, setzt das Ausfüllen fort, Abschluß der Lehre, da stand er ungleich besser da als beim Abschluß der Schule, war *bester Lehrling.* Soziale Herkunft: Arbeiter, das schreibt sich leicht hin, weiter wird nichts gefragt; nicht einmal bei der Vernehmung ist Kohler gefragt worden, ob sein Vater der NSDAP oder einer ihrer Gliederungen angehört hat. Das müßte er vielleicht angeben, wenn er zur Montage ins Ausland geschickt werden soll, aber nicht beim Antrag auf eine Wohnung in Hoyerswerda. Vater hat nur ganz selten darüber gesprochen, hat höchstens, wenn in einem Fernsehstück SA randalierte, gemurmelt, man dürfe nicht alles über einen Kamm scheren. Sein Vater in der SA, das ist für Kohler nie ein Problem gewesen, Vater hat wohl *gemußt,* und später ist er zur Wehrmacht eingezogen worden. Kohler besinnt sich: Vater auf Urlaub von der Ostfront; er besinnt sich nicht: Vaters SA-Hosen hängen zum Trocknen auf der Leine. In Kohler fließen viele Eindrücke zu diesem Bild zusammen: Und dann kamen die Nazis. Sie brachen als fremde Horde herein, schwemmten über Sachsen, Thüringen, Brandenburg und Mecklenburg; Hitler und Kaltenbrunner stammten aus Österreich, Goebbels war Rheinländer, die anderen kamen aus München und Nürnberg, und am 30. Januar 1933 marschierte die SA von *Westberlin her* durch das Brandenburger Tor. Vom Westen sind die Nazis gekommen, nach dem Westen sind sie geflohen, dort hocken sie noch, Strauß und die anderen. Seinen Vater haben sie gezwungen, getäuscht, Karlheinz Kohler ist Arbeiter, nicht ehemaliger SA-Mann, genauer: Rottenführer, Mitmarschierer beim Reichsparteitag »Triumph des Willens« und Komparse von Frau Riefenstahl, Hindernisläufer der Nationalsozialistischen Kampfspiele. Soziale Herkunft: Arbeiter, das amnestiert, Kohler schreibt es und weiß nicht, daß in seines Vaters Sturm während der Kristallnacht nur Leipziger waren, keine Eindringlinge aus Bayern und vom Rhein, sondern Männer aus den Straßen um den Eilenburger Bahnhof, von denen manche heute noch dort wohnen, auch Karlheinz Kohler wohnt dort, denkt nicht mehr daran, Absolution ist gesprochen, und kaum eine Schuld währet ewig. Soziale Herkunft: Arbeiter, er selbst ist Arbeiter, Parteizugehörigkeit: keine, Massenorganisation von–bis: Er hat einmal einer gewählten Kreisleitung der FDJ angehört, dort sollte auch ein *bester Lehrling* vertreten sein. Kohler überfliegt noch einmal diesen Fragebogen; satte Sache, findet er, er müßte nur länger in Pumpe sein. Er trägt Papier in dieses und jenes Zimmer, sagt Sprüche auf, bekommt Stempel und Unterschrift. Er steht auch vor dem Filmfreund, der sich ausgemalt hat: Frau mit Kind auf dem Arm vor einer Meeresklippe. Kein schlechter Typ, sinnt der Filmfreund, hab Instinkt für so was.

Vier Stunden braucht Kohler für diese Lauferei, vier Stunden schreibt Imhoff für Materialbeschaffung auf, er läßt seinen Mann nicht im Stich. »Hast dich ganz gut bei uns reingefunden«, sagt Imhoff. Das ist hohes Lob, Kohler versteht es nicht anders. Den Rest des Tages über arbeitet er mit Schubert, hört sich an: Keine gute Stimmung bei Schuberts, im Nachbardorf pfeift ein sorbischer Chor auf dem letzten Loch, Vater hat den Lehrer auf seine Seite ziehen wollen, aber der Lehrer hat gesagt: Wer eine Vier hat, darf nicht in den Chor. Und? fragt Kohler. Nichts und, sagt Schubert, vor ein paar Jahren hätte sich Vater über den Lehrer beschwert, ein bißchen müde ist er schon geworden. »Was ich noch sagen wollte: Du hast wirklich eine nette Frau.«

»Hab ich.«

Beim Schichtschluß gibt Imhoff bekannt: Fahrt mit einer anderen Brigade ins Erzgebirge; Augustusburg, Hirtstein, Motorradmuseum, Mittagessen in Marienburg. Die Besichtigung der Zweitakter schlägt als kultureller Teil zu Buche beim Kampf um den Staatstitel, ebenso die Wanderung zu absonderlichen Gesteinsbildungen. Zehn Mark pro Kopf zahlt die Gewerkschaft.

Als sie sich treffen, ist der Himmel trüb. Sonja Merker behauptet, dies sei das ideale Wetter für Pilze, sie war im Erzgebirge im Urlaub, kennt sich aus. Ein gebürtiger Wolkensteiner meldet Zweifel an, es sei in den letzten Tagen zu kühl gewesen, und Pfifferlingswetter hier sei etwas anderes als Steinpilzwetter im Gebirge. Sonja schwingt ein Klappmesser, schwört, so manchem Birkenpilz den Garaus zu machen.

Kohler und Schubert sitzen nebeneinander, reden über Arbeitsmöglichkeit für Carla, über die Kosten für neue Beleuchtung in Schuberts Stall. Ich helf dir, verspricht Schubert, beim Einzug.

Hinter der Elbe fällt der erste Schauer; auf den Türmen der Augustusburg hängt Nebel. Sonja Merker lärmt von Frühnebeln, die sich verziehen, die Sonne wird durchbrechen, vom Hirtstein aus werden sie herrliche Sicht haben, der Nebel der Nacht und des Morgens hat den Pilzen letzten Auftrieb gegeben. Sie schleudert einen Beutel gegen den skeptischen Wolkensteiner, bekundet Überzeugung: Diesen Beutel wird sie gefüllt nach Hause schleppen, ihren Kindern und sich ein enormes Mahl bereiten. Schubert murmelt zu Kohler: Prima Frau. Kohler erinnert sich, als er Barthel vertrat und Sonja zum erstenmal sah.

Rasch defilieren zwei Brigaden an einigen Dutzend Motorrädern vorbei, Ach und Oh gibt es vor alten Tretmaschinen; vor einer BMW erinnert sich einer: Fuhr ich von Wien nach Saloniki einundvierzig. Ein paar Interessierte hängen nach, die anderen knirschen schon über den Kies des Innenhofes zum vergoldeten Wappen, zum Brunnenhaus, spüren Brunnenkälte, zählen Sekunden, bis Wasser aufklatscht; der Führer monologisiert das Seine, erbaut von–bis, Renovierung begonnen am. Kaffeepause mit getrübtem Blick ins Tal, von der

Arbeit redet einer, man droht ihm Strafrunden um die Burg an, die Bäume vor den Fenstern sind nur noch Schemen, Sonja Merker schwört auf ihr Pilzauge besonders bei Nebel. Später im Bus werden andere Plätze eingenommen, Schubert sitzt jetzt neben Sonja, Kohler weiter hinten neben Keßler. Der erinnert an ihre letzte Autofahrt: zu Barthels Begräbnis. Scheußlich, sagt Kohler, ich denk so wenig wie möglich dran. Nimmermüüüd, vielzufrüüüh. Der Brummer hat sich gut aus der Affäre gezogen. Der Brummer wird Kohler eine Wohnung besorgen. Wenn alle wären wie der Brummer.

Kohler sieht: Schubert hat den Kopf immerzu zur Seite gewendet, redet auf Sonja ein. Jemand sagt, es wäre ein Irrsinn, bei diesem Wetter weiter ins Gebirge zu fahren, man sollte abbiegen ins Elbtal hinunter. Pillnitz, wer war schon dort? Aber Imhoff fürchtet um den zweiten Kulturpunkt im Ausflugsplan: das Fächergebirge am Hirtstein.

Regen strähnt hinter Marienberg, leer sind die Straßen in Reitzenhain, Satzung. Der Bus dröhnt auf den Hirtstein hinauf, dort peitscht Wind den Regen um die Baude, nur ein Schirm ist vorhanden, die meisten springen durch den Regen, Sonja Merker hat den Pilzbeutel über den Kopf gezogen. Schubert reißt vor ihr die Tür auf. Kohler ärgert sich, weil er keinen Blick von den beiden läßt.

Der Wolkensteiner zeigt hinaus: Dort sieht man den Fichtelberg, wenn man ihn sieht, dort den Pöhlberg. Von dort hat man einen zauberhaften Blick ins Böhmische, wenn man ihn hat. Die Taschen der Fotoapparate sind geschlossen geblieben. Bier wird bestellt, einer erwähnt die Arbeit, wird zu einer Runde um die Baude verdonnert, zu Bierrunde begnadigt. Ansichtskarten werden gekauft, Kohler schreibt an Carla, denkt: Müßtest an Leicabuckel schreiben können, das heißt, schreiben kannst du schon, bloß werden sie ihm die Karte nicht geben. Große Debatte: Sonja soll wenigstens *einen* Pilz bringen, Kohler schreit: Wird sich wohl ein Kavalier finden, Schubert grinst fröhlich, nimmt den Ball nicht auf. Hirtstein, die Kellner tragen grüne Wämse, Halbtrachten, das Bier stammt aus Wernesgrün, wird heftiger bestellt, seit man es weiß. Wer seltenes Bier trinkt, beweist, daß er nicht umsonst hierhergekommen ist. Zwei Frauen bringen Wind herein, schütteln Nässe von den Mänteln, binden Kopftücher ab, stellen Stöcke in den Schirmständer. Es sind bebrillte, grauhaarige Frauen über die Fünfzig, Wandersfrauen, die Bockwurst und Tee bestellen, eine Karte zu Rate ziehen, sich stärken, Mäntel anziehen und Kopftücher umbinden, ihre Stöcke nehmen und wieder gehen ohne Federlesen. Um Kohler herum wird kommentiert: Wäre nichts für mich, Urlaub stelle ich mir anders vor, wenn man die richtige Ausrüstung hat, hab ich früher auch gemacht, macht mein Schwager immer, Blödsinn, wenn man nichts sieht, gesund, müssen sich ja Rheuma holen. Der Wolkensteiner singt ein erzgebirgisches Lied, niemand hätte gedacht, daß er so gut singen kann, Beifall und Vorschlag, jeder solle ein Lied aus seiner Gegend singen, der aber nicht auf Gegenliebe stößt. Imhoff wirbt für seine Fächersteine, läßt sich vom Kellner bestätigen, man müsse nur wenige Meter gehen. Karten mit den Fächersteinen werden gekauft. Kohler schreibt nun doch an Leicabuckel, herzliche Grüße von deinem Onkel Gert, wenn die Wachtmeister nicht aufpassen, werden sie ihm die Karte geben, und Buckel wird draufkommen und erzählen: Kohler bei einem Ausflug ins Gebirge, der hat sein erstes Bier hinter sich.

Imhoff versucht noch einmal, für die Fächersteine zu erwärmen, aber auf den Regen wird verwiesen und auf die Tatsache, daß diese Steine ja nicht weglaufen, nächstes Jahr solle man wieder hierher fahren, und fotografieren kann man bei dieser Düsternis sowieso nicht. Der einzige Schirm wird aufgespannt, noch einmal weist der Wolkensteiner ins Grau: Steinhübel, Beerhübel, dann rollt der Bus abwärts. Gesungen wird, so ein Tag, so wunderschön wie heute, es fuhr ein Seemann hinaus, heute blau. Schade, daß es keiner kennt, denkt Kohler: Herr Jesus kommt Herr Jesus kommt Herr Jesus ist schon da, ein Lied der Heilsarmee, Rudi Rappe war der Vorsänger. Es rauscht der Wald im letzten Abendschimmer, in Hamburg, da bin ich gewesen, er nahm die Büchse. Da biegt der Bus an der Heinzebank ab, gäm Se dem Mann am Klavier. Dresden ist erreicht, in zwei Stunden können wir zu Hause sein. Schubert fühlt bei Sonja vor: Ist Quatsch, schon um sechs nach Hause, was soll man mit dem angebrochenen Abend; aber Sonja lenkt ab: Sie kann wenigstens die Kinder ordentlich abfüttern und ins Bett bringen. Schubert drängelt: Das dauert nicht ewig, man kann den Abend ausklingen lassen, war ja bloß 'ne halbe Sache bei dem Regen, und Sonja sagt nicht ja und nicht nein, singt mit: Das alte Försterhaus, es gibt kein Bier auf Hawaii. Deinen Freund Kohler, fragt Sonja, willst du wohl alleine lassen? Schubert brummt: Nicht unbedingt, wagt sich nicht weiter vor. Die Texte gehen aus, die Straße ist erreicht, die sie alle kennen, der Ausflug ist so gut wie vorbei; als einer die Arbeit erwähnt, wird keiner wild, und Sonja überlegt, was sie Schubert antworten soll, stellt sich Schubert vor, keine Schönheit, aber was besagt das schon, ganz gewiß ist er zuverlässig. Liebe – das nun nicht, jetzt nicht und später nicht, und die Hauptsache wäre, wie er mit den Kindern auskäme. Ein Mann im Haus, ein Ersatzvater, kein Ehemann, denn die Rente wird sie sich nicht verscherzen. Wenn sie heiratet und nach zwei Jahren läuft der Mann weg, ist sie geschiedene Frau, nicht wieder Bergmannswitwe. Schubert als das, was man Lebensgefährte nennt?

Schubert wartet am Bus, Kohler stellt sich neben ihn. Da hat Sonja Merker eine Idee, mit der sie sich nichts verbaut und Schubert nichts verbaut, sie fragt beide, wie's denn wäre mit einem Kaffee in ihrer Wohnung in einer Stunde. Kollege Kohler hätte doch gewiß nichts vor? Schubert ist nicht begeistert, deshalb gilt ihr Lächeln ihm, nicht Kohler, denn der hat schon zugenickt. Bei ihr, fügt sie hinzu, gäbe es jetzt erst mal Trubel, bis die Kinder versorgt wären. Kohler sagt: »Wir essen inzwischen 'nen Happen da drüben, gut, in einer Stunde, und Dank für die Einladung.«

In dieser Stunde bei Bockwurst mit Salat reden Kohler und Schubert unausgesetzt von Sonja Merker. Schubert weiß: War mit einem Bergingenieur verheiratet, der im Mansfeldischen im Schacht umkam, hat zwei Kinder, wie aus dem Ei gepellt, bei Sonja ist alles in Schuß. Soll eine gute Rente bekommen. Kohler besinnt sich: als er zum erstenmal mit Keßler zur Materialabgabe ging, als Sonja über Keßlers Rücken hochblickte. Warum, überlegt er, lädt sie uns beide ein? Der andere ist wohl der Anstandswauwau. Wer ist der andere? Oder es ging nicht anders, weil wir nebeneinanderstanden. Immerhin hätte sie während der Rückfahrt genügend Zeit gehabt, etwas mit Schubert auszumachen. »Wir sollten eine Flasche Wein mitnehmen.«

»Zwei. Und Pralinen oder so was.« Schubert setzt fort: »An Sonja kommt keiner ran, Keßler hat es mal versucht, sie hat ihn abfahren lassen.« Schubert betont Zufriedenheit: Sonja läßt sich nicht mit Verheirateten ein. Er macht sich Mut: Kohler ist größer als er, hat Locken, Kohler sieht, das gesteht Schubert zu, nicht übel aus, aber Kohler ist verheiratet. Noch etwas wirft er ein, damit Kohler das Gerangel um Sonja nicht erst aufnimmt: »Prima Frau hast du. Meine Mutter hat gesagt: Warum suchst du dir nicht endlich so 'ne Frau? Stimmt. Warum such ich mir nicht so 'ne Frau?«

Pünktlich nach einer Stunde klingeln die beiden an Sonja Merkers Tür. Ein Junge öffnet, Schubert fährt ihm übers Haar. Papier raschelt, Sonja beteuert, daß das doch alles nicht nötig sei. Kohler denkt: Hätten den Kindern auch etwas mitbringen sollen. Und: Gibt keinen Grund, Carla nicht von diesem Besuch zu erzählen; ich muß nicht immer am Barackentisch hocken. Schubert findet anerkennende Worte für die Gardinen: über ein Wandstück weitergezogen, das verlängert. Schubert müht sich, akkurater zu sprechen als bei der Arbeit oder in der elterlichen Wirtschaft. Kohler sieht sich gezwungen, auf das Terrain der Raumgestaltung zu folgen. Seine künftige Wohnung, wirft er ein, stellt er sich so und so vor; natürlich überläßt er seiner Frau die meisten Entscheidungen, sie hat eine künstlerische Ader. Freudig nutzt Schubert die Gelegenheit, Kohlers Frau zu loben: hübsch und gescheit und nett, seine Mutter war begeistert. Kohler durchschaut Schuberts Trick; Schubert läßt nicht locker: Künstlerische Ader, davon hat er ja noch nichts gehört! Kohler drückt die hochgespielte Erwartung herunter: Irgendein Zeichenzirkel, er selbst verstehe nichts davon; Carla mühe sich redlich, das Gesicht ihres Jungen aufs Papier zu bringen, ihre Begabung halte sich in Grenzen. Während Sonja Kaffee einschenkt, fragt sie: »Ein Junge, wie alt?« Ein Bild hat Kohler nicht bei sich; er lobt: »Der Kaffee ist gut.«

Sonja Merker läßt die beiden sich abstrampeln, setzt sich so, daß sie sicher ist: So sieht man die Falte an ihrem Hals nicht. An ihrem verunglückten Mann Martin mißt sie die beiden, weiß, daß sie sich das oft verboten hat, und ganz gewiß hat die Erinnerung Martins Bild vergoldet. Das beste Foto, das von ihm gemacht wurde, steht auf einer Vitrine. Er war fleißig, ehrgeizig, völlig humorlos, sehr anständig, leicht gekränkt. Bestimmt wäre er heute Diplomingenieur, vielleicht hätte er sich unterdessen zum Doktor hochgebüffelt. Schubert entkorkt eine Weinflasche, Sonja nimmt Gläser aus dem Schrank, betont: Für mich nur ganz wenig. Schubert erzählt Witze, Martin hat nie Witze erzählt. Sie überlegt: Was sollte ich bei Schubert auf dem Dorf? Brächte ich es fertig, ihm zu sagen, daß man ein Weinglas weiter unten anfaßt?

Der Kaffee ist gut, der Wein ist gut, Kohler sitzt in einem Sessel, an keinem Barackentisch, von Carla ist die Rede gewesen, so daß er nicht verpflichtet ist, mit Schubert um die Wette zu balzen. Alles hat sich ausgependelt, er kann vergnügt unter Schuberts Aktivität bleiben. »Prost, Sonja«, sagt er und hebt das Glas, drängt sich nicht auf mit Blick oder Tonfall, ist Kollege zur Kollegin, und Sonja erwidert: »Prost, Gert, heißt doch Gert?« Damit ist Brüderschaft geschlossen ohne Ziererei, ist nicht Vorwand für Kuß und Schmuserei. Schubert nimmt keine Notiz von der Verbrüderung, Verschwesterung, will die zweite Flasche öffnen, aber Sonja wehrt ab, möchte keinen Schluck mehr trinken, morgen müsse sie beizeiten raus; noch eine Zigarette, und die Herren sind wohl nicht böse, wenn sie ihnen sagt, daß sie müde ist nach diesem Tag. Kohler gibt sich keine Mühe, die Zigarettenschachtel schneller als Schubert aus der Tasche zu ziehen. Klar, sagen beide, war ein schöner Ausklang bei dir, und Schubert begreift, daß es keine Möglichkeit gibt, Kohler allein abziehen zu lassen.

Am Busbahnhof warten Kohler und Schubert noch eine Viertelstunde; Müdigkeit drückt auf die Augen, aufs Hirn. Warum, grübelt Schubert, finde ich keinen Mut? Zwei Kinder, sicherlich gewöhnen sie sich an mich. Müßte alle mal mit rausnehmen zu uns, müßte die Jungen reiten lassen. Und abends im Garten ein Feuer.

Kohlers Bus trägt ihn durch Altstadt und Neustadt zu seinem Barackenlager, zu Spind und Tisch und schwerem Atem von den Doppelstockbetten. Auf seinem Bett liegt ein Brief: ... Ihnen mitteilen zu können, daß eine Wohnung im WK 2. Nach Besichtigung teilen Sie uns bitte mit. Zwei Zimmer, fortschreitender Aufbau, auch Sie durch Erfüllung und Übererfüllung, nur im Frieden.

Kohlers Knie knicken weg unter dem Tisch, seine Ellbogen sacken auf, er liest Wort für Wort im trüben Licht. Briefkopf echt, Stempel echt, kein Spaß der Kumpel, die etwa, mit dem Herausprusten kämpfend, unter den Decken liegen; der Inhalt des Briefes bleibt auch, wenn man jeden Satz in seiner Vollständigkeit aufgehen läßt. Alles ist gut, er hat alles richtig gemacht. Hähnchenkönig und weg von Leipzig und Jaucheverteiler und rangeklotzt bei Imhoff und kein Gesicht gezogen, wenn ihm Knochenarbeit aufgehalst wurde. Arbeiten hat er immer gekonnt und hat Carla überzeugt oder hat sich zumindest durchgesetzt, und jetzt wird sie zugeben, daß doch alles richtig war. Soll sie Jörg mitbringen, zwölfhundert Mark hat er gespart, und mit dem Möbelkredit geht er bis an die Grenze. Auch Sie durch Erfüllung und Übererfüllung; kann man wohl sagen. Nicht vergessen: guter alter Brummer.

»Machst du endlich das Licht aus?«

»Mach ich, Kumpel. Bist mich bald los.« Auf dem Bett liegend, rechnet Kohler aus: Soundsovielter Tag nach der Entlassung, er wird sich ihn merken. Morgen früh ein Telegramm an Carla. Klassetelegramm.

3. Carlas Koffer liegt im Netz, in ihrer Handtasche stecken Papiere: Sie ist nicht mehr Bürgerin von Leipzig, noch nicht von Hoyerswerda, hat hinter sich gelassen, hat vor sich. Jörg sitzt auf ihrem Schoß, seine Augen wandern nach vorn und zurück, durch das Rattern dringen vertraute Laute: Haus, Baum, Auto, viele Bäume, Jörg, da war eine Gartenlaube, wie Opas Gartenlaube, hast du gesehen? Jörg fragt: Oma nit? Nein, Oma fährt nicht mit, Oma wird heute nicht bei ihnen sein und morgen nicht, Oma arbeitet in der Kaufhalle, weißt du, wo die blanken Wagen sind, die du gern schiebst. Jetzt ist Mutti immer bei Jörg, Jörg fährt zum Vati, Jörg weiß doch: Vati hat die Rinne in den Sand geschippt. Jörg hat gelernt, den Finger auf ein Foto zu legen, zu sagen: Vati.

In Falkenberg läßt sich Carla von der Menge ein Stockwerk tiefer schieben, steigt in einen anderen Zug, hat eine junge Frau gegenüber, die einem älteren Mann eine geschlagene Stunde lang erzählt; Vati sagt sie zu ihm, und Vati hört zu. Also wir haben ihn nun, fängt sie flott an; wir sind gleich früh nach Dresden, erst sagte uns der Verkäufer, es sei nur ein Olivgrüner da, und da war schon ein Mann, der behauptete, ihm wäre der Olivgrüne versprochen worden. Da waren noch zehn Leute zum Abholen, und wir hatten uns doch so auf einen Olivgrünen gefreut! Mußten bis Mittag warten, bin inzwischen in ein Kaufhaus, ich brauch doch eine Decke für den Couchtisch, Isolde hat eine aus Berlin, aber dort hatten sie auch keine, und inzwischen hat Claus das mit dem Verkäufer irgendwie, Claus ist in so Sachen prima, und mittags haben wir den Olivgrünen gehabt. Das war ein Gefühl! Mit dem Urlaub wird es nun wahrscheinlich nichts, lange Touren können wir nicht machen, müssen ihn erst einfahren. Dieter und Elke haben wir gestern mitgenommen, die warten noch immer, nein, bloß Trabant. Die Couchdecke, ich male das auf, vielleicht findet Mutti was. Dieter kommt öfter rüber. Ach doch, die verstehn sich gut, man steckt natürlich nicht drin. Sie sind ganz gut eingerichtet, aber es fehlt der Pfiff. Ich hab Elke eine Uhr gezeigt, die neben ihren Fernseher passen würde, aber sie hat eben für so was keinen Sinn, dann wollte ich sie für mich, aber am nächsten Tag war sie weg. Die haben ihren schon lange, die waren voriges Jahr in Zakopane, Wartburg, aber Claus hat von Anfang an gesagt, nur Embetausend, und als der Wagen unten stand...

Carla hat nur ein halbes Ohr für Gardinen und Decken und Embetausend, möchte wissen, ob diese Frau nur dieses Thema kennt, ob sie nicht vielleicht auch ihren Vater fragt, was seine Galle macht oder seine Arbeit oder seine Taubenzucht. Kinder wird sie nicht haben, vielleicht ist ihr Beruf nur da, um Geld zu verdienen, bis man *alles* hat, dann vielleicht ein Püppchen in alles hinein. Und dieser Vater sonnt sich vielleicht in dem Glück seiner Tochter, so gut ist es ihm nie gegangen, so gut geht es ihm auch jetzt nicht, gar so neu sind seine Schuhe nicht, aber vielleicht macht es ihm nichts aus, daß nicht nach seiner Leber gefragt wird. Nun wieder: Hab ich bei einer Kollegin einen Teppich gesehen, also da hast du das Gefühl... Weghören, wegdenken. Gert und Jörg, und wir werden uns genauso schön einrichten, aber wir werden nicht immerfort davon reden.

Hoyerswerda auf einem Schild, klein darunter: Wojerecy, klobiger Wasserturm, Schatten über dem Zug und Geschiebe und Gedränge, Carla hat sich einen lichten Bahnhof vorgestellt mit weiten Hallen, hat etwas im Sinn gehabt wie das Empfangsgebäude eines Weltflughafens, Filmbahnhof mit Sonne und Blumen, aber dieser Bahnhof ist kaiserdeutsch, solche Bahnhöfe sind gebaut worden von Tilsit bis Konstanz, dumpfe Tunnel unter Bahnsteigen und gußeiserne Dachstützen. Da endlich steht Gert, drückt seine Wange an ihre Wange, nimmt ihr den Koffer ab, schreit fast, ob sie eine gute Fahrt gehabt habe und ob sie sich freue und daß sie gleich nach Hause führen. Nach Hause; da müssen sie sich in die Arme fallen vor dem Buskiosk zwischen rotweißen Geländern und Blumen und im Brummen der Ikarusse. Im Wekazwo, sagt Kohler, du wirst sehen! Zwei Zimmer, zwischendurch sollten es zweieinhalb sein, aber wir kommen auch mit zwei aus, ich weiß noch nicht, ob wir ein Schlafzimmer... Er bricht ab, als er Carlas enttäuschtes Gesicht sieht. Das hat sie sich immer vorgestellt: Eine Decke über beide Betten hinweg, seideglänzend. Ach, sagt sie, das überlegen wir noch. Wir sagen nicht in jedem Satz: olivgrün; davon hängt die Seligkeit nicht ab. Erzähl ich alles später.

Sie fahren an neuen und alten Häusern vorbei, der Ikarus dröhnt um Kurven, Carla sieht: eine gerade Straße, ein Fluß mit ausgeschabten Ufern, in der Ferne schachteln sich Fassaden. Dann haben sie das Kaufhaus zur Rechten und steigen aus, stehen einer Kabeltrommel gegenüber und einer Pfütze und einem Stapel Betonplatten; das ist das Zentrum der Neustadt, erläutert Kohler und verfällt in Adams mäkelnden Ton, ist unausgegoren nach einem Dutzend halb- und viertelausgeführter Pläne, nun soll da drüben die Bücherei entstehen, aber vielleicht wird es eine HO-Gaststätte oder ein Appartementhaus, das ändert sich beinahe jeden Tag. Carla mustert das Kaufhaus mit seiner Wabenfassade, Bienenstock aus Aluminium, sieht eine Frau in knöchellanger Tracht mit Schleifenhaube, hat das Brausen der Omnibusse im Ohr und möchte alles so glatt wie möglich zu einem Gefühl verbinden, möchte, daß in Erinnerung bleibt: Sie ist aus dem Bus gestiegen an einem windigen Vormittag, Jörg und Gert an der Seite, Kaufhaus und Sorbin und Plattenstapel und neue Häuser und frische Baugrube und Kabeltrommel. Bloß ein paar Meter, sagt Kohler; quer über die Straße gehen sie und zwischen Flachbauten hindurch, hinter denen Kisten gestapelt werden, hier gibt es Plattenwege zwischen Gras und Blöcken, hier tragen Frauen Einkaufstaschen und hängen Betten auf Balkonen, Blumen blühen. Wekazwo, erläutert Kohler, die meisten sagen, hier sei es am nettesten. Wekazwo, wiederholt Carla, schmeckt dieses Wort ab, es klingt nicht mehr nur bürokratisch, dieser Begriff kann Klang haben, Seele haben, wenn man alles dies hier einbezieht. Wekazwo, da sind ein paar Kiefern stehengeblieben, die Bäume dieser

Landschaft, mehr Kiefern wünscht sich Carla, weniger Sicht, zu weiträumig empfindet sie eine Wiese; dazu ist sie zu sehr Großstädterin, will kein verkapptes Dorf. Ist alles noch nicht fertig, sagt Kohler, hat keinen Rand, die Straße führt auf den Wald zu, bricht ab, die letzte Betonplatte ist halb in den Sand gerutscht, hinter einer seichten Pfütze ist die Stadt zu Ende; Adams großer Kummer. Kohler zeigt auf Fenster, das dritte und vierte von links, da erinnert sich Carla an den Abend, als sie auf die Laube zugingen, jetzt setzen sie diesen Weg fort. Jörg stapft zwischen ihnen, Mutti an der einen, Vati an der anderen Hand. Dort kannst du einkaufen, erklärt Kohler, dahinten liegen Schule und Kindergarten. Nichts mehr von Adams nörgelndem Ton, nichts mehr von der Grundstimmung vieler, es hätte, wo die Wohnungen gelungen sind, auch die Stadt gelingen müssen. Kohler ist bereit, sich einzufühlen, zeigt auf eine Bronzeplastik, zwei Mädchen musizieren, zeigt auf steinerne Bankstümpfe, Strolche gibt's, er weist noch einmal hinauf zu den Fenstern: Hab ich gestern geputzt.

Dann hallt um sie die Leere von Küche, Flur, Zimmer, Bad, sie öffnen die Tür zum Balkon – streich ich als erstes, verspricht Kohler, ist bemüht, Mängelchen nicht wichtig zu nehmen. Das richten wir gleich vor, und die Küche mache ich mit Schubert, na, was sagst du? Ein einziges Möbelstück steht im Wohnzimmer; Carla setzt sich auf die neue Doppelbettcouch, vorn auf die Kante. »Erst mal ausruhen«, bittet sie, »Luft holen.« Ihr ist ein bißchen schwindlig; Kohler fragt sofort: »Was essen? Was trinken?«

»Erst mal alles fühlen. Zu Hause fühlen.«

Jörg hat neue Räume durchlaufen, sucht zurück in eine vertraute Welt, drückt sich an Carlas Knie. Oma nit? Nein, Oma kommt einmal, aber unten ist ein Spielplatz, da sind andere Kinder, mit ihnen kann er spielen, und er kann Mutti von dort am Fenster sehen, Mutti ist da, Mutti kommt bald noch einmal, Mutti spielt dann mit. Sie bringt Jörg hinunter, ein Mädchen namens Birgit nimmt den Spielgefährten auf, beteuert, daß es auf ihn aufpassen wird. Carla zeigt auf ihre Fenster, Birgit nickt: über uns. Jörg schippt das Eimerchen voll, vergißt Mutti und Bahnfahrt und daß Oma nicht da ist, Sand in den Händen, rötlichen Sand, Sonne auf rötlichem Sand.

Carla geht wieder hinauf, blickt auf Jörg hinab. »Jetzt«, verkündet Gert Kohler, »machen wir etwas Großartiges.« Er zieht Carla in den Flur, steckt den Schlüssel ins Schloß, dreht um, dabei ist sein Gesicht feierlich wie bei Ministern und Bürgermeistern, er weiht die Wohnung ein, der Schlüssel steckt von innen, er ist in den eigenen vier Wänden, alles ist gut. Für einen Augenblick denkt Carla: Ob er auch so sagen könnte: olivgrün? Schön, flüstert sie und schmiegt sich an ihn. Sie drängt ihn ins Zimmer zurück und setzt sich auf die Couch, jetzt nicht nur auf die Kante.

Tage folgen, an denen Kohler fast nur zum Schlafen die eigene Tür hinter sich abschließt. Er kann Oskar nicht den Stuhl vor die Tür setzen, muß noch zweite Schichten runterreißen, wer soll Jauche über die Dünen sprühen? Einmal fahren Carla und Jörg mit nach Pumpe, es ist Nachmittag, Kohler beginnt eine Spätschicht, die Busse sind nicht so voll wie während der Spitzenzeit. Kohler zeigt nach rechts und links, da zweigt der Weg zu seinem Wohnlager ab, nee, nach ihm sehnt er sich nicht. Busbahnhof Pumpe, da sieht Carla Gerts Rücken kleiner werden gegen Tor und Verwaltungsgebäude, sie spaziert zurück, die Landschaft ist zernarbt, Bäumchen kommen nicht gegen die Weite an. Jörg zeigt hinüber: Da wölbt sich die Straße über eine andere Straße hinweg, das ist fast ein Berg, er will hinauf. Jörg geht gern an Muttis Hand, fragt immer seltener nach der Oma, Carla singt: Trara, die Post ist da, weißt du, wieviel Sternlein stehen? Dann wieder: Trara, die Post ist da, das hat es Jörg angetan, er singt: Taha, immer wieder taha taha tahatahataha. Er möchte auf den Berg und möchte durch ein Rohr kriechen, aber das darf er nicht, das durfte er bei Oma auch nicht. Oma nit? Oma kommt bald einmal, oder sie fahren hin. Oma soll kommen, Eisenbahn böse.

Warten ist böse. Carla muß ummelden, anmelden und nachfragen, sie bietet sich dem Wohnungsbaukombinat als technische Zeichnerin an; man nähme sie unbesehen, beanspruchte sie nicht einen Krippenplatz. Niemand, bei dem sie den Jungen unterbringen könnte? Die Oma ist zu Hause geblieben, die Sachbearbeiterin nickt, Hoyerswerda ist eine Stadt mit wenig Omas, ist die Stadt der jungen Ehepaare und der Kinder. Die Sachbearbeiterin stöhnt gewohntes Stöhnen: Vormerken, nun ja, aber sie will keine falschen Hoffnungen erwekken. Wenn Frau Kohler von sich aus eine Regelung finden könnte. Ruhig sitzt Jörg auf dem Stuhl, merkt, daß von ihm die Rede ist. Das mag er, er und die Oma. Die Tante lächelt, er lächelt nicht zurück. Auf der Straße singt er sein Tahatahataha.

Am Wochenende hilft Schubert, Flur und Küche zu streichen. Nach Kohlers Ansicht hat Schubert die Augen zu oft bei Carla; er ertappt sich, wie er beobachtet, ob Carla die Augen bei Schubert hat. Carlas Reis gerät zu weich, Vaters Reden fallen ihr ein. Ziemlicher Mampf, mault Kohler, schiebt den Reis an die Seite, ißt Brötchen zum Blumenkohl. Schubert will besänftigen: gibt solchen Reis und solchen. In Carlas Augen steigen Tränen, sie kippt den Reis weg.

Am Montag früh wischt Carla, es regnet, Jörg quengelt zwischen ihren Beinen herum. Mittags weiß sie nicht, was sie kochen soll. Kartoffelbrei, mag Jörg Kartoffelbrei? Er schmeckt fad, aber Jörg ißt, schläft danach. Carla blickt auf den Sandplatz hinab, auf dem Pfützen glänzen. Was soll sie tun an diesem Nachmittag? Gert wird nicht vor acht zu Hause sein, er hängt auf Oskars Kippe vier Stunden an seine Schicht an. Soll sie zeichnen? Was? Mutter schreiben: Ich weiß nicht einmal, wie lange man Reis kocht, und wie machst Du es, daß Dein Kartoffelbrei so kräftig schmeckt?

Eine Stunde lang sitzen Carla und Gert abends am Tisch, sprechen über den Tag. Danach legt er sich auf seine Seite der Doppelbettcouch, schläft sofort ein. Carla horcht neben ihm auf Geräusche im Haus. Pausenzeichen in einem Radio, Wasser rauscht, später hört Carla nichts als Gerts Atemzüge. Der Schlüssel steckt von innen, das ist viel, es ist nicht alles. Morgen wird sie Hemden waschen. Wo könnte sie noch nach einem Krippenplatz fragen? Wenn Gert soviel arbeitet, findet er keine Zeit für Jörg.

Als der Wecker klingelt, ist es noch dunkel. Im Radio hört Carla, daß es Schnee geben wird. Jetzt, sagt Kohler, wird es auf der Kippe hart. Was, denkt Carla, beginne ich mit diesem Tag?

Am späten Vormittag bummelt sie mit Jörg über die Brücke, biegt in den Tiergarten ein. Ein graubraunes gehörntes Etwas springt auf einen imitierten Felsen, erstarrt zum Denkmal. Heh, ruft Jörg, meint Reh, nennt viele Tiere Heh, Bergziege und Antilope, Zebra und Gnu. Carla schaut zum Bergziegenbock hinauf, möchte wissen, ob er stolz ist, weil er höher steht, fühlt Unbehagen gegenüber einem lebendigen Monument.

Jörg will weiter, Jörg sieht einen Bären, kein Reh. Carlas Schuhe knirschen auf dem Kies, mit einem Schlag ist diese Erinnerung da, als sie mit Mutter und Tante im Zoo war als Kind von fünf Jahren, als Mutter merkte, daß sie die Lebensmittelkarten verloren hatte, diese gelben, roten, schmutzigbraunen Zettel, die immer dabei waren beim Einkaufen, die auf dem Küchentisch lagen, wenn in der Zeitung der Lebensmittelaufruf studiert wurde, wieder keine Butter, aber drei Eier auf Fleischmarke C 4. Kaum eine Dekade war vorbei, Entsetzen in Mutters Gesicht, Tränen in den Augen der Tante, sie hatten Carla den Kiesweg entlanggezerrt und gesucht und gefragt, sogar geschrien, und dieses Kiesknirschen war in Carlas Ohr geblieben, nicht nur Tante hatte geschrien, sondern auch der Kies. Auf dieser Bank da konnte das Unglück geschehen sein, aber auf der Bank lag nichts und nichts darunter. Der Mann da, ging er nicht eilig weg? Wieder schrie Kies, aber der Mann wußte nichts, half sogar suchen. Vielleicht steckten die Karten in seiner Tasche, vielleicht kaufte er eine Stunde später Teigwaren, Nährmittel, Brotaufstrich, Schlachtfette und aß, aß, aß. Nichts weiß Carla mehr davon, wie sie die folgenden Wochen überlebt haben. Aber der Zoobesuch war ihr verleidet, und wenn möglich, schlich sie dort am Rand des Weges, wo Gras und Schmutz ihre Schritte dämpften.

Jörg beobachtet den Bären hinter dem Graben. Teddy, sagt Jörg, Teddy patscht mit einer Pranke gegen die andere, zeigt das Gemüt eines halbjährigen Kindes. Jörg möchte mit Teddy spielen, und Carla erklärt, daß das nicht geht, denn Teddy ist ganz groß, und Jörg ist ganz klein. Der Graben ist tief, und die Mauer ist hoch, und man muß noch viele Tiere besuchen. Pfau und Hirsch, Wildschwein mit seinen Kindern, eine Antilopenherde galoppiert über ein Hügelchen, bremst vor dem Zaun, kann sich wohl Galoppieren ohne hartes Stoppen nicht vorstellen. Im Tropenhaus ist ein Kunsturwald aufgebaut mit zementnen Bäumen und einem Wasserfällchen und Schlinggewächsen, Vögel flattern, von einem Betonast äugt ein Kuhreiherpärchen in ein Becken hinab, dort schlummert satt und rosig ein Tapir. Carla und Jörg sind die einzigen Gäste, Carla hebt Jörg aufs Mäuerchen, damit er den Tapir sehen kann. Eine Wärterin kommt hinzu, redet zum Tapir wie zu einem Kind: Nu, Matzl? Matzl hebt das Schnäuzchen, Matzl lebt in einer heilen Welt. Matzl stammt aus dem Dresdener Zoo, erläutert die Wärterin, ist Leihgabe wie alle Tiere. Ausgeborgt ist auch das Krokodil im anderen Becken, hat Fleischbrocken vor seinem Maul, fürchtet keinen Konkurrenzkampf. Jörg will Stufen hinauf, will von oben auf Leihtapir und Leihkrokodil hinabschauen. Eine Bronzeplastik steht an der Seite der Treppe, ein kleiner nackter Junge streckt vergnügt die Ärmchen, hebt das Bein, tanzt, hüpft. Mit ihm ist Jörg gut Freund, zeigt auf das Pimmelchen, so was hat er auch. Dann hören sie auf das Gezwitscher von Reisfink und Tigerfink, von Orangebäckchen und Schamadrossel, von Schönbürzel und Goldbrüstchen. Die Wärterin ist mit einem Eimer nachgekommen. Da pfeift einer, sagt sie, ich möcht bloß wissen, wer das ist. Vielleicht hat das einer vom Papagei gelernt? Carla sucht im Kunstdschungel, da ist Gehüpf und Gezänk und Geliebel, da linsen Vögel aus Nestern und unter Blättern hervor, aber wer da pfeift, das weiß auch sie nicht.

Eine Schulklasse lärmt herein, die Wärterin bezieht Posten, damit nicht trotz aller Warnschilder dem Leihmatzl eine Leberwurststulle aufgedrängt wird, da beugen sich Kinderköpfe zum Krokodil, da wird gestritten, ob es ein Bein abbeißen kann oder nur einen kleinen Finger, da zeigt Jörg noch einmal auf das bronzene Pimmelchen; hinaus aus dem Gelärm geht Carla mit Jörg. Sie wird durchs Kaufhaus streunen, wird Sessel und Teppiche und Wandbehang begutachten, wird vielleicht den Kaderleiter fragen, ob er Arbeit für sie habe, gekoppelt mit Krippenplatz für Jörg. Ihr macht es nichts aus, eine Weile als Packerin zu arbeiten, sie kann nicht immerzu Leihteddy und Denkmalsbock besuchen.

Abends kaufen Carla und Gert Kinokarten. Sechsunddreißig Menschen, verstreut über weite Stuhlreihen, erleben, wie sich Herzchirurgin und berühmter Mime, verheiratet seit sieben Jahren, durch sechs Tage ihres Lebens quälen. Nicht ein einziges Mal schreibt das Drehbuch vor, die Ärztin habe zu lachen. Sie operiert, Patienten sterben, ihren Mann trifft sie abends, wenn sie erschöpft ist, und der eilt agil zur Vorstellung. Ein anderes Ehepaar: Der Mann ist Arzt, die Frau führt das luxuriöse Haus und schwört, neunstündiger Schlaf sei die beste Kosmetik. Wie, überlegt Carla, soll man leben? Sie hat gelernt in den Deutschstunden, daß man aus einem Kunstwerk Lehren ziehen muß für das eigene Sein. Man darf nicht stur sein wie der Bauer Kraske; aus dem Verhalten von Pawel erkennen wir; Georg Heisler gewinnt seine Bedeutung durch. Hier? Nie möchte sie ein Leben führen wie die Chirurgin. Sie möchte auch nicht das Püppchen sein, mit dem der Mann spielt. Auf dem Nachhauseweg schimpft Kohler: Könnte mir gestohlen bleiben, Frau Doktor, schön, aber jeden Augenblick ist sie mit den Nerven runter, mich hätt's nicht gewundert, wenn der Mann abgehauen wäre.

Carla und Gert bummeln am Tierpark vorbei, jetzt schlafen Protzbock und Teddy und Leihmatzl, hat der Kuhreiher den Kopf unter den Flügel gesteckt. Ein dreiviertel leerer Ikarus rauscht über die Brücke, nur hinter wenigen Fenstern brennt noch Licht. Wer nicht fernsieht, schläft, nicht jeder, der fernsieht, ist wach; Hoyerswerda muß zeitig auf den Beinen sein.

7. Kapitel

Kumpel Rappe

1. Der erste Schnee hält nicht lange; als Carla, Gert und Jörg am Tag vor Weihnachten nach Leipzig fahren, sind die Äcker wieder braun. Selbst Carla lacht, als Gert von ihren Kochversuchen erzählt; Gert sagt Mama und Papa zu seinen Schwiegereltern, fachsimpelt mit dem Schwiegervater: Schuberts Stallbeleuchtung, Hans Riesolts Dachrinne über dem Balkon. Eng ist es diesmal: Der Gefreite Rolf sitzt neben Tina, redet nicht viel, und wenn, fehlt selten eine dieser Prägungen: Geht ganz schön rund. Oder: Bricht alles zusammen. Tina strengt sich an, Rolf in die Unterhaltung zu ziehen, aber Rolf taut erst auf, als Hans Riesolt nach der Bewaffnung eines Schützenzuges fragt. Gert Kohler, der Reservist, steuert Kenntnisse bei, Rolf schildert Feuerkraft, schließt: Da geht's rund. Riesolt fördert Verschüttetes aus seinem Gedächtnis: Die MPi 38 mit ihrem Stangenmagazin, jeder war scharf auf eine russische MPi, aber woher Munition nehmen? Der Gefreite nickt: An der Ecke brach's zusammen. Helga Riesolt türmt Kuchen auf, Gert und sein künftiger Schwager veranstalten ein Wettessen, Rolf gewinnt, wie Gert formuliert, um Krümellänge. Gegen Abend bietet Rolf ein Bierduell an, aber Gert lehnt ab: Er ist außer Form. Tinas Gesicht ist zugesperrt dabei; als Carla mit Gert allein ist, vermutet sie: Tina wird ihrem Verlobten die Leviten lesen. Vielleicht bricht bei den beiden noch mal alles zusammen?

Am zweiten Weihnachtstag essen Carla und Gert bei seinen Eltern, einmal sagt Gerts Mutter: euer Junge.

Nachmittags bummeln sie durch Passagen, entdecken eine neue Gaststätte. Hähnchen kreisen auf Etagen wie bei einer erzgebirgischen Weihnachtspyramide. Gert Kohler vergleicht mit seinem Rost in Markkleeberg. Hier zu braten, findet er, ist keine Kunst.

Kohler kann nur drei Tage bleiben, Carla und Jörg kommen eine Woche später nach. Kalt und leer ist es inzwischen in der Wohnung im WK 2, Frost fällt von Polen ein, Wind weht ohne Schnee. Wieder klappert Carla Betriebe ab, wird auf Wartelisten gesetzt, aber niemand nennt ihr einen Termin. Einmal betrachtet sie das neue Krankenhaus, vertieft sich in ein Metallrelief an einem Giebel. Manche höhnen, hat sie gehört, das sei kein Arzt, der sich über einen Kranken beuge; zwei Ringkämpfer würden sich auf die Matte schleudern. Carla kann nicht spotten, sie weiß, wenn ihre Zeichenversuche keinen anderen Wert gehabt haben, so doch den: Nie mehr wird sie nach dem ersten Blick mit dem Urteil fertig sein: So'n Mist. Ob sie sich selber wieder zu einer Zeichnung aufrafft? Sie ist, merkt sie, auch in dieser Beziehung nicht in Form.

Der Januar bringt Kälte und Schnee, Leitungen reißen, Imhoff und seine Leute kommen nicht aus dem Trab. Kohler schimpft nicht, Kohler braucht jede Mark. Einmal nach Schichtschluß überlegt er: Kaufst du jetzt zehn Zigaretten, wirst du heute abend fünf rauchen, hast du morgen noch fünf, kannst du über den Tag hinkommen. Kaufst du zwanzig, werden sie auch alle. Er legt die Zehnerpackung in den Korb, vor dem Bonbonstand schätzt er ab, daß nicht mehr viel Zeit vergeht, und er wird Jörg hin und wieder etwas mitbringen müssen. Was heißt müssen: Er wird es gern tun.

Vor der Kasse besinnt er sich auf den Heimweg nach dem Besuch bei Moni. Da hat er geträumt, er habe chinesisches Schweinefleisch und rumänischen Gemüsesalat und bulgarischen Wein gekauft; jetzt begnügt er sich mit zehn Zigaretten, damit das Geld für den Kühlschrank schneller zusammenkommt. Guter Hausvater. Guter Familienvater. Guter Vater? Alles braucht seine Zeit.

Draußen hat eine Frau den Sportwagen ihres Jungen mit Netzen behängt. Jetzt lockt sie: Komm schnell, sonst kippt der Wagen um! Steig ein, ganz fix! Eifrig klettert der Junge auf den Sitz, erfüllt von seiner Wichtigkeit. Kohler findet den Trick gut, will ihn sich merken.

»He, Gert!«

Kohler bleibt mit einem Ruck stehen, daß seine Tasche nach vorn schwingt. Das ist die Stimme von Rudi Rappe, wie kommt Rappe hierher, wer hat dem gesagt, daß Kohler hier ist, der soll abhauen, es kann nicht Rudi Rappe sein. Kohler wendet den Kopf, es ist nicht Rappe, es ist ein Mann in einem grünlichen Mantel mit dickem Wollschal, mit einem Hut. Der Mann kommt näher, es ist doch Rappe, ein neuer Rappe, genau wie er nicht mehr der Kohler ist, der im Gefängnis war. »Rappe«, sagt Kohler mit einer Stimme wie nach fünf Monaten Einzelhaft, »was machst denn du hier!«

»Ich hab dich gestern gesehen, aber du warst zu weit weg, ich wollte nicht durch die Gegend brüllen. Und ich hatte auch keine Zeit. Mensch, Gert, alter Junge, wie geht's?«

Kohler freut sich, freut sich nicht, möchte mit Rappe ein Bier trinken und ihn fragen, wer entlassen ist, mit wem Rappe zusammen war, was der macht, was jener macht. »Wann bist du denn raus?«

»Vor sechs Wochen.« Rappe bietet zu rauchen an, natürlich ist Rappe ohne Zigaretten nicht denkbar. Über Frauen macht Rappe eine Bemerkung, wie Kohler sie von Rappe erwartet hat. Rappe muß nicht mehr Kinosperre oder Arrest riskieren wegen einer Wachtmeisterkippe; er kann aus voller Schachtel qualmen, ist von Läden und Automaten umgeben, Rappe ist raus, Rappe ist voll da. »Junge«, sagt Rappe, »ich hab rumgehorcht, wo du wohnst, ich war oben bei dir, deine Frau sagt, du müßtest gleich kommen.«

Jetzt wird Kohler nur noch von einem Gedanken, einer Angst gepeinigt: Hoffentlich hat Rappe den Junge nicht gesehen. Nur von einem Wunsch: daß Rappe verschwindet, daß er nie wieder auftaucht.

»Ich komm mal einen Sprung zu dir mit rauf. So was muß man begießen.« Rappe zieht eine kleine Flasche Wodka aus der Tasche. »Junge, du glaubst nicht, wie ich mich gefreut habe, als du vor mir über die Straße liefst! Mensch, hast du Schwein, schon 'ne Wohnung!«

Kohler hat noch nicht gesagt, daß Rappe mit hinaufkommen soll. Er steht wie gelähmt. Rappe hat ihn gestern gesehen, Rappe hat vielleicht ein paar Tage in Hoyerswerda zu tun. »Bist wieder in Berlin?«

Rappe schüttelt den Kopf. »Alle paar Jahre mußt du die Tapete wechseln. Bist doch auch nicht in Leipzig geblieben.« Rappe arbeitet am Tagebauaufschluß, Entwässerung, Bohrung, wohnt in dem Lager, in dem Kohler gewohnt hat. »Also, wollen wir einen kippen?«

Das hat Rudi nicht verdient, findet Kohler, daß ich ihn hier stehenlasse. Rudi war immer Kumpel. Aber ich hab's auch nicht verdient, daß mir diese Schandschnauze über den Weg läuft. Und wenn Rappe mir zehnmal verspricht, daß er nichts weiterquasselt: Wenn er einen getrunken hat, vergißt er alle Eide. Kohler besinnt sich: Ich habe Rappe ja noch gar nicht betrunken erlebt. Und ich kann immer noch sagen, der Junge sei von der Schwester meiner Frau, den hätten wir mal zu uns genommen. »Klar, gehen wir rauf.«

Oben beträgt sich Rappe ausgesprochen manierlich. Er entschuldigt sich, daß er Dreck in die Wohnung schleppt. Kann er bitte einen Scheuerlappen haben? Er wischt an seinen Absätzen herum, zwischendurch erzählt er Carla, daß er ihr Bild in Gerts Spind gesehen hat, und alle haben gesagt: Hübsche Frau hast du! Und nun stellt er fest, daß die Wirklichkeit weitaus verblüffender ist. Carla lacht. Carla bringt Aschbecher und Gläser.

Neben der Garderobe liegt ein Gummiball, Kohler stellt den Fuß davor. Noch hat sich Jörg nicht gemeldet, Jörg schläft meist um diese Zeit, und länger als eine halbe Stunde wird Rappe nicht bleiben. Und wenn, dann behauptet Kohler, daß er noch etwas besorgen muß, dann geht er mit Rappe hinunter und sagt ihm, daß er sich freut, ihn getroffen zu haben, aber seine Frau will nicht, daß er mit alten Kumpels Verbindung aufnimmt. Er nimmt Rücksicht, seine Frau hat genug durchgemacht. »Nun laß das Gefummel! Was macht Klemmbrett-Ewald? Und Locken-Ernst?«

Rappe dreht die Flasche auf, gießt ein, sie kippen den Wodka, Rappe raucht und erzählt, vom Essen drin und vom Volleyball und vom Fernsehen und wie es blödes Gerede um einen Ausbruchsversuch gegeben hat, aber wahrscheinlich war's gar keiner, da hat sich bloß einer wichtig machen wollen, im Knast darfst du nischt glauben.

Carla setzt sich dazu, hat ein anderes Kleid angezogen, Rappe schenkt ihr sofort ein. Kohler will das Gespräch beim Knastthema halten, fragt nach Dingen, die ihn nicht interessieren. Erst acht Minuten sind vorbei, er wird Rappe keine halbe Stunde hierlassen, nach zwanzig Minuten wird er so tun, als wäre ihm etwas eingefallen: Er hat sich mit jemandem verabredet, dem er beim Garagenbau helfen will, da wird hübsch was rausspringen, den darf er nicht warten lassen.

»Prost, Frau Kohler!« Rappe hebt das Glas. »Alle Hochachtung. Gert wird Ihnen ja erzählt haben, wie viele Frauen sich haben scheiden lassen. Als ich Ihr Bild sah, hab ich gleich gesagt: Die hält zu dir! Stimmt's, Gert?«

Kohler besinnt sich nicht, stimmt trotzdem zu. Er sagt: »Ich denke schon gar nicht mehr soviel an den Knast. Am Anfang hab ich kaum von was anderem reden können. Aber du lebst dich wieder ein, und vielleicht erinnerst du dich nach ein paar Jahren nur an das bißchen Spaß. Erzähl mal das Ding, als sie dich mit den Kippen erwischt haben!«

Carla fragt: »Möchten Sie Tee?«

Rappe hebt beide Hände. Vielen Dank, er ist hier so reingeschneit, wenn er mal wiederkommen darf, dann gern, aber er verabschiedet sich ja sowieso gleich.

In diesem Augenblick stößt Jörg diesen kleinen glicksenden Laut aus, mit dem er gewöhnlich sein Wachsein meldet. Kohler fragt sofort, redet sofort: Mensch, als wir uns das erstemal sahen, das war während der Freistunde, später war Jack unser Brigadier, weißt du noch, die Schote mit den Briefmarken, als jeder erzählt hat, was er von Briefmarken wußte? Da hat Jack die ganze Zeit zugehört, und als alle ihr Pulver verschossen hatten, ist er mit seiner Story rausgerückt: Sein Großvater, der Oberförster, besaß Sachsendreier *bogenweise,* und wenn Jack besonders brav war, hat ihm der Großvater die Sachsendreierbogen gezeigt. Keiner aus der Brigade hat das geglaubt, aber alle sind gespannt gewesen, wie Jack seine Geschichte hinbiegen wird, und Jack hat den Dreh gefunden: Ich hab euch schon mal erzählt, daß mein Großvater schwermütig geworden ist, und da hat er in einem Anfall seine Briefmarkensammlung verbrannt.

Da meldet sich Jörg wieder, jetzt energisch, verwundert, daß sich noch niemand über ihn gebeugt hat. »Ich komme gleich wieder«, sagt Carla. Jetzt hat es keinen Zweck, daß Rappe weitererzählt, Kohlers Frau ist draußen, und Kohler kennt alle Geschichten. Irgendwas mit Kohler stimmt nicht, Rappe merkt es, Kohler ist fahrig, vielleicht ist doch nicht alles in Ordnung, wie es auf den ersten Blick schien: Frau, Wohnung, das Gefängnis halb und halb vergessen. »Einen trinken wir noch«, schlägt Rappe vor, denkt: Wenn Kohler nicht sagt, daß ich wiederkommen soll, ist alles klar.

»Wir haben das Kind von meiner Schwägerin da«, lügt Kohler. »Die mußte zu 'nem Lehrgang.«

»Und bei euch?« fragt Rappe. »Ihr hattet doch keine Kinder, oder wie?«

»Nee«, antwortet Kohler rasch, »und jetzt ist erst mal was anderes wichtiger. Ehe du hier einen Krippenplatz bekommst.« Er stößt heraus, während er an die Uhr blickt, den Überraschten spielt: »Mensch, das hätte ich bald vergessen, ich muß noch mal fort!« Das Märchen mit dem Garagenbau tischt Kohler auf, macht es nicht sonderlich geschickt. Da tritt Carla ein, trägt Jörg auf dem Arm. Kohler steht sofort auf. »Also entschuldige«, sagt er hastig.

Rappe trinkt im Stehen sein Glas aus. Jörg hat seine Augen wach und aufmerksam auf den fremden Mann gerichtet; Rappe stupst auf die Fäustchen, sagt: »Na, du?«

»Wollen Sie schon gehen?« fragt Carla. Da wirft Jörg seine Ärmchen um ihren Hals, drückt sein Gesicht an ihre Wange. »Immer zur Mutti!« sagt Carla. »Daß du immer zur Mutti mußt!« Sie schiebt Jörg ein Stückchen weg, aber er klammert sich fest. »Willst du nicht mit Papi spazierengehen?«

Rappe klapst Jörg auf den Po, sagt: »Mach's gut, kleiner Mann!« Allerhand Verwunderung ist in ihm, ein paar Zahlen schieben sich durcheinander, seit wann Kohler wieder aus der Haft heraus ist und wann er eingesperrt wurde, wie alt dieser Junge sein könnte und auch: Das *ist* die Frau, deren Bild in Kohlers Spind stand, und der Junge sagt Mutti zu ihr, und Kohler hat gesponnen, es wäre das Kind ihrer Schwester, und Kohler hat ihn schon vor einer Viertelstunde loswerden wollen.

»Ich komme mit runter«, sagt Kohler. Als er an Carla vorbeigeht, sieht sie, daß etwas Fürchterliches geschehen sein muß; so verstört hat Gert ausgesehen, als der Staatsanwalt den Antrag stellte. Irgend etwas bedroht sie, sie weiß es im Augenblick nicht, ahnt es Minuten später, als sie Jörg auf das Fensterbrett gestellt hat und die beiden Männer die Straße entlanggehen sieht, als Gert und Rappe vorn an der Ecke stehenbleiben. An dieser Ecke dreht sich Gert immer um, winkt, aber jetzt wird er nicht winken, sie weiß, warum, sie glaubt in diesem Augenblick, daß sie alles falsch gemacht hat, sie hätte Rappe gleich fortschicken oder Jörg aus seinem Bettchen nehmen und mit ihm heimlich hinuntergehen sollen, ehe er aufwachte, oder irgend so etwas Halbes, Schiefes, Verlogenes. Wegen Rappe? Wer in aller Welt ist Rappe?

Vorn an der Ecke kämpft Kohler vergebens gegen sich an, will bitten: Erzähl keinem von dem Jungen! Und wo wir waren. Er bringt es nicht fertig, hat nicht gehört, was Rappe inzwischen gesagt hat. Rappe merkt, daß er an Kohler vorbeiredet, rechnet nach, nennt ein paar Namen: Der ist jetzt in der Spulerei, zu dem hat der Staatsanwalt gesagt: Wenn er sich weiter so führt und in seiner Arbeitsleistung nicht nachläßt, ist er vielleicht zu Ostern draußen. Jetzt bleibt Kohler die letzte Gelegenheit zu sagen: Du, erzähl das keinem, das mit dem Jungen, hörst du? Aber da hat Rappe ihm schon die Hand gegeben, da steht Kohler noch und starrt Rappe nach und geht in eine Straße hinein, die an einem Schuttplatz endet, will fort von Rappe und Jörg und Carla und dieser Wohnung und dieser Stadt und dem Kombinat, von Schubert und Adam, will weg und weiß nicht, wohin, nicht nach Leipzig und nicht an den Hähnchenstand von Markkleeberg, natürlich schon gar nicht nach Bautzen; die Sehnsucht des Willy Kufalt ist nicht seine Sehnsucht, im Knast im Bett zu liegen und in aller Ruhe eine Zigarette zu rauchen. Aber was und wie und wohin?

Er steht vor dem Schutthügel, um den ein Pfad herumführt. Von hier sieht Kohler die Blocks von WK 8 mit den flachen Dächern und den Balkonreihen, hofft einen Augenblick lang, er könnte hinauf zu Carla und Jörg, aber er sieht Rappes bewegliches, füchsisches Gesicht, wie er dem Jungen auf die Hände geklapst hat, da hatte Rappe natürlich schon alles begriffen, hat sich vorgestellt, was das für eine tolle Geschichte abgibt, wenn er einen trifft: Kohler, den kennst du doch, und nun stell dir vor! Und wie Rappe heute abend in seiner Baracke quatscht: Mensch, hab einen getroffen, Kind von der Schwester seiner Frau, und dann kommt die Frau rein: Vielleicht nimmt dich der Papi mal mit? Alles umsonst, die Flucht hierher und das Rackern, da kommt so ein Idiot und schlägt alles zusammen. Und Carla, mußte Carla sagen: immer zur Mutti? Carla hätte wissen müssen, was sie damit anrichtete, sie hat ihn überhaupt nicht begriffen, hat nichts begriffen. Kohler sieht Rappe in einem Barackenraum, Rappe erzählt und schwingt die Zigarette dabei; als er fertig ist, springen Münder auf, Lachen, Brüllen dröhnt, Mensch, das ist die Schote überhaupt! Rappe hat wieder sein Ding, und morgen werden andere weitererzählen: Hast du schon Rappes neueste Story gehört? Da stellt sich Kohler vor, wie er auf Rappe einhämmert, wie Rappe nach hinten kippt, wie damals der Brigadier über das Band gekippt ist. Da bricht alles Lachen ab, da steht Kohler wie Cassius Clay in seiner besten Zeit, und jeder in der Baracke weiß, daß er k. o. geht wie Rudi Rappe, wenn er noch zu lachen wagt.

Kohler kehrt um, geht so, daß er nicht noch einmal in seine Straße hineinblicken kann. Er will nicht denken müssen: Hinter dem Fenster dort Carla und Jörg, dein Fenster, unser Fenster. Alles umsonst und alles kaputt. An einen erinnert er sich, den sie Dschungel nannten, weil er als Fremdenlegionär in Vietnam gewesen ist.

Das war kurz nach dem Krieg, da kam er von einer Hamsterfahrt nach Hause, da fand er seine Frau mit einem anderen im Bett, da setzte er sich auf die Bahn und fuhr in die französische Zone und meldete sich zur Legion, und eine Woche später war er in Marseille und drei Wochen später in Sidi-bel-Abbès. So was brächte ich jetzt auch fertig, denkt Kohler, alle Brücken abbrechen und auf und davon. Aber in Sidi-bel-Abbès ist Dschungel wieder zur Besinnung gekommen.

Kohler biegt aus seinem WK heraus, quert die Kreuzung der Fernverkehrsstraßen, liest vier Richtungsschilder, die Straße nach Westen führt nach Leipzig, nach Norden käme er zur Küste. Kohler dringt durch Gassen in die Innenstadt vor, steigt in den Ratskeller hinunter, bestellt Bier und Korn und denkt an Dschungel und Rappe und Carla, an Carla in der Laube am ersten Abend, an Benning, den Spinner, der ihm eingeredet hat, wo Liebe wäre, wäre Verzeihen, und nach dem Verzeihen gäbe es größere Liebe.

»Die Küche macht gleich Schluß«, sagt die Kellnerin. »Wenn Sie noch was Warmes wollen.«

Kohler schüttelt den Kopf. Noch ein Bier, nimmt sich vor, sich nicht zu besaufen, Saufen ist kein Ausweg. Fremdenlegion ist kein Ausweg; braune Weiber in den Puffs von Sidi-bel-Abbès und all diese beschissene Romantik, das gibt's gar nicht, du kannst oben an der Küste anfangen, aber vorher mußt du kündigen, und wenn du erst mit Papier zu tun hast, ist das Schlimmste schon vorbei.

Noch ein Bier und noch ein Schnaps, Kohler denkt: Benning möchte ich jetzt hier haben, Doktor Reginald Benning, ohne den ich mich damals hätte scheiden lassen, dann wohnte ich jetzt bei Sonja, dann wüßte jeder: Ihre Kinder, nicht meine Kinder, verwitwet, sie heiraten nicht, weil sonst die Rente futsch wäre. Und Sonjas Kinder würden zu ihm Gert sagen, nicht Papi.

Kohler trinkt noch ein Bier, spürt ein flaues Gefühl vom Magen herauf, das kennt er von der U-Haft her, wenn er merkte, daß der Vernehmer wieder etwas aufgedeckt hatte, noch ein paar Meter Rohr und noch einen Nachtspeicherofen, wenn er selbst Haken schlug, wenn der Vernehmer sagte: Ich wundere mich, daß Sie Kohler heißen; Sie benehmen sich, als hießen Sie Hase. Kohler fingert die letzte Zigarette aus der Schachtel, ist verblüfft, daß er schon soviel geraucht hat. Er glaubt, Rappes Stimme zu hören: Mensch, der hat die ganze Zeit das Bild seiner Alten im Spind gehabt, hat sich sonstwas eingebildet, und dann kommt er raus, und siehe da! Wieder brüllendes Gelächter, Kohlers Hals wird eng, er wird Rappe in die Schnauze schlagen, nicht so'n kleiner Klaps: Du sollst das nicht wieder tun, sondern richtig in die Fresse, wie er den Brigadier übers Band gefeuert hat, wie er sich hundertmal ausgemalt hat, daß ihm Barnitzke in die Faust hineinfällt. Noch ein Bier, und dann versteht er Dschungel. Noch ein Bier, Zigaretten gekauft und überlegt, Küste vielleicht, neu anfangen, Jörg kann nichts dafür, aber er selbst kann auch nicht dafür. Hochseefischerei, die annoncieren immer. Er pfeift auf Qualifizierung, schuftet als Decksmann auf einem Logger, harte Arbeit, gutes Geld. Nicht wie Kufalt, er faßt kein Ding an. Kohler blickt auf die Uhr, es ist fast neun, um sechs beginnt seine Schicht, er muß aufhören mit Saufen, muß schlafen, wenn er morgen klaren Kopf haben will. Aber wer kann schon klaren Kopf behalten, wenn gerade jetzt Rappe erzählt: Also da will er mir das Ding unterjubeln, das Kind von der Schwester seiner Frau, und dann kommt sie rein, und Mutti und Papi, und Kohler... Wie, denkt Kohler, habe ich in dieser Minute ausgesehen? Ich muß mit jemandem reden. Raus und weg mit diesem verdammten Druck. Kohler winkt nach der Kellnerin; im Hinausgehen kauft er eine Taschenflasche Wodka.

Er ist auf dem Weg zu Sonja Merker, merkt es erst auf halbem Weg. Der Wind ist stärker geworden, Kohler spürt ihn kalt auf Stirn und Schläfen, es ist böser böiger Wind, der um die Ecken stößt. Auf dem Meer wird der Wind noch kälter sein, wird Wasser hochpeitschen, Kohler wird mit dem Messer auf Berge von Fisch loshacken. Decksmann Kohler, Fischmann Kohler, nach Fisch stinkend, aber sein Geld stinkt nicht.

Da steht Kohler vor dem Haus, in dem Sonja Merker wohnt, alles ist dunkel, er biegt um das Haus herum. Licht brennt hinter dem Küchenfenster, er geht zurück, klingelt. Genau weiß er nicht, was er hier will.

»Ja?«

Oben ist ein Fenster halb geöffnet, dahinter ist es dunkel. Kohler nennt seinen Namen, sagt: »Ich muß dich sprechen.«

»Jetzt?«

Das Fenster wird geschlossen, Licht flammt im Treppenhaus auf, ein Schatten wandert hinter den Fenstern zwischen dem dritten und dem zweiten, zwischen dem zweiten und dem ersten Stock. Je näher dieser Schatten kommt, desto zuversichtlicher wird Kohler: Sonja wird ihn mit hinaufnehmen, er ist in Not. Schatten fällt auf die Haustür, Sonja Merker öffnet, trägt eine Kittelschürze, ihr Haar ist nicht sehr ordentlich. Was hat er sich bloß vorgestellt, Sonja in einem Morgenmantel, Spitzenwäsche darunter, als habe sie ihren Geliebten erwartet? »Ich hab noch gewaschen«, sagt sie, »was ist denn los?« Sie besteht auf keiner Antwort, als sie Kohlers Gesicht unter der Treppenhauslampe sieht. »Mach leise.«

Kohler faßt ans Geländer bei jedem Schritt, blickt auf Sonjas Beine, blasse Beine ohne Strümpfe. Er ist ein Spinner gewesen, weiß er, wahrscheinlich sind ihre Hände feucht, und ihr Haar riecht nach Brodem.

»Hast du getrunken?« Sie wartet die Antwort nicht ab. »Ich mache dir einen Kaffee.« Sie öffnet die Tür zum Wohnzimmer, schiebt ihn hinein.

Kohler weiß noch immer nicht, was er sagen will. Ich muß dich sprechen, das ist so eine Formel. Worüber sprechen? Er zieht Zigaretten aus der Tasche, steckt sie wieder ein. Er hat zuviel geraucht, er wird eine Tasse Kaffee trinken, wird Sonja nicht mit seinem Kram belästigen, es war Irrsinn, hierher zu kommen, aber schon das tut gut: daß für ihn Kaffee gekocht wird. Dann wird er nach Hause fahren, wird mit Carla reden. Wird nicht mit ihr reden, wird schlafen, wird morgen Rappe aufstöbern und ihm klipp und klar sagen, was gewesen ist, und daß Rappe die Schnauze halten soll.

Als Sonja ins Zimmer kommt, hat sie ein Kleid übergezogen und das Haar gekämmt, hält Teller und Tasse in der Hand. »Ich hab dir ein Brot gemacht. Was ist denn los?«

»Bin bloß vorbeigekommen und hab Licht gesehen, und da dachte ich …«

»Weißt wohl nicht, wie spät es ist?« Sie glaubt ihm nicht, er sieht nicht aus wie jemand, der nur auf ein Viertelstündchen heraufkommt. »Fünf Minuten später wäre ich im Bett gewesen.« Er ist krank, denkt sie, oder es ist etwas Schlimmes passiert. »Etwas mit deiner Frau? Oder mit dem Jungen?«

»Gar nichts.« Kohler beißt ins Brot; wenn er kaut, muß er nicht reden.

»Mußt ganz schön getankt haben.« Eines ist ihr klar: zwanzig Minuten, dann schickt sie ihn weg. Das wäre ja nun das letzte: trinken und sich besinnen, wo sie wohnt, und rasch ein bißchen Liebe mitnehmen wollen oder das, was man in diesem Zustand für Liebe hält. »Das machst du nicht wieder, hörst du?«

Kohler brummelt, sieht sie nicht an. Er hat alles falsch gemacht, das weiß er.

»Eben dachte ich, du schläfst ein. Erzählst du deiner Frau, daß du hier warst?« Das ist das beste, findet sie, diese Frage und ein unbekümmerter Ton, da kommt er nicht auf die Idee, läppisch und täppisch zu werden, und es ist gut, daß das Deckenlicht brennt; sie wird das Radio nicht anstellen und am Tisch sitzen bleiben. »Hast du gehört: ob du das deiner Frau erzählst?«

Kohler murmelt, das müsse ja nun nicht gerade sein. Er nimmt einen Schluck Kaffee, steckt das letzte Stück Brot in den Mund. »Wenn du mich weggeschickt hättest, wäre ich versackt.«

»Wird Zeit für uns beide.« Sonja Merker weiß, daß sie eine Klippe umschifft hat wie damals, als sie Kohler und Schubert mit heraufnahm, wie ein Dutzend andere Klippen mit anderen Männern, verheirateten und ledigen, sie hat sich ein dutzendmal einen schalen Nachgeschmack erspart, doch vielleicht wäre ein Mann geblieben? Aber auf diese Art will sie den einen nicht finden. »Also, nun los!«

Da steht Kohler gehorsam auf; an der Tür entschuldigt er sich, und draußen wirft er sich vor, daß er ein Rindvieh gewesen ist. Fischmann Kohler oder Hähnchenkönig Kohler oder irgendeine Spinnerei – dafür soll sich Sonja mitten in der Nacht interessieren? Er hat Wärme und Nichtfragen erwartet, hat sich ausflennen wollen, aber dafür ist eine Frau in einer Kittelschürze, die eben Wäsche gewaschen hat, nicht die richtige, und Sonja ist es vermutlich überhaupt nicht.

Kohler tritt in hellere Straßen vor dem Bahnhof. In sieben Stunden beginnt seine Schicht, er wird keine Bäume ausreißen. Nach Hause und noch ein bißchen schlafen, aber Carla wird fragen, er ist noch nie weggelaufen, um sich zu betrinken. Carla, er wird mit ihr alles besprechen, wenn er Rappe zurechtgestaucht hat.

Ein Bus fährt ab, Stadtlinie, mit ihm wäre Kohler in zehn Minuten zu Hause gewesen. Er könnte loslaufen, wäre in einer halben Stunde in der Neustadt, könnte zu Carla sagen: Hab mit Rappe einen draufgemacht. Nicht nach Hause, denkt Kohler. Nicht Carlas Fragen und keine Antworten drauf. Er wird im Wartesaal noch einen Kaffee trinken.

Kohler sieht Bier laufen, findet, daß ihn ein Bier jetzt nicht umwirft, daß er ein Bier in dieser Nacht, in dieser Luft braucht; Bier macht ruhig, er kann mit Bier besser nachdenken. Er wird auf die Schicht scheißen; das wäre dann seine erste Bummelschicht in Pumpe. Carla wird sich keine Sorgen machen, wird schlafen, er wird nach Hause gehen und sagen: Ich rede mit Rappe. Und du hättest natürlich nichts von Mutti und Papi quasseln sollen.

»'namd, Kohler.«

Hände vor ihm auf dem Tisch, Kohler schrickt hoch. »Ach, du bist's, Brummer.«

Adam nimmt sich vor, nicht Wasser zu predigen. Kohler ist allerdings ganz schön im Tran. »War in Pumpe«, sagt Adam, »hab mir angeschaut, wie's mit dem Essen in der Nachtschicht klappt. Trinkst du 'nen Kaffee mit?«

Lärm an einem Nachbartisch, einer hält stehend eine Rede, ein anderer hängt an seinem Arm und will ihn an den Tisch ziehen. Kohler spürt eine Welle von Müdigkeit, Schwäche, Übelkeit. Er möchte etwas mit Zitrone trinken, nicht schon wieder Kaffee, er hat eben erst bei Sonja Kaffee getrunken. Adam hat etwas gesagt, das ist nicht durch seine Müdigkeit hindurchgedrungen, durch diese Gummiwand vor den Ohren und dieses Milchglasgewoge vor den Augen. Ein Wort begreift er, Krippe, es ist vor zehn Sekunden gesprochen worden, aber erst jetzt stößt es zu seinem Bewußtsein vor.

»Kohler, ich hab mich eingesetzt, daß du eine Wohnung bekommst. Bißchen was für einen Krippenplatz könntest du tun.«

Kohler begreift jetzt jedes Wort, sieht Adams Gesicht deutlich, die Falten um den Mund, und Kohler denkt: Die kommen vom vielen Reden.

»Hast deine Arbeit immer gemacht, nichts dagegen einzuwenden. Aber stell dir vor, ich könnte in einer Kommission sagen: Kohler ist Aktivist geworden.«

Kohler tunkt den Finger in eine Bierpfütze, malt ein großes A, das heißt Adam und Aktivist und Arschloch, und ein Arschloch war er, als er zu Sonja wollte und als Benning ihn bequatscht hatte. Er hätte die Sache mit Jörg und Carla nicht anfangen dürfen, er hatte sich vorgenommen, keine krumme Sache mehr zu machen, und seine Ehe ist eine krumme Tour, alles ist krumm, was andere nicht wissen dürfen. Ob Rappe quatscht oder nicht, er hat keine Ruhe, muß endlich Ruhe finden, seine eigene Ruhe.

»Ich wüßt schon ungefähr, wie.« Adam spricht über das Pfützen-A hin von Brigadevertrag und Verantwortung für Reparaturmaterial und persönliche Konten und Aufschlüsselung auf die Brigade. Einen Augenblick lang wird ihm bewußt, daß Kohler ja wegen ausgeklügelten, hanebüchenen Diebstahls von Material ins Gefängnis gegangen ist, er findet, daß es womöglich pädagogisch geschickt ist, Kohler für Material verantwortlich zu machen. Vielleicht ist es auch falsch, man macht den Bock zum Gärtner – in der Pädagogik weiß man meist erst hinterher, ob's richtig war. Sein Kohler jedenfalls wird nicht rückfällig, den biegt er hin, in den hat er allerhand Mühe investiert, auch Interesse. »Hörst du, Konto für die Brigade, und jeder hat seinen Anteil. Man kann's so und so machen, weißt du doch. Bist doch 'n alter Hase.«

Alter Hase, krumme Tour, Hase schlägt krumme Haken, Sie reden, als ob Sie Hase hießen. Kohler nimmt den Finger aus der Pfütze, da merkt Adam, daß Kohler überhaupt nicht zugehört hat. »Also jetzt Schluß«, sagt Adam. »Mensch gleich zwölf.«

Draußen reden sie noch ein paar Sätze über den armen Barthel, auch Adam scheut sich jetzt nicht vor Gemeinplätzen, daß jeder mal dran glauben muß, der eine früher, der andere später. Sie fahren hinüber in die Neustadt, Adam macht einen Bogen, bis vor Kohlers Wohnung will er nicht mitgehen, schließlich ist Kohler kein Kind, und volltrunken ist er auch nicht. »Nun mach dich schnell ins Nest«, sagt Adam an der Ecke, an der sich ein paar Stunden vorher Kohler und Rappe verabschiedet haben, »und denk an das, was ich dir gesagt habe.«

Kohler sieht zwei erleuchtete Fenster, aber die sind in einem anderen Haus. Carla ist also nicht aufgeblieben, er kann nicht alles erzählen oder braucht nichts zu erzählen, weil sie schon alles weiß. Alles wieder gut – das könnte er sagen, wenn Carla auf der Couch säße, ihn fragte, ob er Tee möchte oder etwas zu essen, aber er brächte kein Wort über die Lippen, wenn sie die Nachttischlampe anknipste, unter wirrem Haar heraus fragte: Wo warst du? Er weiß nicht, wie solch ein Satz bei Carla klingt, er ist noch nie betrunken nach Hause gekommen.

Licht hinter einem Fenster verlischt, Kohler weiß plötzlich, was er tun wird: ins Kombinat fahren, sich irgendwo auf eine Bank hauen, seine Schicht herunterreißen und nach Hause gehen. Er wird Carla nüchtern und klipp und klar beichten: Das hab ich gedacht, als Rappe kam, das hab ich gesagt, aber dann hab ich die Übersicht verloren. Und Carla wird verstehen, und alles wird sein wie vorher. Keine Sekunde lang kommt Kohler auf die Idee, daß Carla wach liegt hinter dunklem Fenster, daß ihre Gedanken jagen: Gert hat mit Rappe im Gefängnis etwas ausgemacht, vielleicht rächen sie sich an jemandem, vielleicht sind sie nach Bautzen gefahren und versuchen, einen Gefangenen herauszuholen, vielleicht legen sie gerade jetzt eine Leiter an, vielleicht entsichert gerade jetzt ein Posten seine Maschinenpistole. Oder Rappe hat Gert wieder so ein verfluchtes Geschäft angeboten, Gert soll bei einer Mauserei mitmachen und kann sich nicht heraushalten, weil Rappe etwas von ihm weiß. Carla knipst die Nachttischlampe an, halb zwei schon, da hat Kohler gerade nicht nach diesem Fenster geschaut, da kämpft er noch den letzten schwachen Kampf mit sich, hinaufzugehen und alles zu sagen oder nichts zu sagen, denn vielleicht schläft Carla oder schläft nicht und ist so wütend, daß sie tut, als ob sie schliefe. Denn jetzt noch drei Stunden im Bett sind natürlich besser als drei Stunden auf einer Bank. In dieser Minute überlegt Carla wie schon ein paarmal in dieser furchtbaren Nacht, ob sie Gert suchen soll; aber wo denn nur, bei Rappe vielleicht, aber sie weiß nicht, wo Rappe wohnt. Mitten in der Nacht wird sie es von niemandem erfahren, auch nicht von der Polizei, und sie möchte nur im äußersten Notfall zur Polizei gehen und sagen, daß sie Carla Kohler heiße und ihren Mann suche, vorbestraft, der mit einem gewissen Rudi Rappe, ebenfalls vorbestraft, weggegangen und nicht zurückgekommen sei. Da klappert sie eher Lokale ab, aber jetzt haben in Hoyerswerda alle Lokale geschlossen. Sie hat in Filmen gesehen, wie Frauen ihre betrunkenen Männer aus den Kneipen zerren, es wäre entsetzlich, müßte sie es tun. Gert kann jetzt in keiner Kneipe mehr sein.

Da biegt Kohler um die Ecke, an der er sich von Rappe verabschiedet hat, sehnt sich nach der Wärme einer Werkskantine, wird Kartoffeln und Kraut löffeln oder noch besser Erbsen mit Wurst. Er wird sich kalt waschen, wird seine Schicht herrunterreißen.

Eine halbe Stunde wartet, friert Kohler, dann fährt er im Bus auf leerer Rollbahn nach Pumpe, links bricht die Nacht auf, Lämpchen, Lampen, Scheinwerfer glühen.

Das ist die Kippe, auf der Kohler seine Arbeit in der Lausitz begonnen hat. Pumpe Busbahnhof, Kohler riecht das Kombinat, über ihm dröhnt, rauscht, wispert, knistert, braust, rasselt, raschelt das Kombinat.

»Viel Kartoffeln.« Die Frau hinter dem Küchenschalter langt noch einmal in den Kessel. Kohlers Gedanken sacken ab, nichts ist mehr wichtiger als Sattsein und Ruhe und die Gewißheit, daß noch vier Stunden bleiben, ehe seine Schicht beginnt. Im hintersten Raum der Umkleidebaracke liegt ein Stapel Planen, dort schiebt er eine Plane hoch, kriecht darunter. Die Kälte schlägt durch seine Jacke, hinter der Bretterwand rauscht Dampf, und Kohler schläft ein, sieht Rudi Rappe in seinen Träumen, Rudi steht mit anderen Häftlingen während der Freistunde an der Mauer und erzählt hurtig, wieselig, pfiffig. Ganz klar, was er erzählt. Kohler will Rappe unters Kinn schlagen, bringt aber die Füße nicht vom Fleck, und jetzt lachen sie, brüllen, schauen alle auf ihn, und Carla schiebt den Kinderwagen in den Hof, sie trägt dasselbe Kleid wie damals, als sie ihn am Hähnchenstand besuchte, ärmelloses blaues Kleid und gelbe Kette, sie steht mit ihm am Bahndamm, oben donnern Züge, er möchte in einem sitzen, sitzt in einem, fährt hinauf an die Küste, Decksmann Kohler, Fischmann Kohler, und Geld stinkt nicht nach Fisch.

Beim letzten Gedanken ist Kohler schon halb wach, die Planen sind hart und werden nicht warm, er muß austreten. Im Waschraum trinkt er Wasser; er kennt das: Wenn er übermüdet ist, muß er immerfort trinken, und trotzdem ist seine Kehle wie ausgedörrt. Ihn fröstelt, die Flasche in seiner Jackentasche schlägt gegen seine Brust, er schraubt den Verschluß auf, trinkt, spürt den Wodka im Magen wie einen heißen Ball. Er trinkt in kleinen Schlucken, bis sich die Wärme bis zum Hirn und bis zu den Knien ausbreitet. Dabei denkt er: Davon wirst du noch lange nicht blau, davon nicht.

Zehn Minuten vor Arbeitsbeginn schlurft Kohler den Gang zu seinem Umkleideraum entlang. Da überfällt ihn wieder die Angst, Rappe könnte quatschen, könnte schon gequatscht haben, könnte von ihm weg in eine Kneipe gegangen sein und einen seiner Kumpel getroffen und gefeixt haben: Kohler ist in deiner Brigade? Also bei dem war ich eben, Kind von der Schwester, da kommt die Frau rein, da sagt sie...

Aus dem Raum schlägt Gelächter, Kohler öffnet die Tür, da drehen sich alle Köpfe zu ihm, da brüllen sie los, Keßler schreit am lautesten, Keßler drischt sich auf den Schenkel, zwei Meter vor Kohler ist dieses brüllende Gesicht, da fährt Kohlers Faust durch diese zwei Meter hindurch, trifft Keßler unter dem lachenden Mund, am Kinn, am Hals, da bricht das Lachen gurgelnd ab, Kohler packt Keßler, stürzt mit ihm über die Bank, holt im Fallen aus, schlägt, wie er Barnitzke hat schlagen wollen, hört Schreie, seine Faust wird zur Seite gedreht, er fällt mit dem Gesicht auf Keßlers Gesicht, spürt Speichel an der Nase, vielleicht Blut, wird hochgerissen und gegen einen Spind gepreßt, ein Schlag ruckt ihm den Kopf in den Nacken. Vor ihm liegt Keßler, der Kopf kippt hin und her, die Augen sind geschlossen. Zwei heben Keßler auf, setzen ihn auf die Bank. »Loslassen«, keucht Kohler, »verdammt noch mal, ihr sollt loslassen!« Keßler schnauft, schüttelt sich, spuckt Blut. Da drängen Männer von anderen Brigaden durch die Tür, zwei bringen eine Trage und drücken Keßler darauf, der sich schwach sträubt, aber doch hinlegt. Wieder schieben sich welche herein und fragen, was los sei, bis Imhoff brüllt, gar nichts sei passiert, alle sollten sich rausscheren, die nicht hierher gehörten.

Schubert fragt leise: »Soll ich irgendwas hinbiegen?«

Kohler begreift, daß Schubert bereit ist, für ihn auszusagen, auch wenn es nicht ganz oder fast nicht stimmt. Er schüttelt den Kopf. Hat so was Zweck?

Warum hat er bloß geglaubt, sie lachten über ihn, warum ist er eben so sicher gewesen, daß Rappe mit Keßler zusammengetroffen ist und dem erzählt hat, wie Kohlers Frau mit einem Kind ins Zimmer trat? Kohler schreit: »Dem Keßler ist doch nichts passiert?«

»Du bist ganz ruhig«, sagt Imhoff. Sein Mund ist so klein, daß er fast unter dem Bärtchen verschwindet. »Mensch, was hat dir denn Harry getan?«

Es ist still um Kohler, er blickt in Gesichter, die wie aus Stein sind. Alles kaputt, denkt Kohler, nun ist endgültig alles kaputt.

Jemand wird anweisen, wohin er gehen und was er unterschreiben soll, Protokollfragen wird er beantworten: Wie dem Untersuchungsorgan bekannt ist, betraten Sie die Baracke und stürzten sich auf Keßler, Harry. Was veranlaßte Sie, auf Keßler, Harry, einzuschlagen? Er wird das Bier schuldig sprechen, wird Adam als Zeugen nennen. Hat sich eingebildet, Keßler lache über ihn. Warum, weiß er nicht. Weiß er nicht, Schlägerei mit Körperverletzung, war angetrunken. Tue ihm leid, er habe nichts gegen Keßler. Hoffnung dämmert: Rappe hat nicht gequatscht, so schnell spricht sich nichts rum. Das Schlimmste ist ihm erspart geblieben, sie haben nicht über ihn gelacht. Klar: Kein Wort fällt von ihm über Rappe.

»Also«, rekapituliert jemand, »Keßler erzählt Witze. Zuletzt: Was ist sexy? Sexy ist fünfy plus einsy. Kommt Kohler rein und prügelt auf Keßler los.«

Fünfy plus einsy, idiotisch, und er ist ein Idiot. »Mensch«, schreit Kohler, »ich muß völlig blöd gewesen sein! Wo haben sie denn Keßler hingebracht, viel kann doch nicht passiert sein! Keßler hat mich dämlich angeglotzt, und ich in meiner Besoffenheit!« Die Wand soll weg, es kommt nicht alles von außen, er kann eindämmen, verdunkeln: irres Mißverständnis! »Ich hab doch nichts gegen Keßler!«

»Kannst du alles andermal erzählen.« Imhoff teilt endlich zur Arbeit ein. »Du kommst gleich mit, wir bauen 'nen Motor aus.«

Das ist Knochenarbeit, Dreckarbeit. Kohlers Mund ist trocken, seine Hände sind trocken, seine Gedanken jagen: Carla, der Ball im Flur, das Kind meiner Schwägerin, an Sonjas Tisch, wenn bloß Sonja nicht quatscht. Er wird behaupten. Carla hat gesagt. Rappe hat. Fünfy plus einsy, den Witz wird er nie vergessen, er wird Keßlers Lachen nicht vergessen, nicht das Zucken durch den Körper, als Rappe ihn angerufen hat. Keßler, der arme Hund.

Nach zwei Stunden kommt Hubermann und sagt: »Kohler, deine Frau war hier. Hast dich wohl letzte Nacht rumgetrieben?« Als Kohler nicht antwortet: »Mensch, du machst Zicken!«

Kohler murmelt, er müsse austreten. Im Waschraum trinkt er, läßt Wasser übers Gesicht laufen, allmählich wird ihm klar, daß die Sache mit Keßler nicht das einzige ist, er wird sich in einer Brigadesitzung zu irgendwas verpflichten. Aber Carla wird fragen, wird nicht fragen, wird wissen. Hoffentlich ist Keßler nichts passiert.

Als Kohler zurückkommt, wartet Adam neben dem Motor. »Und ich dachte, du gehst nach Hause!«

Kohler wittert Angriffsmöglichkeit. »Hast wohl mit meiner Frau geredet. Da wird wohl hinter meinem Rükken ...!« Er merkt, daß es Adam gegenüber zwecklos ist, Theater zu spielen.

»Platzwunde am Hinterkopf. Vielleicht Gehirnerschütterung.«

»Mensch«, schreit Kohler in Adams Gesicht hinein, »ich weiß doch selber nicht, wie das alles gekommen ist!«

Aber vielleicht, überlegt Adam, kann ich mir die Wahrheit zusammenreimen, ein so großes psychologisches Kunststück wäre das nicht. Wenn eine Frau mit solchem Abirren des Blickes sagt: Da ist einer gekommen, den er von früher her kennt, sie sind zusammen weggegangen. Man wird diesen Mann fragen müssen, dann wird man wissen, worüber man redet und was man verschweigt.

Kohler stellt sich Keßler auf dem Operationstisch vor, sieht Blut und Verbandszeug. »Ich kann's doch nicht ändern«, murmelt er, »glaubt ihr mir denn wenigstens, daß mir alles leid tut? Daß mir Keßler leid tut?«

Adam sieht auf Kohlers hängende Fäuste. »Das ist ja nun das mindeste, daß dir Keßler leid tut.«

»Ich haue hier ab«, brüllt Kohler. »Ich gehe zur Hochseefischerei!«

»Erst klären wir diese Sache.« Heute nacht, besinnt sich Adam, habe ich agitiert, daß Kohler sich anstrengt, Aktivist zu werden. Wer denkt jetzt noch an einen Krippenplatz für Kohler?

2. Carla fährt vom Kombinat zurück. Sie möchte sicher sein, ob sie sich wirklich seit langem vorgenommen hat, nicht zu dulden, daß Gert den Jungen verleugnet; sie versucht, sich auf ihren ersten Abend zu besinnen, auf das kleine Lachen und das kleine Weinen, sie hat sich gesehnt, nach einem Jahr wieder am Bahndamm zu stehen mit Jörg auf dem Arm, mit Gert neben sich. Ein Dreivierteljahr ist vergangen, Gert hat nicht über seinen Schatten springen können. Vielleicht erträgt, was Gert ertragen wollte, kein Mann?

Das sind keine Gedanken für eine Fahrt im Bus, wenn Jörg von ihrem Schoß herunter will. Aber sie sind nicht neu, halbvergessene Bruchstücke drängen vor, fügen sich, vieles ist vorbedacht, vorgefühlt. Carla will nicht im Ikarus auf dem Betonband zwischen Pumpe und Hoyerswerda kapitulieren. Aus dem Gewirr von Fragen, Wünschen, Vorwürfen kristallisieren sich Sätze: Hätte Gert doch ein einziges Mal seinem Zorn Luft gemacht! Aber er hat verzeihen wollen und hat nicht verzeihen können.

Zu Hause, da ist kein Raum mehr, die Entscheidung hinauszuschieben, Carla gibt Jörg zu essen, packt seine Wäsche und etwas von ihrer Wäsche ein, stapelt, was sie nicht unterbringt, auf den Wohnzimmertisch. Dazwischen legt sie einen Briefbogen, schreibt: »Gert, ich kann nicht mehr, ich habe es versucht, wie Du es versucht hast. Aber wir haben uns beide zuviel vorgenommen. Ich fahre nach Hause. Bleib Du hier, ich bleibe dort. Was auf dem Tisch liegt ... « Sie kann nicht weiterschreiben, da sie weinen muß, möchte Gert an den ersten Abend nach seiner Entlassung erinnern, weiß nicht, wie sie sich ausdrücken soll. Vielleicht ist sie feig, egoistisch, vielleicht läßt sie Gert im Stich, kapituliert vor der letzten Hürde? Was täte Mutter? Was die Ärztin in diesem Film? Jörg wirft seine Klapper unter die Couch, sie muß sie aufheben, dann klappert er, er kräht, während sie noch immer weint. Sie schreibt: »Wir müssen jeder für sich neu beginnen.« Sie will hinzufügen, daß sie die Scheidung einreichen wird, aber Tränen machen ihre Augen blind, sie schiebt es auf, wird von Leipzig aus noch einmal schreiben. Jörg beginnt zu weinen, weil Mutti weint; sie tröstet: Wir fahren zur Oma. Wenigstens das gibt Halt: Sie wird Bohn nicht treffen. Wird manchmal abends im Bett weinen.

Jörg zappelt vor Freude, weil schon wieder ausgefahren wird. Carla schließt die Wohnungstür ab, läßt den Schlüssel durch den Briefschlitz fallen. Auf der Straße beugt sie sich über Jörg, flüstert: Mein lieber, lieber Jörg.

Im Zug nach Leipzig fällt ihr die Frau ein, die ein olivgrünes Auto wollte. Schnee liegt unter Bäumen und in Gräben, die Felder sind braun, Krähen hocken auf den Schollen. In Falkenberg quält sich Carla im Wartesaal in Besteckgeklapper und Rauch und Gulaschdunst, möchte umkehren, weiterfahren, begreift Gert, der dreißig Monate auslöschen wollte, aber alle Wünsche, Hoffnungen, Freuden und Enttäuschungen kommen immer mit. Sie grübelt, noch bevor sie Leipzig erreicht: Was hat sie gebessert, indem sie weggerannt ist?

Angst packt nach ihr, Angst wie in dem Parkstück in dieser kleinen Stadt, Harald Bohn könnte sie anherrschen: Von mir ist es nicht! Angst wie an dem Morgen, als Wehen durch ihren Leib schnitten, als sie mit Mutter vor der Haustür auf das Krankenauto wartete, als sie auf die nächste Wehe wartete, die schlimmer sein würde als die vorhergehende, als sie an Gert Kohler und an Harald Bohn denken wollte und als beide so fern und kalt waren. Angst im Zoo, Angst vor dem Bahndamm und jetzt wieder Angst vor Entscheidung und keiner Entscheidung. Damals vor der Haustür: Und wenn sie sterben müßte? Das zwar inzwischen ein anderes Sterben als in ihren Gedanken im Zug zwischen Leutzsch und Gohlis geworden, nun, da Leben aus ihr herausdrängte. Das Krankenauto kam, zwei Männer spaßten, als sie ihr hineinhalfen: In zwei Wochen hüpfen Sie wieder wie ein Reh! Angst dennoch, Angst wie vor jedem Besuch in Bautzen, sie würde losheulen müssen. Angst, als der Staatsanwalt aufstand, um die Urteile zu beantragen. Angst, als sie zum Wirte wundermild radelten. Wann ein Ende aller Angst?

Leipzig empfängt sie voller Menschen, breite Männer in Maßanzügen mit Messeabzeichen steigen vor Hotels aus Autos, wollen in Hallen verhandeln, auch trinken. Geld strömt in die Stadt, Schlangen stehen vor Intershop, Zimmernachweis, Taxiplätzen, die Stadt ist Weltstadt wie zweimal im Jahr. Krauses verhandeln mit Krupps; die Brehmer ist in eine neue Gockelbar in einer alten Passage umgewechselt, Genosse Hohlbein bereitet eine Aussprache mit westdeutschen Gästen im Wohnbezirk vor: Nato, Strauß und die neuen Nazis. Barnitzke hat, seit Wochen wieder in der Stadt, gutes Geld beim Verputzen verdient, Moni war zweimal aus mit dem Messegast der Familie. Carla schiebt den Wagen durch den Menschenstrom bei Grün über die Fahrbahn, Jörg ist weinerlich, hat nicht ausgeschlafen gehabt, als sie früh nach Pumpe fuhren. Das ist erst Stunden her, auch die Zeit zwischen jetzt und dem Auftauchen von Rappe ist noch mit Stunden zu messen, in Stunden brach zusammen, was sie in Monaten aufgebaut hat.

Die Stadt hat keine Zeit für sie, Verkehrsverstopfung am Engelsplatz ist wichtiger als Jörgs Weinen. Carla nimmt Jörg auf den Arm, verspricht, sie wären gleich bei der Oma, Opa und Tante Tina kämen; Jörg fragt: Vati nit? Da preßt ihn Carla an sich und unterdrückt das Weinen, die Bahn rumpelt an Autoschlangen vorbei; sieh mal die vielen Autos, lockt Carla, aber Jörg will schlafen, Birgit nit, Oma nit, Autos nit. Jörg muß in den Wagen zurück; als Carla ihn in ihre Straße hineinschiebt, lockt sie: Wo wohnt denn die Oma? Die Haustür ist schwer, die Tasche ist schwer, auf der Treppe wird Carla zum erstenmal ungeduldig: Jetzt gehst du aber selber, Jörg, steig! Prompt brüllt Jörg los, eine Wohnungstür wird geöffnet: Da ist ja Jörg, bist du aber groß geworden! Nicht die Oma ist es, sondern die Frau, die einmal wachgelegen und gemutmaßt hat: Soll von ihrem Chef sein. Jetzt ist sie pure Freundlichkeit: Ihre Mutter wird nicht dasein, aber Sie können zu mir reinkommen, wie geht's denn? Zehn Minuten später schläft Jörg im Bett dieser Frau, von dem aus sie vor Monaten hinaufgehorcht hat: Gehen die beiden zusammen ins Bad? Carla ist unterwegs zur Kaufhalle, sieht Mutter Tasten drükken, Ware von einem Korb in den anderen legen; Ziffern springen hinter einem Fensterchen, neun zwanzig bitte. Ein Blick ruckt hoch, Finger bleiben stehen; du hier? Ja, ich hier, ich kann dir das jetzt nicht erklären, gib mir den Schlüssel bitte, ja, Jörg ist mit, ja, nein, krank ist niemand. Helga Riesolt fingert nach dem Schlüsselbund, Carla nickt ihr zu in einer Art, die Festigkeit, Zuversicht ausdrücken soll, aber als sie das Bund daheim an den Haken hängt und ihr Blick auf die Gartenschlüssel fällt, bricht Weinen aus ihr heraus, wirft sie sich über den Küchentisch. Sie weiß, jetzt ist Weinen ohne Scham und ohne den Wunsch, es zu unterdrücken, das beste, sie wird sich ausheulen. Nach zwanzig Minuten hebt sie den Kopf, schnüffelt, wäscht sich. Zum erstenmal denkt sie: Was wird Vater sagen? Die Frau im Zug fällt ihr ein, die die schäbigen Schuhe ihres Vaters übersah. Nun endlich auch: Kann ich das Mutter antun?

Bis zum Abend stellt Carla die Wohnung auf den Kopf, putzt Fenster, weicht Wäsche ein, badet Jörg. Sie will Angst aus sich herausarbeiten, aber Angst kehrt immer wieder zurück, die Angst, als vor hundert Jahren ein Kollege Gerts mit fahrigen Händen und blassen Wangen zögernd berichtete: Vor der Umkleidebaracke nach der Schicht waren zwei Männer auf Kohler und Barnitzke zugegangen, hatten gefragt, ob sie die Herren Kohler und Barnitzke seien, hatten mit Stimmen gefragt, die ihrer Sache sicher waren, hatten aufgefordert, in einen Wagen zu steigen. Ein Wort war gefallen: Kriminalpolizei. Alte Angst, neue Angst: Wo ist Gert jetzt? Carla läßt den Staubsauger heulen, dabei fällt ihr ein, daß sie seit dem Morgen nichts gegessen hat; sie findet Schmalzfleisch, Stangenkäse, einen Rest Bohnensuppe, ißt, als ob sie am Verhungern wäre.

Vater kommt, der Jubel mit Jörg ist groß, keinen der Späße mit Opa hat Jörg vergessen. Hans Riesolt deckt mit Wiedersehensfreude seine Besorgnis zu, versucht, in den Augen der Tochter zu lesen. Ist sie noch so jung, daß sie alles erträgt, ohne daß man es ihr ansieht? Was erträgt? Hans Riesolt verbreitet sich darüber, daß sie so eine Haushaltshilfe öfter brauchen könnten; seit Mutter arbeitet, muß er seine Hemden selber waschen. Carla wartet: Warum fragt Vater nicht?

Nach dem Abendessen berichtet Carla. Ein Mann namens Rappe. Eine Nacht allein in der Wohnung. Eine Prügelei. Hans und Helga Riesolt unterbrechen nicht, drängen nicht mit Weisheiten vor: Hab ich kommen sehen. Fühlen Mitleid und suchen nach Ratschlägen und behalten sie für sich, mischen ihre Erfahrungen in andere Erfahrungen und schrecken zurück: Da könnte es eines Tages heißen: Du hast gesagt, und du hast behauptet, und wenn du mir nicht geraten hättest. Hans Riesolt fragt erst, als Carla am Ende ist: Hast du etwas von Scheidung gesagt? Das hat Carla nicht, aber sie hat daran gedacht. Hat geschrieben: Bleib Du hier, ich bleibe dort. Carla hat nicht gemildert: fürs erste. Vielleicht wäre Scheidung das beste, vielleicht käme sie schon zu spät? Vater sagt nicht: Das mußt du selber wissen. Abwarten, rät er, ich könnte wetten, daß er am Wochenende hier ist. Hans Riesolt findet, daß man dieses Thema nicht immerzu von neuem wenden sollte, es muß seinen Platz haben, hat ihn gehabt, Carla braucht nun andere Gedanken. Hans Riesolt schaltet wie immer um diese Zeit den Fernsehapparat ein, holländischer Kaufmann fordert Anerkennung der DDR durch seine Regierung, Singeklubs singen, Kugelstoßer wuchten Steinbrocken, Kiewer Spinnerinnen spinnen schneller, Wirbelsturm über Ceylon. Carla erlebt diesen Tag vor und zurück und entwirft den Brief, den sie an Gert schreiben wird. Eine Tablette wird sie vor dem Einschlafen nehmen. Besser zwei.

Ein Strand mit Palmen auf dem Bildschirm, Meereshorizont, eine Schildkröte kriecht an Land. Sie hat es schwer im Sand, denn ihr Lebensbereich ist das Wasser, aber sie überwindet die Dünen, in der Senke dahinter gräbt sie, verhindert behende, daß Sand nachrutscht, legt Eier in großer Zahl. Scheinwerfer und Kamera sind nahe zu nächtlicher Stunde, als Ei auf Ei in die Grube rutscht, und als der Tag graut, schiebt die Schildkröte die

Brutkammer zu, glättet mit kraftvollen Ruderschlägen. Zeigt ihr Gesicht nicht den Ernst, die Besonnenheit des guten Arbeiters? Jetzt, denkt Carla, wird Gert meinen Brief gefunden haben. Tränen drängen hoch, aber Carla will nicht weinen, flüchtet sich in Zorn: Gert muß den nächsten Schritt tun, muß schreiben oder kommen. Unterdessen sind Schildkrötchen beim Ausschlüpfen, arbeiten sich durch den Sand, für sie beginnt ein Rennen auf Leben und Tod, viele Meter bis zum Meer sind zu überwinden, in der Luft hängen Möwen, stoßen zu, hacken, töten, fressen, und nur hier und da erreicht ein Schildkrötenkind das Wasser, schwimmt mit zitternden Beinen. Da fürchtet Carla, die Tränen nicht zurückhalten zu können, rennt auf den Balkon.

Dann schläft sie lange nicht ein. Die Tablette wirkt nicht, Carla stellt sich Gert vor, in der Küche, im Bad, im Wohnzimmer, am Fenster im Sessel, oder ist Schubert bei ihm? Oder hat Schubert ihn mit zu sich hinausgenommen, oder hockt Gert in einer Kneipe, trinkt er mit Rappe? Ich hätte, denkt Carla, nicht fortlaufen sollen. Und: Es ging nicht anders, ich mußte fort.

Auch Hans Riesolt liegt wach und hört in Gedanken Carla sprechen und hört sich selbst sprechen und erwägt, einen Tag unbezahlten Urlaub zu nehmen, in die Lausitz zu fahren und mit Kohler, mit seinem Schwiegersohn, mit Gert, ein klares Wort zu reden. Er läßt sich seine Tochter nicht kaputt machen. Die Entscheidung ist längst für Gert gefallen, für Carla und Gert und Jörg, das wird er allen dahinten klarmachen, denen, die gelacht haben, dem, der geschlagen worden ist. Da sind wir doch noch mit ganz anderen Sachen fertig geworden. Mutter, flüstert Hans Riesolt in die Dunkelheit, paß nur auf, das kriegen wir alles wieder hin.

Am Morgen wird Carla wach, noch bevor Vater und Mutter das Haus verlassen, bleibt aber liegen. Geräusche, die sonst überlagert, verschluckt werden, dringen aus Nachbarwohnungen herüber, das Pfeifen eines Teekessels, Gezänk mit einem Kind. Carlas Gedanken gehen klar und nüchtern durch zwei Nächte und einen Tag. Sie begreift, daß sie davongelaufen ist, wie Gert aus seiner Vergangenheit davonlaufen wollte, sie möchte ihn neben sich haben und ihm sagen, daß man vielleicht vor anderen davonlaufen kann, aber niemals vor sich selbst. Sie werden wieder aufeinander zugehen müssen. Aber es wird nie wieder so sein wie am Bahndamm bei ihrer ersten Begegnung, das war die Stunde Null, jetzt ist es viel später. Jetzt liegt vieles, vielleicht alles zutage, jetzt können sie Schutt wegräumen. Haben sie dazu die Kraft?

Carla frühstückt mit ihrer Schwester, berichtet noch einmal, jetzt verknappt, Tina hört mit starren Augen zu. Carla versichert, nicht lange in dieser Wohnung zu bleiben; wenn Tinas Freund von der Armee entlassen wird, will sie fort sein. Mit einem Schwall versichert Tina, niemals wolle sie Carla verdrängen, natürlich würde sie gern nach ihrer Hochzeit hier wohnen, aber das wäre doch noch eine Weile hin; Carlas Sorgen seien jetzt wichtiger. Tina denkt erschrocken: Liebe ich Rolf genauso wie Carla ihren Gert? Bleibt bei uns alles?

Während sich Carla die Tränen trocknet, überlegt sie: Wohin soll ich wirklich? Eine Stunde lang grübelt sie mit kühler Klarheit, von der sie selbst überrascht ist. Angst will sie nicht mehr an sich heranlassen, auf ihr Herz zielen keine Dolche, sie und Jörg, das ist Gewißheit. Sie und Jörg und Mutter und Vater. Bei allem, was sie verloren hat: Sie hat Entscheidungsfreiheit gewonnen. Sie wird nicht wieder herumsitzen wie in Hoyerswerda und auf irgend etwas warten. Sie will einen klaren, geregelten Tag. Nicht das unwichtigste bei allem: Sie braucht Geld. In jeder Entscheidungsfreiheit ist sie bereits gehemmt, wenn sie kein Geld hat. Das klingt kalt, aber es ist so.

An diesem Vormittag spricht sie mit der Frau unter ihr. Eine Bitte: Kann Jörg fürs nächste dort bleiben? Dabei läßt sie kein Zögern mehr zu, sie hat den Weg eingeschlagen, wird ihn weitergehen. Die Frau will zuerst nichts von Geld hören, zuckt dann die Schultern: Wenn Carla darauf besteht. Bilder werden gezeigt, Spielzeug wird aus Schubkästen gefördert. Jörgs Augen sind wach, von ihm ist die Rede, also sitzt er still und lauscht. Er hört, daß er niedlich ist; das hört er gern.

Durch die Stadt geht Carla, in der Genosse Hohlbein einen Bericht über die Veranstaltung mit westdeutschen Messegästen diktiert, durch die Doktor Reginald Benning strebt vom Bahnhof zu den Messehallen, um zu vergleichen, zu debattieren, zu bestellen. Viele Dinge beschäftigen Benning; kein einziges Mal fällt ihm ein, daß in dieser Stadt wieder Gert Kohler wohnen könnte. Wenn er ihn träfe, würde er ein Gespräch von Minuten führen: Mensch, ist eine Überraschung, was arbeitest du denn? Und gesundheitlich? Ob er fragte: Was macht deine Ehe? Wahrscheinlich nicht, er will ja auch nicht nach seiner Ehe gefragt werden, hat es sich abgewöhnt, jemanden, den er länger als ein halbes Jahr nicht gesehen hat, zu bitten: Grüß deine Frau; ist zu riskant heutzutage. Nein. Benning denkt nie mehr an Gert Kohler und wie's wohl geworden ist mit der Frau und dem Kind.

Carla drückt Hände in dem Saal, in dem sie jahrelang gearbeitet hat, ein Dutzend Fragen werden auf einmal gestellt: Jede beantwortet Carla mit einer Teilwahrheit. Im Gespräch mit dem Chef müht sie sich nicht, Aufregung und Erschöpfung zu vertuschen, fragt, ob sie wieder hier arbeiten könne. Der Mann ahnt, daß etwas geschehen sein muß, das nur diese Frau angeht. Er sagt: Selbstverständlich.

Am Abend schreibt Carla an Gert: Vielleicht meinst du, ich habe dich im Stich gelassen. Aber ist es nicht so, daß du Jörg und mich im Stich gelassen hast?

3. Auf einmal wissen alle alles. Adam hat der Volkspolizei einen Tip gegeben, Imhoff hörte Satzbrocken von jemandem aus der Wohnungskommission, hat hinzugereimt, ein Kriminalpolizist hat, als er Keßler befragte, etwas von Kohlers *begreiflicher Erregung* fallenlassen, Erinnerungen an eine Zeit, an die keiner gern denkt; Keßler hat überlegt: Was für eine Zeit? Der Kriminalpolizist hat gefragt: Weggekommen ist in der letzten Zeit nichts? Kein Verdacht auf Diebstahl? Am stärksten überrascht ist Schubert gewesen, hat Sonja Merker gefragt: Hättest du das gedacht? Sonja hat überlegt, ob sie von Kohlers Besuch erzählen soll. Es gab schon so Gerede genug. Nun ist Kohler, hat Sonja gefragt, wohl für euch alle erledigt? Schubert hat die Schultern gezuckt.

Einer hat zu den Gerüchten nicht das geringste beigetragen: Rudi Rappe. Er hat miserabel geschlafen in jener Nacht, hat sich jedes Wort und jeden Blick immer wieder vorzustellen versucht, hat gedacht: Junge, du hast allerhand erlebt, aber du lernst nicht aus. Und: In der Haut von den beiden möchtest du nicht stecken. Eines ist sicher: Gequatscht hat Rappe nicht.

Kohler steht auf dem Korridor eines Verwaltungsgebäudes, ist dort auf Adam gestoßen, Adam hält Papier in den Händen, will von einem Zimmer in das andere, beharrt: »Wir lassen dich vorläufig nicht weg. Erst wird diese Sache geklärt. Schiedskommission oder Brigadeversammlung; wenn das vorbei ist, kannst du machen, was du willst.« Freundlich ist Adam nicht, sieht keinen Grund dazu. Er hat sich wie ein Kindermädchen dieses Kerls angenommen, hat ihm eine Wohnung besorgt, hat ihm noch in dieser Saufnacht zugeredet, sich anzustrengen, damit er Aktivist wird; wie steht Adam nun da?

Kohler hat die Daumen in die Hosentaschen eingehängt, blickt auf den Brummer hinunter, möchte auf ihn wütend sein und kann es nicht, fühlt vor: »Bin doch für euch sowieso erledigt.«

»Wenn du weiter mit mir reden willst, nimmst du die Hände aus den Taschen.« Adam wartet, bis Kohler langsam die Daumen herauskippt. »Wo ist deine Frau?«

»In Leipzig.«

»Polizeilich umgemeldet ist sie nicht.«

»Ich weiß nicht.«

»Das mußt du aber wissen. Du hast eine Menge in Ordnung zu bringen, auch das.« Adam läßt Kohler stehen, der jetzt die Hände bis zu den Gelenken in die Taschen stopft.

Imhoff überläßt Kohler in diesen Tagen eine Arbeit, die Gespür erfordert; Kohler sucht Fehler an Prüfständen. Dann ist Keßler wieder da, Keßler und Kohler stehen sich morgens im Umkleideraum gegenüber, alle halten den Atem an.

Keßler, fünfzehn Jahre älter als Kohler, jetzt womöglich noch grauer, noch magerer, noch zerknitterter, dreht Kohler den Rücken zu, kratzt eine Furunkelnarbe im Genick, wendet sich halb um und sagt in die Stille hinein: »Du bist ein ganz großes Rindvieh, Kohler.«

Alle haben das Gefühl, Keßler habe zurückgeschlagen. Sie hoffen, nun wäre die Sache ausgestanden – Schluß mit dem Quatsch, keine Sitzung erst, sind wir nun Arbeiter oder nicht, sind wir 'ne Brigade? »Also«, sagt Imhoff sofort und teilt zur Arbeit ein; Keßler und Kohler spannt er natürlich nicht zusammen.

Abends sitzt Kohler in seiner Wohnung, löffelt Fisch aus der Büchse und Fleischsalat aus dem Papier, schaltet den Fernseher ein. Ein sowjetischer Kundschafter ist in den faschistischen Apparat eingedrungen, das Thema kennt Kohler, ein paar Möglichkeiten gibt es für dieses Dutzendbeispiel. Kohler formuliert an einem Brief an Carla, wie er es gewohnt ist aus der Zeit, da er im Monat zwanzig Zeilen schreiben durfte. Das Gespräch mit Adam und Keßlers Rückkehr in die Brigade, ihm ist kalt allein in der Wohnung, soll er noch etwas schicken?

Wie kommt sie zurecht mit der Arbeit? Wie gefällt es Jörg bei der fremden Frau? Was ist gemeint mit: *Wir müssen noch einmal auf einander zugehen?*

Kohler schreibt an diesem Abend nicht und nicht am nächsten, denn da spritzt er auf Oskars Halde im Scheinwerferlicht, da hockt er in Oskars Bude, weil ein Rohr zugefroren ist. Er denkt immer an Carla und weiß: Mit allem Schuften schlägt er seine Sehnsucht nicht tot. Er malt sich aus, er stünde vor ihrer Tür, die Schwester, die Mutter, der Vater öffnete, schlösse sofort wieder. Er wird am nächsten Tag schreiben: Ich sehne mich nach Dir, Carla, ich sitze jeden Abend zu Hause oder reiße noch eine Schicht bei Oskar runter. Was soll mit unserer Wohnung werden? Und er wird auch schreiben: Ich habe Sehnsucht nach unserem Jörg.

Er schreibt: Es ist so einsam hier. Mit Keßler ist wieder alles in Ordnung. Ich wollte erst an die Küste. Kohler merkt, daß er wieder in den Zwanzigzeilenstil gefallen ist. Einen Tag lang läßt er den Brief liegen, fügt hinzu: Carla, ich sehne mich, das mußt Du mir glauben.

Der Frühling kommt mit Regen und Wind, die in den Schnee an den Eisenbahndämmen und den Hängen der Tagebaue gezackte Rinnen schneiden. Imhoff zieht mit seiner Brigade zu Schaltstationen und Absetzern und Oberleitungen der elektrischen Bahnen, einmal tragen Keßler und Kohler eine Eisenstange im gleichen Schritt, die Stange wippt zwischen ihren Schultern, sie reden über den Weg, so rum, so rum; Kohler gibt nach.

In diesen Tagen liest Kohler eine Annonce: *Biete* Zweieinhalbzimmerwohnung in Leipzig, *suche* in Hoyerswerda. Carla schreibt: Ich möchte zu Dir kommen. Aber ich fürchte, wir würden uns streiten. Vielleicht sollten wir noch warten. Oder haben wir schon zu lange gewartet? Kohler denkt: Wenn Carla diese Annonce gelesen hätte, würde sie darauf eingehen wollen?

Einmal steigt Kohler an der Straße der Thälmannpioniere aus dem Bus und streunt durch den Wald zu der Stelle, wo er in der Sonne gelegen und von Carla geträumt hat. Der Wind ist kalt, graubraunes trockenes Farnkraut raschelt, weit oben fegen die Rauchfetzen von Pumpe und Trattendorf. Die Träume des Sommers sind alt geworden. Aber Gänseblümchen blühen, eine Löwenzahnblüte kämpft dicht am Boden.

Die Wiesen werden grün, da fragt Schubert, ob Kohler übers Wochenende helfen könne; Elektrozäune sind zu setzen. Am Freitag abend fährt Kohler auf Schuberts Rücksitz mit hinaus, ißt mit Schuberts Eltern und der alten Frau, die Brot in die Untertasse brockt, schläft in dem Zimmer, in dem er mit Carla ein Wochenende verbracht hat. Das liegt lange zurück, diese Erinnerung schmerzt stärker als das Besinnen auf Carlas Erzählung: Wasserfall in einem kleinen thüringischen Bad, Waldwege zu einem Turm hinauf, ein Küfer in einem Weinkeller. Sie saßen da wie ein Waisenkind.

Am Morgen schlagen Kohler und Schubert Pflöcke ein, montieren Isolatoren, ziehen Drähte. Später hilft Schuberts Vater mit. Kohler hockt neben einem Pfahl, hält Draht zwischen den Fingern, als Schubert sagt: »Hat sich nun alles rumgesprochen.«

»Was hat sich rumgesprochen?«

»Das mit dem Kind und das mit dir.«

»Was, verdammt, hat sich rumgesprochen?« Kohlers Finger krallen sich um den Isolator.

Schuberts Vater kommt über den Rasen, seine Gedanken schweifen durch Jahrhunderte vor und zurück durch sein Lieblingsthema: Er entdeckt in einem alten Buch, eingeklebt in den Deckel, eine Handschrift, die *Hoyerswerdaer Handschrift,* ein sorbisches Gedicht aus den Tagen Jakubicas'; er erkennt schlagartig die ungeheure Bedeutung, legt auf dem Internationalen Sorabistenkongreß seinen Fund der staunenden Fachwelt vor, ein Liebesgedicht ist es aus einer Zeit, aus der nichts Vergleichbares überliefert ist, und er, Schubert, fügt es dem Kulturerbe zu. Der Verfasser bleibt unbekannt, Müller war er wahrscheinlich an einem Flußarm. Stolz erwacht in sorbischen Dörfern, Lernzirkel blühen auf, mehr Kalender als bisher werden verkauft.

Schuberts Vater geht vorbei, Kohler fragt noch einmal: »Was hat sich rumgesprochen?«

»Daß der Junge nicht von dir ist und daß du im Gefängnis warst.«

»Und warum war ich im Gefängnis?«

»Eigentumsdelikt.« Schubert ist erleichtert, daß ihm diese Bezeichnung eingefallen ist; sie klingt so distanziert. Er schraubt einen Isolator ins Holz, wartet auf Kohlers nächsten Satz.

Wieder werden sie unterbrochen. Schuberts Vater braucht eine Zange, sagt seinem Sohn, daß es Zeit wird, das Pferd aus dem Stall zu holen, und Schubert legt den Pfahl aus der Hand, denn unter Bauern gehört es sich, daß ein Sohn sofort reagiert, wenn sein Vater einen Wunsch äußert, auch wenn der Sohn fünfunddreißig ist. Kohler hat Zeit, Zorn und Furcht niederzukämpfen, das Gefühl der Leere in seinem Magen und seinem Kopf läßt nach. Er könnte Schubert am Hemd packen und ihn anschreien, daß er jeden wie Keßler zusammenschlägt, der so etwas über ihn redet. Er könnte abstreiten, um Glauben betteln. Er ist davongelaufen, ist eingeholt worden.

Es dauert, bis Schubert das Pferd in eine andere Koppel gebracht hat, bis er wieder an den Zaun tritt. »Ich will gar nichts zukleistern«, sagt Kohler, »am Anfang bin ich so reingerutscht, weißt doch, wie's auf manchen Baustellen zugeht.« Schubert wickelt Draht um einen Isolator, erwidert nichts, da redet Kohler weiter: »Aber als ich einmal im Geschäft war, da hab ich ein hartes Ding auf eigene Faust gedreht. Nachtspeicheröfen, verstehst du?«

»Wie viele?«

»Vierzehn.«

Schubert pfeift durch die Zähne. »Kosten allerhand.«

»Jeder an die tausend Mark. Das Glück war bloß, daß ein paar noch nicht bezahlt waren, und das Geld für die anderen hatte ich nicht ausgegeben. Ich wollte mal einen großen Haufen zusammen haben. Sonst könnte ich noch jahrelang blechen.«

»Du mußt verrückt gewesen sein!«

»Ich wollte der größte Nachtspeicheröfenorganisierer sein, den es je gab. Mein Vernehmer hat gesagt: Ein Tick wie bei Cassius Clay.«

Schubert wickelt und wickelt, da fragt Kohler: »Und was reden sie jetzt?«

»War 'ne Sensation.« Gefeixt haben manche, weiß Schubert, doch das behält er für sich. »Aber 'ne Sensation hält eben nur ein paar Tage vor. Imhoff hat gesagt: Wer einmal maust, braucht nicht immer zu mausen.« Kohlers Kopf rötet sich bis in den Nacken hinein, Kohlers Hände drehen mit solcher Kraft, daß sich der Halter des Porzellans biegt. »Und mit dem Jungen, da haben alle gesagt: Ist 'ne Leistung von Kohler, drüber wegzukommen.«

Ist 'ne Leistung, denkt Kohler, keiner hat gelacht, hat wirklich keiner gelacht?

»Jetzt gibt's schon wieder andere Themen. Ich dachte, es ist besser, wenn ich dir das alles mal sage. Besser, du hörst es von mir als anders rum.«

Kohler begreift: Soviel ist mit diesen Drähten nicht zu tun, das hätten Schuberts auch ohne ihn geschafft.

»Vielleicht machst du inzwischen allein weiter. Ich muß rüber zur LPG.«

Kohler braucht jetzt niemanden, Kohler muß alles in sich umstülpen: Er ist weggelaufen, ist eingeholt worden. Alle wissen, warum er im Gefängnis war, daß Jörg nicht sein Junge ist. Keine Welt ist zusammengestürzt.

Keßler hat ihn Rindvieh genannt, Keßler hat mit ihm ein Rohr getragen. Imhoff, Schubert, Kosalowski, der Wolkensteiner – sie haben ihre Aktentaschen vor ihm liegengelassen und ihm Zigaretten angeboten und sich von ihm Zigaretten anbieten lassen. Ob wirklich einer gesagt hat: Ist 'ne Leistung von Kohler? Aber vielleicht hat auch mancher gedacht, daß es eben zwei Dinge sind, den Kumpel beklauen oder den Staat beklauen. Wäre ein Thema für Benning, der könnte einen ganzen Sonntag damit rumbringen.

Fast bis Mittag arbeitet Kohler allein, dann hilft ihm Schuberts Vater, redet nicht von der Hoyerswerdaer Handschrift, sondern von der Güte verschiedener Dieselölsorten. Beim Mittagessen dreht sich das Gespräch um Dünger und um einen Streit wegen der Futterzuteilung für individuelle Kühe. Schuberts Mutter sagt nicht ein einziges Mal: Wo Sie jetzt allein wirtschaften müssen. Oder: In Gesellschaft schmeckt's doch besser. Sie fragt nicht nach Kohlers Frau oder nach dem Jungen. Weiß also auch Bescheid. Wer eigentlich weiß es nicht?

Es vergeht eine Woche, da lagert die Brigade Imhoff an einem Hang, das Gras ist trocken, eine flache Frühlingssonne dringt durch den Dunst über Pumpe. Frühstücksstullen werden ausgepackt, vom Rauchen ist die Rede, vom Eigenbau nach dem Krieg und vom Duft der großen weiten Welt und von Kumpels, die in Gefangenschaft draufgegangen sind, weil sie ihr Brot gegen Tabak eingetauscht haben. Da beginnt Kohler: »Wir hatten einen Kumpel«, und er erzählt die Geschichte von Rudi Rappe, hält durch bis zur Pointe, obwohl seine Hände schweißig werden. Gelacht wird, einer fragt: »Wie ist denn jetzt das Essen im Knast?«

Kohler bekommt seine Stimme frei, Kohler erzählt.

Am Abend liegt er auf der Couch, die nicht aufgeklappt wurde in zwei Dutzend Nächten. Licht aus anderen Wohnungen wirft Schattenkreuze über die Decke.

Noch einmal denkt er: Keine Welt ist zusammengebrochen, ich bin eingeholt worden, ich habe gegen Schatten geboxt. Schubert, Keßler, Imhoff, der alte Brummer, wie lange wissen sie schon alles? Kohler stellt sich vor, er erzählt Carla, wie er mit seinen Kumpeln am Bahndamm gesessen hat, wie einer gefragt hat: Wie ist denn jetzt das Essen im Knast? Und er stellt sich vor, wie er zu Schubert sagt: Weißt du, ohne den Jungen kommt mir meine Bude verdammt leer vor. Und Schubert sagt: Wenn Jörg ein bißchen größer ist, bringe ich ihm das Reiten bei.

4. Teefarbenes Licht liegt über der Stadt wie manchmal, wenn die Sonne tief steht und flache Wolken über dem Horizont liegen. Früher Frühlingsabend sinkt, der Sommer vorwegnimmt. Die Leute sagen: Vor einer Woche haben wir noch geheizt. Und: Wo bloß der Staub schon wieder herkommt.

Carla hat ihre Arbeit hinter sich, hat den Abend vor sich. Mutter versorgt Jörg, Carla hat Bescheid gesagt, daß es an diesem Abend spät wird, denn Gert kommt.

Kommt nach Briefen voller Fragen, will und soll diesmal endgültig kommen. Diese Heimkehr soll nicht sein wie die erste, nichts ist mehr mit Einpendeln und Auspendeln, mit Alleinluftholen. Druck ist weg, und Angst ist weg. Aber als Carla über den Querbahnsteig geht, fürchtet sie, es wäre nicht wahr, was Gert geschrieben hat, oder es wäre nur zur Hälfte wahr. Sie ist froh, daß sie nicht zu zeitig gekommen ist, daß der Zug keine Verspätung hat, sonst würde trotz allem die Angst ihre Stimme dumpf machen. Gert springt als erster vom Trittbrett und ist mit ein paar Schritten bei ihr. Ach, Gert, ach, Carla; sie denkt: Mußten diese Umwege sein?

Seinen Koffer verschließt Kohler in einer Box, er will die Hände frei haben. Jetzt, verkündet er und legt die Hände auf ihre Schulter, jetzt gehen wir zum Radrennen, hörst du? Er hat in der Zeitung gelesen: An diesem Abend Steherrennen, er war an seinem ersten Abend zum Rennen, heute möchte er Carla neben sich fühlen. In einem Imbißlokal fragt Carla: Was macht die Wohnung? Was macht Schubert? Erzähl doch endlich!

Schubert, berichtet Gert, hat etwas mit einer aus Spremberg, sie ist Verkaufsstellenleiterin im Konsum. Und, fragt Carla, wie bist du mit der Wohnung zurechtgekommen? Er fragt: Und deine Arbeit? Und Jörg bei dieser Frau? Er hat eine Annonce gelesen: *Biete* in Leipzig, *suche* in Hoyerswerda. Das ist kein Thema zwischen Bulette und Bier, zwischen Ankunft und Radrennen. Hier mit Carla und Jörg oder dort mit Carla und Jörg, man kann leben im WK 2 und mit Schubert und Keßler und Imhoff, oder man kann hier leben in Stötteritz oder Leutzsch. Das ist ein Thema: Weißt du noch, als wir in Kleinzschocher waren? Das war während unserer ersten Ehe. Dann kam die zweite, heute beginnt die dritte. Carlas Brauen sind dicht vor ihm über dem Tisch. Du, sagt er; du hättest mich doch abholen sollen damals. Und er sagt: Ich möchte nicht mehr weg aus Hoyerswerda. Und sie sagt: Da geht also der Ärger mit dem Krippenplatz wieder los.

Sie streifen durch einen Park, vorbei an einem Denkmal, das an einen Dichter erinnert oder an Gefallene von siebzig/einundsiebzig, über eine Wiese, auf der richtiges Gras wächst, das Kühe fressen und nicht nur Hunde bepinkeln können, wo manchmal Flugmodelle starten und über die Kohler gerannt ist nach seiner ersten Heimkehr. Heute radeln Jungen vorbei, ein Mann wirft seinem Hund einen Stock voraus, ein Soldat geht mit seinem Mädchen. Mitten auf dieser Wiese drehen sich Carla und Gert zueinander und fallen sich in die Arme und küssen sich, Carla erstickt fast an diesem Kuß und senkt den Kopf und fühlt ihren Mann mit allen Sinnen.

Vor der Kasse wartet eine Schlange, von Kaminski und Hancke und Stoltze wird geredet, dann schauen Carla und Gert von der Kurve aus zu, in der Gert am Tag seiner ersten Heimkehr allein gesessen hat. Gubelmann ist ein großes Rennen gefahren; ist der Schweizer heute von gleichem Schrot und Korn? Natürlich gewinnen Otto und Geschke das Tandemfahren, schwenken Siegerschleifen um die Bahn. Im Lederzeug versammeln sich die Schrittmacher an ihren Maschinen, Birne ist nicht dabei. Kohler fragt Carla: Weißt du noch? Natürlich weiß sie noch, sie hat an den Zehen gefroren; damals sind sie durch die Wiesen zur Straßenbahn gegangen, das Gras ist feucht gewesen und hat geduftet wie im Urlaub. Gubelmann, sagt er, das war ein Kämpfer. Ich habe an dem Abend immer gedacht, du müßtest dasein. Und ich hab, sagt sie, in dieser Nacht höchstens zwei Stunden geschlafen. Ich wußte, du bist in meiner Nähe, und wußte so vieles nicht.

Punktefahren über fünfzig Runden, da zeigen Dähne und Willgruber und Haustein, mit wem hier zu rechnen ist, und machen die erste Wertung unter sich aus. Carla denkt: Konnten wir nicht am ersten Abend schon hier sitzen? Konnten wohl nicht, mußten wohl erst all die Umwege machen. Mußten am Bahndamm stehen, ich mußte sagen, daß ich den Schlüssel zur Laube mithabe. Fische sprangen am Schilfrand, aber das war ein andermal. Seine Hand streicht an ihren Waden hinauf, wann war das gewesen, und das Federn der Luftmatratze, und die Sehnsucht vor Bronzefrau und Bronzemann. Vieles war gewesen, und manches war vielmals gewesen, und manches hat sie nur erhofft. War das in der Laube, als sie gesagt hat: Hast du nicht lieber auf der anderen Seite gelegen? Oder hat er das gesagt?

Die zweite Wertung geht an Fahrer, die bei der ersten nicht dabei waren, die Asse sind untergegangen. Wir müßten dann in unsere Wohnung gehen, denkt

Carla, müßten die Bach-Platte auflegen. »Gert, möchtest du wohl, daß ich in neun, zehn, elf Monaten ein Kind bekomme?« Das fragt sie, während Passehr die Meute auseinanderzieht, da meint Kohler, er habe nicht richtig verstanden, und blickt Carla an und hat doch richtig verstanden und fühlt mit der Nasenspitze ihre Brauen entlang. »Mädchen«, sagt er, »Mädchen.« Nicht der richtige Platz für dieses Thema, weiß sie, und doch der richtige Platz. Man könnte vor Bronzefrau und Bronzemann, die jetzt einen hohen Himmel über sich haben, darüber sprechen oder auf den Hockern einer Schallplattenbar oder im Tropenhaus von Hoyerswerda über den geduldigen Augen des Leihtapirs; da und überall, auch, wenn sie Jörg zu zeichnen versucht und das Blatt vom Block reißt. »Mädchen«, fragt er, »möchtest du denn nach allem Ärger mit mir?«

An der Anzeigentafel leuchtet auf: Noch fünf Runden, da rüsten die Asse zum Endkampf. Sie können es sich nicht bieten lassen, daß ein Namenloser aus Cottbus das Feld überrundet, denn Rundengewinn geht über alle Punkte. Da wird gebolzt und gebuckelt, da stoßen Trainer die Finger hoch, soviel Punkte brauchst du noch, da läuft das Hehehe! um die Bahn. Gert, sagt Carla, ich hab an deinem ersten Abend immerfort überlegt, wo du sein könntest. Wenn ich gewußt hätte, daß du hier bist, hätte ich mich dort oben hingestellt, und jedesmal, wenn die Fahrer aus der Kurve gekommen wären, hätte ich dein Gesicht gesehen.

Unten Sieg und Siegerehrung, dann wuchten die Schrittmacher ihre Maschinen die Schräge hinauf, nach Birne wird geschrien. Du, sagt Gert, wenn ich zehn oder vierzehn wäre, würde ich versuchen, ob ich Talent zum Bahnfahrer habe. Wenn Jörg alt genug ist, gehe ich mit ihm hierher. Wenn wir mal im Urlaub hier sind. Denn du kommst doch wieder mit nach Hoyerswerda?

Bockwürste werden vorbeigetragen, Bockwurstduft weht in Carlas und Gerts Nase. Hähnchenduft, besinnt er sich, der Gedanke daran hat mich mal umgeschmissen. Und dann der Gestank auf Oskars Kippe. Er fragt: Wird dir nicht kühl?

Die Motormaschinen laufen ab, Riedel ist Schrittmacher, Hancke startet zu seinem zweiten Steherrennen, stößt von der fünften Position an die Spitze vor, denn vor ihm liegen schwache Fahrer, ein Schweizer, der einem Gubelmann nicht das Wasser reichen kann, ein drittklassiger Holländer, ein Belgier, der einen schlechten Tag erwischt hat. Kaminski und Stoltze drücken hinter Hancke, und Hancke führt, wie große Spitzenfahrer vor ihm, wie Adler in seiner besten Zeit und Markow immer wieder.

Carla und Gert zeigen sich: Dort drüben! Da greift Kaminski an, da hat Hancke immer noch etwas zum Zusetzen, drei Gespanne liegen übereinander, aber Hancke prescht wie einer der ganz Großen. Über den Bahngleisen stößt eine Lokomotive einen Funkenschwarm in die Luft, Carlas Blick streift über erleuchtete Fenster, über eine rötliche zerfaserte Wolke hinter Schornsteinen. Carla und ich, denkt Gert, mein Gott, was haben wir alles hinter uns! Noch zwanzig Runden, sagt er, wenn noch etwas passieren soll, muß es bald sein. Stoltze stößt vor zu seinem Schlußangriff, bolzt Kaminski nieder, schiebt sich an den Spitzenreiter heran. Das hat vier, fünf Runden gedauert, aber Aurich äugt in jeder Kurve wachsam zur Seite, schont den Mann in seinem Windschatten nicht, zieht, zerrt ihn dem ersten Platz entgegen – der wie vielte Sieg ist es für ihn? Carla und Gert steigen mit steifen Knien vom langen Sitzen die Traversen hinauf und beklatschen von oben, wie Hancke seine Jubelrunde fährt, ein neuer Mann im Stehersport, nur heute ein großer Mann?

Carla ist müde. Kein Wunder, findet sie, seit früh auf den Beinen. Und dann das alles. Fische im Schilf und Jörg auf Gerts Arm und Mutters Bienenstich und im Trainingsanzug vor dem Zelt und in Schuberts kleinem Zimmer und die Party bei Barnitzke, ich hab die Schlüssel mit, auch was von Bach gekauft? Saßen da wie ein Waisenkind, Kirschbäume vor dem Fenster, die Luft im Gerichtssaal, ich warte auf dich, Gert, ich warte.

Carla lehnt sich an ihren Mann, der noch die Siegerehrung miterleben will. Sie wird nicht drängen; so viel Zeit hat sie.

Zu dieser Ausgabe

Eine Liebesgeschichte, obendrein mit glücklichem Ausgang – das, meinte ich, müßte eigentlich gutgehen. Im Zuchthaus Bautzen II hatte ich mit einem jungen Mann auf Zelle gesessen, er stammte aus Thüringen, war verträglich, manchmal sogar fröhlich. Warum er verurteilt war, habe ich vergessen, es mochte mit einer Grenzverletzung zu tun gehabt haben oder einem Geheimnisverrat. Strafmaß: Um die fünf Jahre. Einmal im Monat erhielten wir von zu Hause einen Brief von zwanzig Zeilen. Er starrte eine Stunde lang aufs Papier, ging auf und ab, las wieder. Drei Tage lang sprach er nur das Nötigste, über die Arbeit, das Fressen, warum die Freistunde ausfiel. Ich fragte nicht.

Dann war es soweit: Seine Frau bekäme ein Kind von einem anderen, sie bereue, schäme sich. Er las mir vor: »Ich liebe Dich noch immer, aber Du wirst Dich nun natürlich scheiden lassen.«

Nach einigen Tagen wagte ich mich vor: Deine Frau ist schließlich nicht schuld, daß du im Knast sitzt. Und wenn nun sie eingelocht worden wäre und du wärst draußen, ob du da nicht auch mal fremdgegangen wärst, he? Nun kriegen eben die Frauen die Kinder und nicht die Männer. Er hatte die Stirn an den kalten Stein der Zellwand gedrückt, als er murmelte: »Ich liebe sie doch auch.« Als er nach einem Monat zurückschreiben durfte, stand in dem Brief: »Wir wollen nichts vorschnell beschließen. Wenn ich rauskomme – vielleicht leben wir dann zu dritt?« An dieser Formulierung hatten wir tagelang geknobelt.

Dann hieß es wie so oft: »Packen Se Ihre Sachn!« Ich verlor den Mann aus dem Blickfeld, nie habe ich erfahren, wie die Geschichte ausgegangen ist. Ich spann sie weiter, und einige Jahre später, nach meiner Rückkehr nach Leipzig, nutzte ich sie als Ausgangspunkt für einen Roman. Ich wollte mein Vorhaben nicht über Gebühr belasten, indem ich ein politisches Vergehen als Haftgrund nahm – mein Held, so entwarf ich, hatte auf dem Bau in erheblichem Umfang geklaut. Er saß nicht in Bautzen II, sondern in Bautzen I, dem »Gelben Elend«, wie ich kehrte er nach Leipzig zurück.

»Schattenboxen« ist mein zweiter Roman, der in Leipzig spielt. Vorher hatte ich mit dem Fußballroman »Der elfte Mann« Geschehen und Atmosphäre dieser Stadt zum Thema gemacht. »Es geht seinen Gang«, »Völkerschlachtdenkmal« und »Zwiebelmuster« sollten folgen. »Schattenboxen« spielt Anfang der siebziger Jahre, die Landwirtschaftsausstellung in Markkleeberg, eine Kunstausstellung, Radrennen in Kleinzschocher, Parks und Schrebergärten – so erlebte ich Leipzig. Ich meinte, einen dieser Stadt und dieser Zeit gegenüber freundlichen Roman zu entwerfen, dem Verlag und Zensur gelassen gegenüberstehen sollten.

Mein Lektor im Mitteldeutschen Verlag Halle wurde vom Ministerium für Staatssicherheit als Inoffizieller Mitarbeiter »Schubert« geführt, das erfuhr ich erst im Sommer 1992. Er gab sich als konzilianter Bürger, war parteilos, ich glaubte, er mildere Reibungen und federe Zusammenstöße ab. Nach meiner Haftentlassung hatte er mir geraten, Krimis zu schreiben. Das hielt ich lange Zeit für hilfreich, mir Gelegenheit gebend, mich ins Leben zurückzutasten, gesund zu werden, dringend benötigtes Geld zu verdienen. Er hätte mich gern in diesem harmlosen Gewerbe gehalten und teilte seinen Führungsoffizieren sorgenvoll mit, Loest bewege sich nun aufs gefahrstrotzende Gebiet der aktuellen Literatur vor. IM »Arno« notierte so: »Schubert meint auch, daß Loest sicher ein Erzähler sei, aber kein guter Gegenwartsromancier.« Ein andermal vermutete »Schubert«, nie würde ich das Format von Neutsch und Kant erreichen. Wie recht er hatte.

»Schuberts« Führungs-IM »Reinhardt« meldete der Abteilung XX des MfS in Leipzig über ein Treff in »Schuberts« Wohnung: »Das Manuskript befindet sich z. Z. in den Händen einer Richterin des Bezirksgerichts Halle, die das juristische Gutachten abgeben soll. Wenn das Manuskript wieder an den IM gelangt, will er – wie berichtet – das Manuskript uns einige Tage überlassen. Der IM meint zu diesem Manuskript, daß sich Loest damit seinen eigenen Konflikt von der Seele schreiben will. Der IM fragte mich nun nach der derzeitigen inneren politischen Einstellung des Loest und verband damit die Frage, ob es richtig sei, dem Loest einen Gefallen zu tun, diesen Stoff als Buch herauszugeben. Er bittet uns in dieser Sache um eine Entscheidung. Ich sagte ihm, daß, ehe wir hier eine verbindliche Entscheidung – die er als Rat und Hinweis betrachten solle – fällen werden, müßten wir uns das Manuskript ansehen. Wir verblieben so, daß er uns das Manuskript überstellt, wenn er es vom Bezirksgericht Halle wieder zurück erhält. Er meint, daß es ohnehin etwas langsam in seinem Verlag gehe. Da er jederzeit Zutritt zur Ablage hat, fällt es nicht auf, wenn der IM das Schreiben mit der literarischen Einschätzung sich für einige Tage aneignet. Sobald er an die Unterlage herankommt, wird uns der IM die Einschätzung übergeben.«

Was das MfS dem beflissenen »Schubert« angeraten hat, weiß ich nicht – der Mann verweist die MfS-Berichte unterdessen natürlich ins Reich der Lüge und kann sich an nichts erinnern, das übliche. Auch erfuhr ich nicht, inwieweit »Schubert« den Leiter und die Cheflektorin des Mitteldeutschen Verlags unterrichtet hat. Beide waren neu in dieser Funktion, sie kamen frisch aus dem Parteiapparat. In »Der Zorn des Schafes« kennzeichnete ich deren Situation so:

»Gewiß lautete ihr Credo: Erst bin ich Parteifunktionär, dann Verleger! Sie wendeten mein Papier mit spitzen Fingern. Da schrieb einer über den sozialistischen Strafvollzug und nannte ihn respektlos ›Knast‹. Derlei verstieß gegen die vielen Tabus. Man könne von Bruchstücken aus nicht urteilen und wolle erst das ganze abwarten – so hielten sie mich hin.

Ich fuhr in die Lausitz und schaute mich in der Retortenstadt Hoyerswerda und im stinkigen Kombinat Schwarze Pumpe um. In diese Baracke schickte ich Kohler, in jenen Wohnblock ließ ich ihn ziehen, als Carla mit dem Jungen nachkam. Einmal, auf dem Bahnhof von Hoyerswerda, sah ich einen Zug, an dem stand, sein Ziel sei Bautzen. Einsteigen? Das Zuchthaus wenigstens einmal von außen sehen? Mein Magen zog sich zusammen. Ich fuhr an diesem Tag nicht nach Bautzen und auch andermal nicht. Allmählich wurde ich wieder zu Lesungen eingeladen, doch niemals dorthin.

›Schattenboxen‹ wuchs. Ich ließ Kohler die Radrennbahn besuchen, wie ich damals gern beim Radrennen zuschaute, allmählich fand ich es aufregender als Fußball. Ich beschrieb die riesigen Schwärme der Stare, die abends über der Stadt vor einem teefarbenen Himmel wogten. Wenn ich aus meinem Manuskript las, wurden die Augen der Frauen ernst und Lippen schmal – dann sagten sie, ja, sie könnten sich vorstellen, was diese Carla durchmachte, und solche Männer gebe es, stark und verläßlich, aber ihren Schmerz brächten sie nicht über die Lippen.«

Ich schrieb gern an diesem Buch. Einige Male fuhr ich nach Hoyerswerda und schaute mich in Stadt und Landschaft um. Eine Bibliothekarin organisierte Lesungen, so kam ich mit vielen Leuten ins Gespräch. In jedem größeren Betrieb, in Städten und Dörfern wurden Büchereien unterhalten, nie vorher war ihr Netz so dicht, nie wieder wird es so sein. Honorar und Spesengeld kamen mir zupaß, ich konnte meinen Text ausprobieren und Meinungen hören. Es war die Zeit, die im Rückblick als die beste der DDR eingeschätzt wird, es ging wirtschaftlich vorwärts, es wurde gebaut, die Versorgung verbesserte sich. Ich lebte einträchtig mit meiner Familie und meinen Freunden. Irgendwo, vermuteten wir, schnüffelte die Stasi – na schön, ich mühte mich, sie zu ignorieren. Gustav Just, der alte Bautzenkumpel, riet uns: »Wir müssen leben und lieben und fröhlich sein, wir dürfen uns *von denen* nicht zwingen lassen, unsere eigene Galle zu fressen.« Daran dachte ich, wenn die Mandelbäume blühten, wenn ich in Leipzigs Baggerseen schwamm, im Gewandhaus saß oder beim Radrennen zum Sportpalastwalzer pfiff, wie es der Brauch ist.

»Schließlich«, so heißt es in »Der Zorn des Schafes«, »lag das fertige Manuskript beim Mitteldeutschen Verlag. Monate vergingen, dann bestand die Cheflektorin, Frau Duty, darauf, das erste Kapitel zu streichen. Kohler wird entlassen: ›Ein Pferd vor einem Wagen; Kohler hat seit zweieinhalb Jahren kein Pferd gesehen. Keine Kuh, keinen Hund, kein Kind, keine Wasserfläche, kein Auto. Ein Kind an der Hand seiner Mutter. Wo er nach der Anweisung des Wachtmeisters – fünfter Punkt der Hausordnung: Anweisungen des Anstaltspersonals ist unverzüglich und widerspruchslos Folge zu leisten – auf den Omnibus wartet, laufen, stehen, springen Kinder, lecken Eis, und Kohler staunt, wie klein Kinder sind, die schon reden, schon laufen können.‹

Dieses Kapitel, so Frau Duty, sei zu eliminieren. Zu deinem und zu unserem Schutz, sagte sie wirklich und wörtlich. Aber, hielt ich entgegen, damit wäre ja dem Konflikt die Grundlage entzogen. Ich kehrte nach Leipzig zurück und wartete auf eine Entscheidung des Verlagsleiters. Sein Name war mir entfallen, sein Gesicht tauchte erst vor meinem inneren Auge auf, als ich einen

Brief in einer dicken braunen Mappe fand, in der Dokumente aus dieser Zeit alle Umzüge überstanden haben. Da schreibt mir am 24.6.71 mit freundlichen Grüßen am Ende Verlagsleiter Herzog:

›Lieber Erich Loest!

Vielen Dank für das Schreiben vom 30.5.71. Selbstverständlich sind wir einverstanden, daß wir ein Manuskript von Dir annehmen, ich meine Deinen Vorschlag eines Kriminalromans...

Wegen des Manuskriptes Schattenboxen bitte ich um Entschuldigung. Hier gibt es tatsächlich Versäumnisse von unserer Seite, die mit der komplizierten Problematik zusammenhängen. Leider muß ich Dir auch hier mitteilen, daß wir keine Möglichkeit sehen, das Manuskript anzunehmen und zur Drucklegung zu geben. Ich möchte mich gern mit Dir über unsere weitere Zusammenarbeit, an der mir persönlich sehr viel gelegen ist, unterhalten. Bitte, teile mir einen Dir genehmen Termin in Leipzig mit.‹«

Trafen wir uns? Ich weiß es nicht mehr. Nach einer Anstandsfrist trug ich mein Manuskript zum Verlag Neues Leben nach Berlin. Der Leiter dort hieß Hans Bentzien, kurz vorher war er noch Kulturminister gewesen. (Was andere auch über ihn urteilen mögen, zu mir war er immer korrekt.) Ich schilderte ihm meine Erfahrungen mit den Mitteldeutschen, er wiegte den Kopf, las und schloß mit mir einen Vertrag. Als Lektorin wollte er mir Sybille H. beigeben, sie käme gerade von der Uni, sei gescheit und voller Tatendrang.

Ein letztes Mal aus »Der Zorn des Schafes«:

»Und so saß nach zwei, drei Wochen Sybille bei mir in der Oststraße, sie begann, es sei ihr peinlich, daß sie, kaum der Schulbank entronnen, in mein Manuskript hineinreden solle. Sie hatte hier einen Konjunktiv gerichtet, dort eine Wiederholung, da ein Widersprüchlein angemerkt, das alles hatte Hand und Fuß und war in zwei Stunden erledigt. Dann redeten wir über die Uni und diesen Professor und jenen, ich fragte, woher sie stamme, da errötete sie lieblich und gestand: aus Bautzen...

Mit ›Schattenboxen‹ wäre nun, so hoffte ich, alles in Butter, da tauchte eines Tages Cheflektor Lewerenz auf und begann eine schweifende Rede, es wäre doch ratsam, das belastete Wort ›Bautzen‹ herauszunehmen, durch die Nazizeit hätte es einen schlimmen Klang, schließlich wäre Thälmann dort gefangen gehalten worden. Kohler säße im Gefängnis, basta, man müßte doch nicht extra sagen, wo. Das sähe ich überhaupt nicht ein, erwiderte ich, er ließ nicht ab, ich ließ nicht locker, endlich dämmerte es mir: ›Ach so, der Einwand kommt wohl vom Ministerium?‹ Er nickte mal gerade mit den Wimpern, denn ihm war ja vorgeschrieben, Wünsche des Zensors als eigene Vorstellungen auszugeben; die oft gebrauchte Formulierung lautete: Wir haben im Verlag noch einmal nachgedacht.

›Na, wenn das so ist!‹ rief ich aus und setzte hinzu, ich fände dieses Begehren zwar blöd, würde aber deshalb nicht den Druck blockieren. Allerdings stänke es mir, nun das Manuskript aufs schlimme Wort hin durchzusehen. ›Soll das mal Sybille machen.‹ Lewerenz war einverstanden.

Als ich nach einer Weile die Druckfahnen las, sah ich: Zweimal stand ›Bautzen‹ noch drin – Schludrigkeit oder Absicht? Zu Sybille verlor ich darüber keine Silbe und schmuggelte Bautzen weitere zwei Mal hinein. Das Buch erschien, und kein Mensch nahm Anstoß.«

Es wurde natürlich nicht in der Presse besprochen, dafür sorgten die üblichen zentralen Anweisungen. Dennoch setzte es sich durch. Der ersten Auflage von 1973 folgte ein Jahr später die zweite und 1975 die dritte. Der Buchclub der DDR brachte eine Ausgabe, der Verlag »Volk und Welt« ergänzte mit einem Taschenbuch und einer Aufnahme in die verdienstvolle »Romanzeitung«. Hin und wieder tasteten Dramaturgen und Regisseure der DEFA und des Fernsehfunks vor, ob und wie man den Roman verfilmen könnte, die Sondierungen blieben ohne Ergebnis.

Nach meiner Ausreise in die Bundesrepublik 1981 sorgte Bernd Jentzsch, unterdessen in der Schweiz beim »Walter-Verlag« in Olten untergekommen, für eine weitere Verbreitung, 1988 nahm »dtv« »Schattenboxen« in sein Programm auf. Mit meinen anderen Büchern kehrt es nun in seine Ursprungsstadt zurück.

Leipzig, Mai 1993 *Erich Loest*

ERICH LOEST

Jungen die übrigblieben

Als dieses Buch erschien, stand im Klappentext: »Dieser erste Roman des vierundzwanzigjährigen Leipziger Autors ist ein Zeitdokument von großer Bedeutung. Ein Abschnitt jüngster Geschichte wird hier künstlerisch eingefangen. Wir haben lange nach dem jungen Dichter gerufen, der vom Schicksal jener Generation spricht, die in den Schluß des letzten Krieges hineingezogen wurde, von jenen ›Kindern in Uniform‹, die ein zynisches Regime bedenkenlos mißbrauchte ... Der Roman Erich Loests ist nüchtern, sachlich, hart, und manche werden ihn in seiner desillusionierenden Sachlichkeit als rücksichtslos empfinden. Dieser junge Dichter macht keine Worte, er redet nicht über die Dinge, sondern er läßt die Dinge reden.«
Seitdem sind vierzig Jahre vergangen. Die Tugenden, die dem Roman nachgesagt wurden, gelten noch heute. Nicht viele Bücher, die damals über den Krieg geschrieben wurden, hielten der Auslese der Zeit stand. »Jungen die übrigblieben« wurde weder durch Pathos noch durch aufgesetzte Parteilichkeit verdorben. Jungen zogen in den Krieg, weil ihnen eingetrichtert worden war, sie hätten ihr Vaterland zu verteidigen und es sei süß, dafür zu sterben. Sie kamen als hoffnungslose junge Greise davon, verwundert, daß sie lebten, da doch die Jahrgänge über ihnen fast ausgerottet worden waren. Gefangenschaft, Hunger und Schwarzmarkt folgten. Der Weg war lang in das, was normales Leben heißt.
»Jungen die übrigblieben« ist ein Zeugnis und ein handfestes, langlebiges Stück Literatur.

331 Seiten · Leinen · Fadenheftung
Band 1 der Werkausgabe

Linden-Verlag

Heiterblickallee 71
04329 Leipzig

ERICH LOEST

Durch die Erde ein Riß

Dies ist Erich Loests Autobiographie zwischen seinem zehnten und seinem vierzigsten Lebensjahr. Als er 1980 das Manuskript abschloß, war in der DDR niemand bereit, es zu drucken. Um dieses Buches willen gab Loest seine Heimat auf und siedelte von Sachsen nach Niedersachsen über.
Loest gehört zur Generation der Hitlerjungen, die am Kriegsende noch an die Front geworfen wurde; als Werwolf entrinnt er nur knapp dem Heldentod. Naivität und Abenteuerlust sind von bösen Erfahrungen zerschlissen worden. Als Redakteur der »Leipziger Volkszeitung« und Mitglied der SED mischt er sich ins politische Tagesgeschäft ein. Loest glaubt, mit moralischem Rigorismus eine Wende zur Demokratisierung hin fordern zu können, und muß dafür bitter bezahlen. Wie er schließlich verhaftet und ihm der Prozeß gemacht wird, wie er sieben Jahre im Zuchthaus Bautzen II wegen »konterrevolutionärer Gruppenbildung« absitzen muß, ohne daß sich eine Stimme für ihn erhöbe, gehört zum beklemmenden Höhepunkt dieses Buches. Ehrlichkeit und Offenheit lassen erschauern. Mit Fußtritten auf die negative Seite des Lebens gestoßen und gedemütigt, nimmt er alle Kraft zusammen, entscheidende Situationen festzuhalten, bevor sie der Erinnerung entschwinden. Über Loest ist zu Recht geschrieben worden, er repräsentiert »zugleich das ostdeutsche Sonderschicksal und die allgemeine deutsche Kontinuität« – so Sabine Brandt in der Frankfurter Allgemeinen Zeitung.

414 Seiten, Leinen, Fadenheftung
Schutzumschlag von Günter Grass

ERICH LOEST

Der elfte Mann

Ein Fußballroman? Das auch. Ein Studentenroman. Ein Liebesroman. Für Erich Loest begann mit diesem Buch eine Phase, die mit »Schattenboxen« fortgesetzt wurde und in »Es geht seinen Gang oder Mühen in unserer Ebene« ihren Höhepunkt fand. Genauigkeit und Konfliktbereitschaft sind Romantugenden, Interessen prallen aufeinander, Lebensstufen durchdringen sich. Ein junger Mann ist beneidenswert begabt als Fußballspieler und Physiker, das ruft Sportfunktionäre und Professoren auf den Plan, und für die Mädchen, die seinen Weg kreuzen, ist das alles andere als gleichgültig.

Es wird viel gefragt, was bleiben wird von den Büchern, die in der DDR entstanden sind. »Der elfte Mann« gehört dazu, denn er ist zeitgetreu im Detail und voller Probleme, die auch in anderen Jahren und Welten gelten. »Der elfte Mann« hat überdauert und gehört zu den Büchern, die Lesevergnügen bereiten. »Ich liebe dich«, schreibt ein Mädchen zuletzt. »Da begriff er, daß nichts zu Ende war und nichts in Ruhe, daß der Wirbel von vorn begann, ein neuer Wirbel, und die ersten Wörter, die er klar dachte, waren diese: auch das noch.«

264 Seiten · Leinen · Fadenheftung
Band 2 der Werkausgabe

ERICH LOEST

Der Zorn des Schafes

Ein Schriftsteller muß seine Heimat verlassen, neun Jahre später kehrt er heim. Seine Bücher werden aus den Bibliotheken entfernt oder von der Zensur gestoppt, doch sie finden im Triumph zurück.
Erich Loest hat in »Durch die Erde ein Riß« schon einmal über sein Leben berichtet. Jetzt beschreibt er sein Tagewerk, zum Thema werden das Ertrotzen von Wörtern, das Erdulden von Demütigungen, das Erlisten von Freiräumen. Bald nach dem Krieg, er ist dreiundzwanzig, erscheint sein erster Roman; nun zieht er Bilanz über vierzig Jahre Schriftstellerei und nahezu vierzig Bücher.
Immer wieder bilden Leipzig, sächsische Geschichte und DDR-Alltag das Fundament seiner Fabeln, nie schrieb er ohne Engagement. Die Stasi erkor ihn zum Feind und verwanzte seine Wohnung. Geheimdienstdossiers bieten ein schrilles Echo und lehren das Gruseln. Er mußte nach Niedersachsen und an den Rhein ausweichen und schickte Reiseberichte aus vielen Ländern. Wie schon »Durch die Erde ein Riß« ist »Der Zorn des Schafes« faktenreich, genau und ohne Larmoyanz. Das Buch schließt mit der Rückkehr nach Leipzig und dem Freispruch von lange zurückliegender Justizwillkür.
Schafe warten geduldig, ehe sie den Kopf senken und zustoßen. Ihre Stirn ist geschützt durch Knochenwülste über den Brauen. Sie ist eine stumpfe Waffe, doch man sollte sie nicht unterschätzen.

400 Seiten · Leinen · Fadenheftung
Schutzumschlag von Günter Grass

ERICH LOEST

Bauchschüsse

Es ist wie stets bei Erich Loest: Er schreibt präzise, ohne Protokolle zu verfassen, und gibt Psychogramme beklemmender Schicksale. Das geteilte Berlin, das alte Erzgebirge, Oberschlesien und immer wieder Leipzig sind die Schauplätze seiner Erzählungen. Günter Grass sagte von ihm: »Er ist ein wunderbarer Chronist dieser Stadt.« Nun kommen Erfahrungen vom Rhein hinzu.
Machtmißbrauch, Mitleid mit dem Feind, Erinnerungen an versunkenes Leben, die List der Schwachen und die Schwäche der Ehrgeizigen und Liebenden sind seine Themen; Humor und Spott lassen keine Melancholie aufkommen. Diese zehn Erzählungen entstanden in einem Zeitraum von fünfzehn Jahren und bündeln Einsichten eines eigenen wechselvollen Lebens. Daß Loest so viele Schauplätze zusammenrückt und seine Gestalten uns so nahekommen, ist das Verdienst seiner Erzählkunst.

221 Seiten · Leinen · Fadenheftung

Es geht seinen Gang
oder Mühen in unserer Ebene

Mit diesem Roman setzte Erich Loest Mitte der siebziger Jahre alles auf eine Karte. Nach sieben Jahren Zuchthaus und sieben Krimis, mit denen er sich über Wasser gehalten hatte, schrieb er gegen alle Tabus in der DDR an. Die Genauigkeit macht den Wert des Romans aus und wurde ihm zum Verhängnis: Die Zensur stoppte seine Verbreitung.
In der Bundesrepublik erzielte er hohe Auflagen, wurde zum Schullesestoff, wurde übersetzt und verfilmt. »Das gelbe Buch« nannten es seine Verehrer in der DDR, für die es zum Kultbuch wurde. Jetzt kehrt es heim zu den Lesern, die Gespür für Nuancen und ein feines Ohr für alle Schwingungen haben. Wenn über vierzig Jahre DDR und DDR-Literatur Bilanz gezogen wird – an »Es geht seinen Gang« kommt dabei keiner vorbei.

294 Seiten · Leinen · Fadenheftung

Linden-Verlag
Heiterblickallee 71
04329 Leipzig